KB260866

전북대학교 재일동포연구소 편

재일 한국인 백년사

박성태 · 서태순 역

제이앤씨
Publishing Company

재일 한국인 백년사

▉목 차▉

재일 한국인 백년사

■ 머리말 ■

당신은,
재일 조선인을 알고 있습니까?

1995년 어느 무더운 여름 날, 나의 저서 『우키시마호浮島丸 부산 항으로 향하지 않다』에서 모티브를 얻은 영화 「아시안·블루·우 키시마호 사건」이 상영되었다. 이것을 계기로 어느 잡지사의 요청 으로 이 영화의 주연 여배우 후지모토 기쿠코藤本喜久子 씨와 대담 을 한 적이 있다.

후지모토 씨는,

「저는 재일 조선인에 대해서 정말 아무 것도 몰랐기 때문에 어 떻게 연기를 해야 할지 많이 고민했습니다. 저와 마찬가지로 재일 조선인 역을 연기하신 마스오카 미쓰루溢岡満 씨도 자신이 맡은 재일 조선인 2세를 어떻게 연기할 것인가에 대한 문제로 상당히 고민했다고 영화 제작 중에 말씀하셨지요. 저나 마스오카 씨 두 사람 다, 재일 조선인들에 관한 것은 아무 것도 몰랐기 때문에 이 미지를 떠올릴 수 없었던 겁니다.」

라며 뭔가 죄송하다는 듯 자신의 생각을 이야기 했다. 그러나 나는 일본에 이주한 지 이미 100년이나 되고 일본 인구의 약 1%를 차지하는 재일 조선인에 대해 일본인들이 아무 것도 모른다는 사실에 다시금 「어째서」라는 의문을 갖지 않을 수 없었다.

아키타시秋田市에서 태어나서 자란 후지모토 씨는 학교에서나 지역 사회생활에서나 재일 조선인과 교제할 기회가 없었으며, 재일 조선인이라는 존재를 듣기만 했기 때문에 실제 모습을 알 수 있는 지식 또한 아무 것도 없었다. 주인공이 재일 조선인인 이 영화에 출연하기로 결정된 후 친구들에게 재일 조선인에 대해 물었지만, 그들도 후지모토 씨와 마찬가지로 거의 아무것도 알지 못했다. 단 한 사람만이 친구인 재일 조선인에 대해 '취직이 곤란하다' 라던가 '일본인과 결혼하려고 하지만 결혼이 반대에 부딪혀 고민하고 있다' 던가 하는 「차별문제」와 관련된 재일 조선인의 모습을 이야기 해 주었다고 한다.

그 이야기를 들으면서 재일 조선인을 알고 있는 일본인들도 재일 조선인을 그와 같이 인식하고 있는 것은 아닌가 하는 생각이 들었다. 재일 조선인의 문제는 일본사회에 알려지는 일은 그 수가 드물고, 매스컴에서 다루어질 때뿐 이며 일본사회의 불합리한 차별과 억압을 함께 이야기하기 때문에 이야기의 초점은 재일 조선인의 차별문제로 직결되고 또한 이미지화 되고 있을 것이다. 그러나 그것은 재일 조선인 문제의 한 가지 측면에 불과하며 전부는 아니다.

재일 조선인이 일본사회의 거주자로서 일상생활을 영위한지 이미 100년 가까운 세월이 흘렀다. 타국에서 보낸 그 100년간은 일본 근·현대사에 있어 격동의 시대였다. 또한 그 시대는 조선 근·현대사의 격변의 시대이기도 했다. 재일 조선인은 같은 땅의 거주자인 일본인보다도 두 국가 간에 걸친 격동의 파도를 넘고 긴 통곡의 시대를 거쳐 오늘에 이르고 있다. 그 대격동의 역사에 몸을 맡겨야만 했던 재일 조선인 사회가 「차별」만으로 이야기될 정도로 단순하지 않은 것은 당연하다고 할 수 있을 것이다. 현재 약 100만 명에 달하는 재일 조선인, 그들이 일본에서 살아온 100년의 역사 속에서 각각의 시대, 시대마다 한 가지 의식을 공유했고 그 의식은 재일 조선인 사회를 움직이는 하나의 기축이 되었다.

그러한 의식이란, 식민지 지배 시대였을 때는 「민족의 광복 – 해방과 독립」이었고 해방 후는 「조국으로의 귀환과 건국」이었으며, 냉전으로 조선반도가 분단되고 그 고정화된 시대엔 「조국의 통일」이었다.

각 시대마다 재일 조선인들이 품은 이런 생각은 일본인의 생각이나 가치관과는 양립할 수 없을 뿐만 아니라 때로는 적대적인 생각이자 가치관이었다. 거기에는 「공생」 등의 가치관이 깊숙이 파고들 여지가 없었다.

현재, 냉전구조의 붕괴와 재일 조선인 사회의 세대교체, 일본으로의 정착화, 그리고 일본사회 「가치관」의 변화 속에서 재일 조선인 사회는 또 하나의 커다란 전환기에 서 있다.

그것은 과거, 조선반도에 귀속되어 있던 재일 조선인의 미래론으로부터 일본사회에서 일본시민으로서의 운명 공동체를 의식한 미래론으로의 전환이다. 이제 재일 조선인 사회는 일본사회에서 「공생」을 계속 모색한다. 그러나 그 「공생」의 동반자 측이 재일 조선인 측의 사정, 현상인식, 역사적 배경에 대해서 극히 부족한 것이 「공생」의 저해요인의 하나로 되고 있다.

재일 조선인의 상황과 역사에 대한 정보가 일본사회에 적은 것은 재일 조선인 사회가 자신들의 실정과 정보를 일본사회에 널리 전하려는 노력을 충분히 기울이지 못한 점도 있지만, 사실 주된 요인은 일본사회 측에 있다.

전쟁 전, 재일 조선인이 자신들에 대해 주장하고 정보를 전달하기 위해 발행한 신문과 잡지의 대부분은 3호를 내지 못하고 발행금지 처분을 받는 경우가 많았다. 또한 그마저도 조선어에 의한 출판이 다수를 차지해, 조선인 측의 주장이나 정보가 일본사회에 전달되는 일이 거의 불가능 했다.

또 재일 조선인에 대해 조사, 연구를 수행하고 정보를 수집하는 것은 치안당국이나 일부 행정기관이었으며, 당시의 조사 자료나 보고서 등은 극비로 다루어져 일반인들에게 그러한 정보가 전달되는 일은 없었다.

일본의 패전 후, 재일 조선인들에 의한 「암시장闇市」에서의 불법, 횡포, 범죄행위 등에 대한 매스컴의 캠페인은 있었지만, 재일 조선인 문제를 종합적으로 전달하려는 노력은 이루어지지 않았다.

패전 후 일본정부는 자국의 식민지로 지배했던 빚의 잔재로서 재일 조선인 문제를 다루고, 힘으로 억누르려는 자세를 취하고, 강제적으로 일본인으로의 동화를 강요하는 가운데 자연적으로 소멸시키려고 했으며, 일본사회도 대부분 무관심했다.

이처럼 전쟁 후의 일본사회의 상황으로 보아 일본인이 재일 조선인의 역사나 실상을 모르는 것은 당연하지만, 그 영향을 직접적으로 가장 많이 받고 있는 사람은 일본에서 태어나 일본에서 자란 재일 조선인이 아닌가 하는 생각이 강하게 든다.

현재 재일교포 사회에서「앞으로 일본사회에서 어떻게 살아갈 것인가」라는 물음을 던지면 여러 가지 의견이 나온다. 100명의 사람에게 물으면 100가지 대답이 나올 만큼 의견은 다양하다. 사람들은 이것을「가치관」의 다양화 현상이라고 한다. 그러나 과연 그럴까? 나는 그것은「가치관」의 다양화가 아니라, 단지 재일 조선인의 100년 역사를 거의 모르기 때문에 자신의 체험만을 바탕으로 자기 좋을 대로 말하고 있는 것이 아닌가 하는 의문이 든다.

보통 민족이나 국가의 통사, 개략사槪略史는 학교 교육에서 배운다. 그러나 재일 조선인 자녀 80% 이상이 일본의 학교교육을 받고 있는데 재일 조선인의 역사는 일본인과 마찬가지로 배우지 않고 있다. 또 민족학교를 다니고 있는 소수의 중·고등학교 학생들과 대학생들의 경우, 단편적인 재일 조선인의 과거 사건을 배우기는 하지만「통사通史」로써 배우는 것은 아니다. 민족학교에는「조선사」수업은 있지만「재일 조선인사在日朝鮮人史」수업은 없기 때문이다. 재일 조선인은 스스로의 역사를 학교 교육에서 배울 수 없는 것이다.

현재 재일 조선인의 다수를 차지하는 2~3세들은 부모들의 체험이 주가 된, 재일 조선인의 역사위에 일어난 일들, 혹은 자신의 개인적인 경험을 기준으로 「재일 조선인관」을 이야기하는 경우가 많다. 그것은 그 나름대로 귀중하지만, 이야기 하는 사람의 재일 조선인의 역사적인 공통인식이 결여된 「재일 조선인관」이 된다. 그런 「재일 조선인관」을 「가치관」의 다양화라고 평가할 수 있는 것일까.

일본사회가 재일 조선인의 역사나 생활에 대한 무지함과, 스스로의 「통사」를 재일 조선인들에게 알리려는 노력이 부족한 결과로서, 이러한 「가치관의 다양성」이 일어나고 있는 것 일지도 모른다.

나는 이대로는 곤란하다는 생각이 든다.

이후, 일본사회에서 일본주민, 시민으로서 생활해 나갈 약 100만 명이나 되는 사람들의 역사와 실상을, 같은 마을의 이웃사람이나 본인들조차 아무 것도 모르고서 같은 시민이라고 말할 수 있을까. 그와 같은 무지·무관심은 재일 조선인에게 도움이 되지 않는 것은 물론이지만 일본사회를 위해서도 도움이 되지 않는다.

현재 국제사회에서 이민족과의 「공생」은 하나의 이념이 되었으며 21세기 국제사회의 지향점의 하나로서 선진국이 모두 고민하고 있는 과제이다. 현대는 일본이 국제적으로 독립하여 일본인만이 폐쇄적으로 살아갈 수 있는 시대가 아니다. 국제관계를 중시하고, 모든 국가, 모든 민족과의 우호·친선관계를 구축하는 것이 일본의 번영과 발전을 보장하는 유일한 방책이기도 하다. 100년을 같은 땅에서 생활해온 사람들과「공생」할 수 없다고 하면, 이후 타국민, 이민족이 대량으로 유입될 것이 예상되는 일본에서의「공생」은 거의 불가능할 것이다. 때문에 더욱이「공생」이란 과제는 피해갈 수 없다.

나는 이와 같은 일본사회의 미래를 전망하면서『재일 한국인 백년사』를 집필했다. 이 책은 한정된 분량으로「재일 한국인의 100년」을 이해할 수 있도록 기술했지만, 이는 또한 일본사회의 100년을 다른 입장에서 표현한 것이기도 하다.

민족의 광복 I

식민지 지배시대

재일 한국인 백년사

노동자와 학생이
대한해협을 건넜다

┃ 19세기 말에
시작된 노동자 이입 ┃

에도막부의 오랜 쇄국정책이 페리(Perry)의 내항에 의해 무너진 시기에 조선은 여전히 엄격한 쇄국정책을 취하고 있었다. 구미歐米형 근대화를 서둘렀던 일본은 조선에서의 "권익"을 수중에 넣기 위해 조선에 개국을 강요했다. 처음에는 외교 교섭으로 시작했으나, 외교 교섭에 실패 하자 일찍이 구미 열강이 일본에 가했던 것과 마찬가지로 군함 외교를 통해 조선을 위협하면서 개국을 요구했다.

1875(메이지明治 8)년 9월, 일본제국의 군함「운요雲揚」는 서울에서 가까운 강화도의 포대를 공격하고, 영종도에 병력을 상륙시켜 섬을 점령하였으며, 민가를 모조리 불태워 버리는 등 침략행위에 나섰다. 이것이 바로 강화도 사건이다.

이 같은 군함 외교의 압력에 조선은 굴복했고 1876년 2월「조일수호조규朝日修好条規(강화도조약)」가 맺어졌으며 같은 해 8월「조일무역규칙」이 체결되어, 그때까지 금지되었던 조선과 일본의 인적 교류와 무역 등이 가능하게 되었다.

「조일수호조규」,「조일무역규칙」 등의 조약은 막부 말기에 구미 열강이 일본에게 강요했던 불평등조약을 그대로 조선에 전가한 것이었다. 때문에, 조선 내에서의 일본인 거류지 설치, 거류지내의 치외법권 외에 일본상품의 무관세협정, 거류지내에서의 일본화폐 통용용인권通用容認権 등 약탈적인 통상 권익을 강요했다.

이에 따라 "권익"의 할당을 받으려고 일확천금의 꿈을 가진 일본인이 대거 조선에 밀어닥쳤지만, 반면에 조선에서 일본으로 건너오는 사람들은 극소수에 불과했다.

조선 정부의 관리, 정치망명자, 정부 파견유학생을 제외하고 재일 조선인으로서 최초로 건너온 조선인은 일본 근대화의 주축이었던 산업계 노동자였다. 그들의 직종은 일본 내에서도 노동이 가장 가혹하여 일본인 노동자의 모집이 생각대로 되지 않았던 탄광부, 토공 등으로, 당시 일본에서는 이런 종류의 노동은 죄수가 맡아 일하는 등, "징벌"적인 노동 분야이기도 했다.

탄광부로서 조선인이 최초로 고용된 것은 1897(메이지 30)년으로 문헌에는 「쇼쟈탄광長者炭坑(佐賀県)이 처음으로 조선인 광부를 채용하였으며 광부의 임금상승과 빼돌리기에 의한 광부 부족 대책으로써의 시도」(『筑豊石炭鉱業史年表』)라고 기술되어 있다.

문헌에는 기재되어 있지 않지만, 같은 시기 치쿠호筑豊 외의 탄광에서도 조선인 광부를 고용하고 있었으며 그 수는 확실하지 않다. 일찍이 1960년대 치쿠호 조선인 광부의 경험담을 청취하고 있을 때, 다가와시田川市에 거주하는 조선인 광부 연구자 김광렬金光烈 씨가 나에게 치쿠호 각지에 있었던 사원들의 과거 장부 조사표를 보여준 적이 있었는데, 가장 오래된 기록은 1898(메이지 31)년에 미쓰이다가와탄광三井田川鉱에서 사망한 두 명의 조선인 광부의 이름이었다.

이 시기에는 광부 외에도 철도부설 공사현장의 토공으로 상당수의 사람들이 일하고 있었다. 조선인 토공을 최초로 고용한 철도부설 현장은 히사쓰센肥薩線의 가시마조직鹿島組의 하청 공사구간이다. 이 공사는 1906(메이지 39)년에 착공되었는데 고용된 조선인 노동자의 수는 명확하지 않다. 히사쓰센 공사를 담당한 사람이 산인센山陰線 공사도 담당하고 있었던 것으로, 산인센 부설공사에서도 많은 조선인 토공이 일하게 되었다.

이러한 철도부설 공사현장에서 고용된 조선인 노동자의 대부분은 조선에서도 철도부설 노동의 경험이 있었다.

조선반도에서의 철도 부설공사는 일본 식민지지배의 강력한 수단으로써 합병 이전부터 시작되어, 그때부터 이미 조선인 노동자가 고용되고 있었다. 『조선철도사朝鮮鉄道史』(조선총독부철도국朝鮮総督府鉄道局)에는 「조선인 채용은 메이지 33(1900)년 무렵부터 시작되어, 철도 인부로써 채용했다」고 기술되어 있다.

철도 노동자로서 다수의 조선인이 고용된 것은 러일전쟁이 발발했을 때이다. 주된 전쟁터인 「만주」로 군사물자수송을 확보해야 함에 따라, 경성에서 신의주 사이의 철도부설 공사를 서두르고 있었다. 공사는 많은 공사구간으로 분할되어, 일본의 민간 토건土建회사에 맡겨졌으나 그들은 주로 조선인 노동자들을 고용했다. 이러한 토목건축회사가 그 후, 일본 각지의 철도부설공사로 도급받았던 관계로 조선인 노동자들 역시 일본에서 일하게 되었다.

당시 일본각지의 철도부설 공사현장에서 일하게 된 조선인 토공에 대해

「(감독은)……추운 가을 산인山陰의 간선도로를 백 명의 한인韓人과 함께 산야를 숙소로 삼고, 인요연락선陰陽連絡船의 토공장 다지마但馬는 기노사키城崎에 겨우 도달했다. 여기에서 철도공업회사와 계약을 하고, 선로의 토공에 일을 시키게 되었다. 백 명의 한인은 하루에 담배 한 개비에 짚신 한 켤레, 밥과 이불까지 제공받고, 일급 30전의 돈을 벌게 되었다. 인부는 분에 넘치는 대우에 기뻐하여 백 명 중 한사람의 도망자도 없이 오늘날까지 무사히 돈벌이를 하고 있었는데 감독 시미즈清水가 백 명을 감독하고 있었다. 내가 없으면 일본인이 학대한다. 학대하면 한인이 도망간다고 말하며

계속해서 있었다. ……」(『오사카마이니치신문大阪每日新聞』메이지明治 41년(1908년 5월 13일자))라고 신문은 보도하고 있다.

이 짧은 기사에서 당시 조선인 인부의 대우가 어떠했는지 추측할 수 있다. 기사에서 노동자들을 「여보」라고 기록하고 있는데, 이것은 조선인이 사람을 부를 때 사용하는 「여보쇼」 또는 「여보」, 일본어의 「모시모시もしもし」 또는 「모시もし」에 해당하는 말을 일본인이 조선인을 무시하는 호칭으로 사용했던 말이다. 감독이 없으면 일본인이 조선인을 학대한다고 기사에 쓰여 있다. 게다가 「여보는 과분한 대우」로서 일당 30전錢이었지만, 『제국통계연감帝国統計年鑑』에 의하면 1909년 일본인 일반 작업인의 일당은 도쿄에서 49전, 오사카에서 50전으로 되어 있다.

이상하게도 전쟁 전 재일 조선인의 임금은 그 후에도 대부분 일본인의 3분의 2이거나 그것을 조금 웃도는 금액이었고, 현재 일본의 「3D산업」에 고용되고 있는 외국인 노동자의 임금도 이와 다를 바 없다.

▍반일감정을 유발하는 일본의 멸시관▍

이 시기에 노동자 다음으로 많이 일본에 건너온 사람들은 유학생들이었다. 일본으로의 유학은 이미 1880년에 시작되었지만, 본격적인 유학은 1883(메이지 20)년에 김옥균의 노력으로 50여명이 게

이오기주쿠慶應義塾와 육군도야마학교陸軍戸山学校로 유학한 것이 최초이다. 1895년에 대한제국정부문부대신大韓帝国政府文部大臣 이완용과 게이오기주쿠와의 사이에 「유학생 위탁계약」이 결성되어 113명이 유학을 하고, 또한 육군도야마학교에서도 149명이 유학했다. 그 후 1904년에 도쿄도립 1중東京府立一中(현 히비야고교)에 한국황실 특파유학생이 50명 파견되어, 국비유학생으로서 「특설한국위탁생과特設韓国委託生科」에 입학했다. 이들 국비유학생 이외에도 많은 사비유학생들이 일본으로 건너왔다.

1905년 일본은 「한일협상조약韓日協商条約」(을사보호조약乙巳保護条約)을 체결하고, 조선에 통감부를 설치해 식민지화를 강화했는데 나라가 망하는 국난의 시대에 침략국에 유학 중이던 젊은이들의 생활은 괴로움으로 가득했다.

무엇보다 유학생들을 괴롭힌 것은 일본의 침략 자세를 반영한 일본인의 모욕적인 태도였다. 그런 일본인 및 일본사회에 대해 유학생들이 비분강개하는 날들이 계속됐다.

도쿄도립 제 1중학교에서는, 교장인 가쓰우라 모씨勝浦某가 「조선인에게는 고등교육이 필요 없다」라고 발언하여 유학중인 조선인 학생들의 강한 반발을 샀고, 격렬한 항의를 받았다. 이 때 교장에 대한 비판의 언동이 과격하다고 문책을 받은 8명의 유학생이 퇴학처분을 받았다. 퇴학당한 사람 중에는 훗날 3·1독립선언의 31인의 서명자 중 한사람이었던 최린崔麟도 포함되어 있다.

이런 일본인들의 오만함과 모욕적인 자세는 조선반도에 진출한

일본인들의 방약무인한 태도를 반영한 것이기도 했다. 일본의 조
선침략의 첨병尖兵이었던 주한일본전권공사駐韓日本全權公使 하야
시 곤스케林權助도「근래 한국인에 대해 일본인들이 때때로 상식
을 벗어날 정도로 한국인을 학대하고, 권리를 박탈하며, 주거를
위협하고, 징발적으로 물품을 무리하게 청하거나, 또는 강제적으
로 노동력을 공용시키는 등의 소행이 있고…」(『고문경찰소지顧問警察
小誌』하야시곤스케 전권공사全權公使의 각영사各領事에 대한 메이지 38(1905)
년 11월 14일 훈령訓令의 요지)라고 훈령을 발표하고 일본인의 무법행
위를 금하지 않을 수 없을 만큼, 방약무인한 태도가 만연하고 있
었다.

　멸망의 위기에 처해있는 조국의 구국救國을 위해 큰 뜻을 품고
온 일본 유학이었던 만큼, 이와 같은 일본사회의 풍조에 유학생들
은 격렬하게 반발했다. 1907(메이지 40)년 3월 말부터 4월에 걸쳐
발생한 와세다대학모의국회사건早稻田大学模擬国会事件도 그와 같
은 반일 감정이 폭발한 사례일 것이다.

　일의 발단은, 와세다대학에서 3월 30일에 개최예정이었던 모의
국회 의사안에「대한제국 황제를 일본국 귀족 대열에 끼워 참석하
도록 건의한 일」이 정치학과 학생, 다부치 도요키치田淵豊吉들에
의해 제안되어, 게시된 것에서 시작된다. 그것을 본 와세다대학
유학생 중 16명의 조선인 학생은 격노했고, 곧 학감学監 다카타
사나에高田早苗를 찾아가 게시물 철거와 다부치 등 의사안 제출자
및 찬성자 39명의 퇴학처분을 요구했다.

1905년 이후 일본이 경성京城에 통감부를 두고, 조선의 외교·군사권을 빼앗아 내정에 간섭하고 있었지만, 대한제국은 아직 국가로서의 체면을 유지하고 있었다. 「보호국」이 된 것에 대해 강한 분노를 느낀 조선의 젊은이들은 국가원수인 황제를 천황의 신하인 귀족 사이에 끼워 넣으려 하는 제안을 용서할 수 없는 조선에 대한 모욕적 행위로 받아들였다. 유학생들이 요구한 의사안의 철폐, 사죄, 주모 학생의 퇴학처분에 학감 다카타 사나에는 철폐·사죄에는 응했지만, 퇴학처분은 거부했다. 이러한 회답에 심하게 분노한 16명의 유학생들은 일제히 퇴학서를 제출했다.

이 이야기가 도쿄에 유학중인 조선인 학생에게 전달되자마자, 타 학교의 조선인 학생들도 동맹휴교를 실시하여 와세다대학의 조치에 항의했다. 동맹휴교에 참가한 조선인 학생의 수는 3월 29일에 300명에 달했다. 이것은 당시 도쿄에 유학하고 있던 조선인 학생의 약 반수였다. 소요가 커짐에 따라 와세다대학 측도 문제를 방치하지 않고, 평화적으로 해결하기 위해 4월 2일에 대학 직원 가나코 마사아키金子昌明가 고지마치구麴町区 경무서장인 무로코 타로室小太郎를 동반해 한국유학생 감독청을 방문했다. 가나코 마사아키는 「대한민국 천황에 대한 존엄을 손상시킨 문제로 다부치 도요키치를 이미 퇴학처분을 했고, 이런 일이 발생한 것은 그런 교육을 시킨 우리의 책임이다」고 사죄했다. (『대한매일신보』메이지 40(1907)년 4월 17일자)

와세다대학 측의 사죄와 다부치 도요키치를 대학에서 추방함으로써 조선유학생들도 진정되어 동맹휴교 사건은 4월 4일에 해제되었다.

조선인유학생의 수는 이와 같은 사건에도 불구하고 계속 늘어갔다. 1908년 당시, 경성에서 발행되고 있던 일본어신문『조선신문朝鮮新聞』은 일본에 유학하는 조선인학생들에 대해「최근 조사에 의하면 우리나라에 유학하는 청나라유학생은 현저하게 감소하는 것과는 반대로 조선유학생은 오히려 최근에 증가 현상을 보인다. 각 부현府県의 학생들도 합산하면 충분히 천명이상에 달하고, 도쿄에서만 800명」(메이지 42(1909)년 2월 2일 일자)라고 보도하고 있다.

하지만 이 신문이 보도하는 유학생 수가 정확한지는 확실하지 않다.『일본제국통계연감日本帝国統計年鑑』에 의하면 이 해 전체 재일 조선인수는 459명이 된다. 다만「도쿄 조선인유학생」의 기관지『학지광学之光』(1914년 발간)에 의하면 이 해 재일 유학생 총수는 886명이라고 되어 있다.

일본에 의한 조선합병 이전의 재일 조선인 수는 표 1의『일본제국통계연감』에 의한 숫자가 일반적 이지만, 실제 재일 조선인 인구는 그 수의 배에 달한다고 생각된다.

▌한일합병과 「요시찰要視察 조선인」으로서의 재일 조선인 ▌

1910년 8월 22일, 일본의 엄중하고 무력적인 위압아래서 경성에

[표1] 재일 조선인 연도별 인구 (단위 : 人)

연도	인구	증가인구	연도	인구	증가인구
1986 明治29	19		1925 大正14	133,710	13,472
1897 明治30	155		1926 大正15	148,503	14,793
1904 明治37	233		1927 昭和2	175,911	27,408
1905 明治38	303	70	1928 昭和3	243,328	67,417
1908 明治41	459	156	1929 昭和4	276,031	32,703
1909 明治42	790	331	1930 昭和5	298,091	22,060
1911 明治44	2,527	1,737	1931 昭和6	318,212	20,121
1912 大正1	3,171	644	1932 昭和7	390,543	72,331
1913 大正2	3,635	464	1933 昭和8	466,217	75,674
1914 大正3	3,542	-93	1934 昭和9	537,576	71,359
1915 大正4	3,989	447	1935 昭和10	625,678	88,102
1916 大正5	5,638	1,649	1936 昭和11	690,501	64,823
1917 大正6	14,501	8,863	1937 昭和12	735,689	45,188
1918 大正7	22,262	7,761	1938 昭和13	799,865	64,176
1919 大正8	28,272	6,010	1939 昭和14	961,591	161,726
1920 大正9	30,175	1,903	1940 昭和15	1,190,444	228,853
1921 大正10	35,876	5,701	1941 昭和16	1,469,230	278,786
1922 大正11	59,865	23,989	1942 昭和17	1,625,054	155,824
1923 大正12	80,617	20,752	1943 昭和18	1,882,456	257,402
1924 大正13	120,238	39,621	1944 昭和19	1,936,843	54,387

1911년까지는「일본제국통계연감日本帝国統計年鑑」에서,
1912년 이후는 내무성경보국조사內務省警保局調査

재일 한국인
백년사

서 약정서에 도장을 찍어 「한일합병조약」이 체결되었지만, 일본 정부는 조선 전 지역에 엄한경비태세를 정비한 후 29일에 「합병」을 발표하였다.

그 날부터 서울에는 일본군 헌병이 몇 시간 간격으로 거리거리를 순회하고, 조선인이 2명 이상 모이면 검문하는 등 삼엄한 경계태세가 행해져 서울은 이상한 고요함 속에 있었다. 합병에 항거할 수 없음을 슬퍼하며 심한 분노를 느끼고, 스스로 목숨을 끊어 항의하는 사람들도 적지 않았다.

한편, 일본 각지에서는 「한일합병」의 보도가 전해지자 대축하회가 열리고 제등행렬이 전개되었으며 사람들은 「만세!! 만세!!」를 절규하면서 거리마다 줄지어 천천히 행진했다. 그러한 제등행렬의 모습을 「……출발 신호에 만세를 절규하고……함성을 지르면서 만세를 합창하며 많은 사람이 한꺼번에 움직인 대혼란에 경찰관은 필사적으로 제지하려고 노력했지만 넘쳐나는 사람들 때문에 쉽게 진정되지 않고……」(『바칸마이니치신문馬関毎日新聞』메이지43(1910)년 8월 31일자)라고 신문은 보도하고 있다.

일본인의 「축하」 환호성과 무관하게 재일 조선인, 특히 유학생들의 분노와 슬픔은 컸다. 그들의 폭발을 우려해 치안당국은 감시체제를 강화했다. 「한일합병」 직후인 1910년 9월 8일, 내무성경보국장명内務省警保局長名으로 「조선인호구직업별인원표의건朝鮮人戸口職業別人員表ノ件」을 통고하여 재일 조선인의 조사 감시를 명령하였다. 그리고 치안당국이 감시하고 있는 「요시찰 조선인」들이 조선에 여행할 경우에는 통보하도록 지시했다. 일본국내에서는 운동할 수 없기 때문에「한일합병」에 반대하는 학생들이 조선에 돌아가 운동을 하려는 의향을 알아차리고 그들의 감시·단속을 강화한 것이다.

조선의 독립을 위해 활동하는 사람들과 일본의 식민지 정책에 반대하는 재일 조선인은 전원「요시찰 조선인」으로서 엄격한 감시 속에 있었다.

그 후 일본 치안당국은「요시찰 조선인」체제를 재일 조선인 독립운동가, 노동조합운동가 등의 감시·단속의 제도로써 강화하고 재일 조선인 치안대책의 중요한 핵심으로 이어받아 현재에도 여전히 계속되고 있다.

학생, 독립운동가에 대한 치안당국의 감시·단속의 강화가 행해진「합병」후의 일본에는 조선인 노동자가 급증해 갔다. 그들로 인해 이전의 토공, 탄광부 이외의 산업노동자가 많아졌다. 이는 당시 급속한 발전에 따라 일본의 자본주의 경제가 필요로 한 '대량의 저가安価 노동력'이 일본에 이주된 것이지만, 그들은「자원」해서 일본에 온 것이 아니라 대부분이 기업의 노동자 모집인에게 끌려 일본으로 온 것이었다.

이 당시 기록에 남은 조선인 노동자의「모집」은 1911년 오사카부大阪府의 셋쓰방적기즈가와摂津紡績木津川공장에서의 여공女工이지만 그 다음해에는 같은 방적회사 아카이시明石 공장에서도 조선인 여공을 모집해 들여오고 있었다.

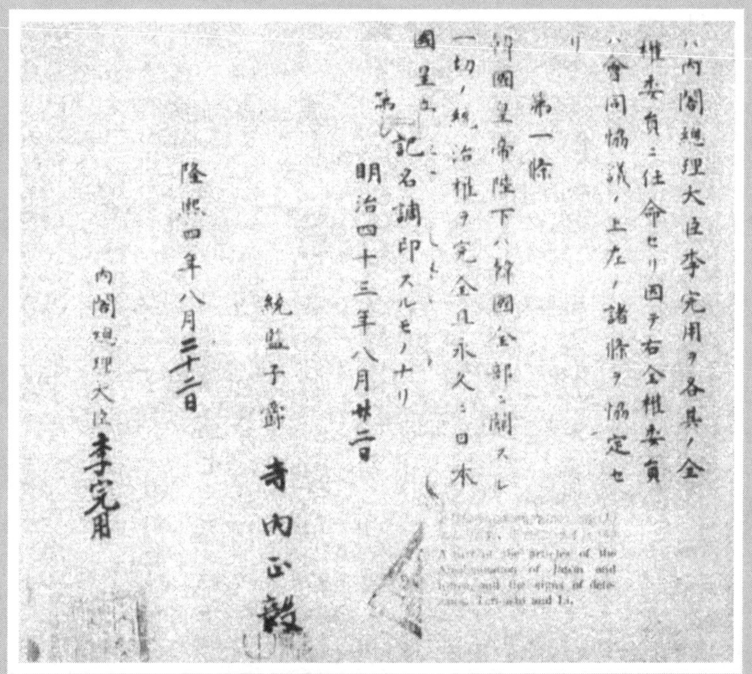

한일합병협의결정사항문서서명부분
日韓併合協議決定事項文書の署名部分

재일 한국인
백년사

「합병」후 이런 공장 노동자가 일본에 대량으로 들어온 것은, 여기에는 일본 측의 자본주의 경제의 발전에 의한 값싼 노동력의 수요 요청과 함께, 노동력을 제공한 조선 측의 사정도 크게 작용하고 있었다.

식민지 지배에 의한 농민의 영락

1905년 「한일협상조약」(을사보호조약)을 체결 후, 일본인에 의해 조선농민의 토지는 대량으로 약탈되기 시작하였다. 그것은 개인, 기업, 그리고 국가 전체의 수탈이었다. 1908년 국책사업으로써 동양척식주식회사東洋拓殖株式会社(동척東拓)가 설립되었는데, 한국 통감부는 이 회사에 대량의 토지를 불하했다. 그 토지는 조선왕실에서 일찍이 역둔토라든가 궁장토라고 불렸던 역리와 관공서의 관리들의 급여를 충당하기 위해 보유하고 있던 대량의 토지로서 한국 통감부가 1907년 조선왕조의 「황실 재산정리」를 명목으로 약탈하고 동척에 불하함에 따라 그 토지를 경작하고 있던 많은 농민들이 농작지를 상실했다.

1910년의 한일합병 이후에 농민에 대한 토지 수탈은 보다 더 대규모적인 「국책」으로써 수행되었다. 1910년 3월에 총감부에 설치된 「임시토지조사국」은 합병 한 달 후에 토지조사사업을 시작했다. 토지조사사업의 내용은 [1]토지 소유권의 조사, [2]토지 가격의 조사, [3]지형 등의 조사였는데 그 주목적은 토지소유권의 확정이었다.

반봉건적인 농업 국가였던 당시 조선에서는 근대적인 의미로의 토지 사유권은 확립되어 있지 않았다. 지주는 아니지만 예전부터 관습적인 토지 점유에 의해 경작하고 있는 농민과 「동중洞中」이라고 불리는 마을 공유지의 경작권을 보유하고 있는 농민들이 많았고, 이것들은 국가가 과세대상으로 특정하기 어려운 제도였다. 그렇기 때문에 엄밀히 토지의 사유권을 확정하고, 그 소유권자에게 지세부과地稅賦課를 행하기 위한 목적의 토지조사사업이었다. 농업국가인 조선에서 수탈을 하는 가장 손쉬운 방법은 농민에게 과세를 하는 것이었다. 그 때문이라도 토지의 소유권을 확정하고 「공평」하게 소유하고 있는 양에 알맞은 과세를 할 필요성이 있었다.

토지소유권을 확정할 때는 토지조사령에 의해 소유자 본인의 「신고」제를 취했다. 이 「신고」제가 교묘하게 조선농민의 토지 약탈에 이용되었다.

당시 조선 농민의 대부분은 글자를 모르고, 조선총독부의 조치에 어떻게 대응해야할지 모른 채 기한 내에 「신고」를 못한 농민들도 많았다.

게다가 이 신고에 의한 토지소유권의 확정방법에는 조선의 전근대적인 토지의 소유관계의 맹점이 되는 것 - 예를 들어, 마을 등의 공유소유지에서 경작권이 관습적으로 인정 된 농지에서 경작하고 있는 농민이 자신의 토지라고 「신고」할 수도 없어 방치되고 있는 사이에 기한이 지나 버린 사례도 많았다.

그와 같이 기한 내에 신고 되지 않았던 농지는 「주인 없는 땅無主地」으로써 조선총독부가 강제적으로 몰수했고 그것을 동척 등의 토지회사나 일본인 지주에게 저가로 팔아 넘겼다.

토지조사사업이 종료된 1918년에는 전농민의 3%에도 미치지 않은 일본인과 조선인 지주가 조선의 전농경지의 50% 가까이를 소유해 논의 64%, 밭의 42.6%가 소작지로 되어 있었다.

일본의 식민지지배로 인해 조선의 농지 소유관계에는 대변동이 일어나, 그에 따라 많은 농민들의 생활도 급변했다. 농민에게 있어 토지를 빼앗기는 것은 말할 것도 없이 그 생활기반을 상실하는 것이다. 많은 자작농은 토지를 빼앗기고 소작농으로 전락하여, 소작농으로서 생활에 필요한 양식을 얻으려고 했지만. 자작농이 대량으로 몰락함에 따라 소작권을 확보하려는 농민들 사이에서는 소작료의 인하 경쟁이 일어났다. 그 결과 조선총독부의 조사에 의하면 1910년대 후반 경기도, 전라도 등의 곡창지대에서 타조법打租法(곡물 등을 탈곡해 조제한 후에 소작료를 결정하는 방법)에 의한 소작료는 최고 수확량의 7할에까지 달해 농민들의 빈궁화가 촉진되었다. 그리하여 많은 농민들은 유민화流民化되어 국외로 유출되었다.

현재의 중국 동북부·구소련연방에 거주 하는 많은 조선민족들은 주로 이와 같은 일본 식민지지배 후의 농촌의 대변동과 농민의 영락으로 생겨난 이민자들이다. 조선반도 북부의 농민들은 지리적인 관계로 중국 동북부와 연해주로 흘러들어 갔지만 조선 남부의 영락농민은 자본주의 발전기를 맞이하고 있던 일본의 산업계로 싼 값의 노동력으로서 이주해갔다.

▌손쉽게 이용된 조선인 노동자 ▌

일본 기업은 양질의 저가 노동력을 찾아 조선에서 노동자 「모집」에 주력하였다. 특히 「모집」에 열중한 기업은 방적, 석탄, 토건 등의 분야였다. 이들 기업의 노동환경, 노동조건은 당시의 일본기업 중에서도 가장 열악했고, 방적 여공 등은 3년 근무하면 목숨을 잃는다고까지 할 정도였다. 일본인 여공의 참상은 호소이 와키조 細井和喜蔵의 『여공애사女工哀史』에 자세히 나타나 있는데, 조선인 여공들은 민족적인 멸시와 함께 더욱 더 비참한 상황에 처해 있었다.

일본의 산업계는 제 1차 세계대전의 발발로 인해 심각한 노동력 부족에 직면했다. 유럽에서의 전쟁의 확대는 일본경제에 유래 없던 호경기를 가져다주어 공장은 24시간 가동 생산을 해도 주문에 다 응할 수 없어서 공장의 신설 확장이 계속되었다. 공장의 신설에 따라 노동자 확보는 각 기업에 있어서 가장 중요한 과제가 되었다. 이런 노동력을 일본 국내에서는 확보할 수가 없어서 각 기업은 조선에서의 노동자 모집에 주력했는데, 특히 방적, 석탄, 토건의 분야에서 많은 노동자 모집인을 조선에 들여보냈다. 이러한 모집인들로부터 일자리를 권유 받은 조선의 영락농민들은 일할 장소를 찾아 일본으로 건너 왔다.

이런 도항渡航 조선인 노동자에 대해서

「시모노세키下關 경찰서의 조사에 의하면, 그 곳을 통과하는 조선인 노동자는 한 달에 500명이 넘었다고 한다. ……여자는 방적여공이 그 대부분을 차지했고, 남자는 토공, 잡역, 짐꾼, 탄광부 등 비교적 숙련을 요구하지 않는 작업 전반에 이르고 있다. ……이들 조선인은 나중에 기술하는 것과 같이 다소 결점은 있으나, 임금이 싼 것에 비하면 능률이 결코 나쁘거나 뒤떨어져 진다고는 말할 수 없다. 직공職工부족의 원성이 없어지지 않는 한 앞으로도 조선인 노동자의 이입은 점점 증가할 것이다……」(『오사카 마이니치 신문大阪每日新聞』 다이쇼大正 6(1917)년 8월 14일자)라고 보도하고 있다.

또 조선인 노동자의 임금에 대해 같은 신문에서는

「……항구를 구축하는 토미에조직富栄組에서는 통상 일본인 짐꾼이 1엔 20~30전의 일당일 때 조선인 짐꾼에게는 90전을 받고 있다」(다이쇼 6(1917)년 8월 17일자)라고 전하고 있다.

이와 같은 일본기업의 조선인 노동자의 모집활동 결과 일본국내의 조선인 인구는 급증했고 1917년에는 14,500여 명에 달했다. 게다가 이런 조선인 노동자의 이주 처는 일부 공업지대뿐만 아니라 지방 산업지대로도 확대되었다.

제사공업製糸工業이 번성했던 나가노현長野県 등에서 발행된 신문은 「조선인을 활용해, 현지에서 대우만 주의하면 300만의 노동자를 얻을 수 있다. 현재 하급 노동자의 부족은 극에 달했다. 그 결과 조선인 노동자의 유입으로 국내 노동 문제를 조금이라도 완화시키려고 하는 의견이 생기고 있다」(『신요신문信陽新聞』다이쇼 7 (1918)년 7월 2일자) 라고 전하고, 그 고장 기업에 「조선 여자를 유입하자, 기교 있는 섬세한 손가락, 총독부의 알선」을 표제로 조선인 제사 여공의 이입을 역설하고 있다.

이런 조선인 노동자의 일본으로의 이입은 사기업의 노동력확보라는 범주를 넘어 일본산업계 전체의 노동력확보라는 성격을 띠고 있었기 때문에 일본정부의 철도원은 조선인 노동자의 이입을 원조할 목적으로 조선인 노동자의 철도이용에 운임할인제를 도입했다.

조선인 노동자 확보의 첨병이 된 것은 각 기업의 노동자 모집인이다. 이 노동자 모집인들은 지극히 악질이고, 방직 여공의 모집인 중에는 뚜쟁이도 있었다. 그들은 소박한 조선의 농민들에게 「일본에서 1년만 일하면 밭 1정보町步를 살 수 있는 돈을 벌수 있다」 등의 감언이설로 노동자를 모집했는데, 일본에서의 노동환경, 노동조건은 그들의 감언과는 다른 가혹한 것이었기 때문에 노동현장에서는 자주 분쟁이 발생하였다. 최초로 일본 탄광에 온 조선인 광부들도 쵸쟈탄광長者炭坑(佐賀県)에서 분쟁과 도망가는 사건을 일으켰는데 분쟁의 대부분은 모집할 때의 약속위반에 의한 것이 많았다.

그와 같은 분쟁이 일어났던 아타미 우회선 철도공구熱海迂廻線鉄道工区의 쟁의에 대해서 「올 봄 이후 500여 명의 토공에게 일을 시켜가며 공사의 완성을 서둘러 왔지만, 계속적인 일손부족 때문에 앞서 경성에서 조선인 토공 117명을 모집해와서 지난 11일부터 종사시켰다. 그들이 응모할 때 회사가 내걸은 대우조건(부상자에 대한 치료비 지급 및 우천휴업 시에 식비지급 등)에 대한 계약서를 교부하라고 독촉한 것도 앞날이 불투명한 것에 의한 것으로 마침내 이런 일이 발생했다....」(『도쿄아사히신문東京朝日新聞』다이쇼 6(1917)년 8월 16일자)라고 신문은 보도하고 있다.

노동조건의 열악함 이외에 조선을 무력으로 억압한 민족적 교만함에서 민족적 차별이 더해져, 그것은 또한 조선인 노동자에 대한 일상적인 학대의 모습조차 띠고 있었다. 그 상황을 「조선인도 수년 전부터 상당히 왕성하게 일본에 나가 돈을 벌게 되었는데, 모처럼 나갔다 온 동료들도 일본인에게 혹사를 당해 일본인을 매우 두려워하고 있다. 이러한 상황은 점점 내국의 조선인들에게도 전달되었다. 원래 출타를 싫어하는 인습적인 폐풍과 함께 최근에는 나가서 돈을 버는 것은 물론 관광조차 좀처럼 나가지 않게 된 상황이다」(『신요신문信陽新聞』다이쇼 7(1918)년 7월 2일자)라고 신문은 전하고 있다.

각 기업의 조선에서의 노동자 모집은 그 대부분이 기업에서 위탁받은 브로커에 의해 행해지고 있었는데, 이 위탁 모집인의 기질이 매우 나빴기 때문에 조선인 노동자의 처지를 보다 나쁘게 만들고 있었다. 그들에 대해서 관청의 자료는 「브로커식 노동 모집의 결과는 노동자 자신에게 불리한 점이 많고, 매우 혹독한 감옥 같은 곳에 보내져, 그 생사의 소식조차 알지 못하는 사람도 많이 나오게 되었다」(『재경조선인노동자의현상在京朝鮮人労働者の現状』도쿄토학무부사회과東京府学務部社会課, 쇼와4(1929년))고 서술하고 있다.

조선의 농촌에 악질 일본인 노동 브로커가 제멋대로 날뛰고, 많은 조선인에게 그 피해가 미치자, 조선총독부는 그것이 식민지배의 장해가 된다고 하여, 악질의 노동 브로커의 배제를 목적으로 다이쇼 7(1918)년 1월, 「조선인 노동자 모집 규칙」을 제정했다. 그러나 이 「규칙」은 조선인 노동자가 일하는 일본국내에서는 법적 효과가 없었기 때문에, 위반은 방치되었으며 악질의 노동 브로커의 악행은 끊이질 않았다.

「규칙」이 제정된 반년 후, 내무성 경보국內務省警保局의 「조선인의 일본 도항 외 4항목에 대한 사무 취급방법 연락에 건의 통첩에는 「……이들 노동자의 응모 도항 보호 단속의 관계는 전부 일본에 존재하고, 허가관청인 조선경무관청의 권한은 직접 이에 미치지 못하기 때문에 확실히 그 목적을 달성하는 경우가 많아……」라고 기술되어 있다.

일본국 내에서 일어나는 조선인 노동자에 대한 학대와 가혹한 노동조건은 풍문으로도 조선에 전해졌지만 일본에 건너가는 조선인 노동자의 수는 증대해 갔다. 그것은 악질의 노동 브로커의 교묘한 권유라기보다 오히려 그 배경에 조선 농민들의 몰락과 빈궁, 그리고 실업이라는 문제가 있었기 때문이다.

2

들끓기 시작한
저항의 혈기

한일합병 이후 일본에 유학하는 조선인학생은 증가했다. 한일합병 때, 합병에 강하게 반대했던 유학생들의 호조조직互助組織인 「대한흥학회大韓興学会」는, 치안당국에 의해 강제적으로 해산되었다. 그 후 이국에서의 생활을 서로 돕기 위한 친목회가 출신도별로 결성되어 ─ 경상남북도 출신자에 의한 「낙동친목회洛東親睦会」, 전라남북도는 「호남다화회湖南茶話会」, 경기도·충청남북도는 「삼한구락부三韓倶楽部」 등 ─ 이 중심이 되어 도쿄에 「조선유학생학우회朝鮮留学生学友会」가 1912년 10월에 결성되었고 오사카에도 「오사카조선인친목회大阪朝鮮人親睦会」가 만들어졌다.

「조선유학생우회」는 정기총회와 망년회, 신입생 환영회, 졸업생 환송회 등을 자주 개최해 친목을 도모하면서 동시에 정치의식의 향상을 지향했고, 「웅변대회」 등의 토론을 통해 조선의 현재 상황을 논했기 때문에 치안당국의 강한 감시를 받았다. 「조선유학생우회」의 기관지『학지광学之光』은 학생들의 의견발표를 우려한 치안당국에 의해, 1915년 5월부터 1년간에 4회나 발매금지 처분을 당했다.

재일 조선인에 관해 정리된 치안당국의 최초 보고서는 1915년에 나온 「조선인개황朝鮮人概況」이다. 거기에는 그 해 재일 조선인 인구를 4천여 명이라고 보고하고 있는데, 그 안에 「요시찰자」를 524인으로 하고 있다.

그 대부분이 학생들이고 「개황」은 유학생들의 동향을 자세하게 보고하고 있다. 그 이듬해 「조선유학생우회」의 활동에 대해 「다이쇼 6(1917)년 12월 27일 개최한 망년회의 참가자는 약 350명에 달했다. 석상 회원의 소감연설 및 여흥희극이 있었는데 이것은 언젠가 국권을 회복하겠다는 것에 기인한 많은 청중의 배일적排日的 감정을 도발시켰다……」(『조선인개황 제2』내무성 경보국, 다이쇼 7(1918)년 5월 31일 조사)라고 치안당국은 유학생들을 경계하고 있다. 그들의 활동이 「배일」의 언론활동에서 직접적인 독립운동으로 그 범위가 확대되어 간 것은, 일본식민지배가 강화되고 조선민족에 대한 억압감이 강해지는 상황에서는 필연적이었다.

학생들을 언론활동에서 직접행동으로 움직이도록 한 계기는 제1차 대전 후 유럽의 처리를 둘러싼 구상 속에 주창된 민족자결에 관한 이론이다.

1918년 1월 미국 대통령 윌슨은, 제 1차 세계대전 종결 후의 강화에 관한 14개항의 「원칙」을 발표했는데, 이 「원칙」에는 모든 민족은 그 정치적 운명을 스스로 결정하는 권리를 가져야하고 타민족의 간섭을 허락할 수 없다는 민족자결이 포함되어 있었다. 1918년 9월에 독일이 그러한 「원칙」에 입각하는 강화회의를 미국에 요청한 일도 있었다. 일본에서 유학중인 조선인 학생들은 국제 강화회의에서 민족자결이 결정된 것이라면 조선민족의 민족자결, 조선의 독립도 이루어져야 하고, 그 행동에 대해 구미 여러 국가의 지원을 얻을 수 있다고 생각해 지원을 기대하고 이를 행동으로 옮겼다.

학생들은 1918년 12월 29일에 도쿄의 메이지회관明治会館에서 「조선유학생우회」 주최로 예년과 같은 망년회를 개최했고, 그 자리에서 민족자결에 의한 조선독립론이 뜨겁게 이야기되어 많은 학생들이 찬성했다.

다음 해 1월 6일 도쿄 간다神田의 조선 기독교 청년회관에서 학우회 주최의 「웅변대회」가 개최되었는데, 그 자리에서 독립운동을 전개하자는 제안이 이루어져 「조선청년독립단朝鮮青年独立団」이 결성되었다. 그들은 「독립선언문」을 작성해 조선 본토와 연락을 비밀리에 취하고, 독립운동을 전개하기 위해「독립단」임원의 한명인 송계백宋継白이「독립선언문」의 초안을 준비해서 조선 본토로 건너갔다. 1월 중순의 일이었다.

서울에서 송계백은 최린崔麟, 송진우宋鎮禹, 최남선崔南善 등과 접촉해 그들에게「독립선언문」의 초안을 보여주며 도쿄 유학생들의 뜨거운 생각을 전하고 함께 운동을 일으키도록 요청했다. 많은 사람들이 흥분했고, 동조했다. 감격한 사람들 중에는, 조상에게 물려받은 전답을 팔아 많은 금액을 운동자금으로써 사용하도록 기증한 사람도 있었다.

이렇게 기증된 자금을 가지고 일본으로 돌아온 송계백은 그 자금으로 한문, 일문, 조선문의 3가지「독립선언문」을 극비로 인쇄했다. 그리고 일본 국회에 제출하는「민족대회소집청원서民族大会召集請願書」를 준비했다.

2월 8일 오전 11시, 이러한 인쇄물을 일본국회의원, 각 장관, 각국 대사, 공사公使에게 우편으로 발송했고 오후 2시에 유학생들은 도쿄 간다神田의 조선기독교청년회관에 집결했다. 사전의 방해를 막을 목적으로 치안당국에는 학우회 임원 개선집회로 신고가 되어있었다. 그 날 이미 그곳에서 무엇이 시작될지 알고 있던 유학생들은 예정시각보다도 빨리 모여, 대회장은 사람들이 꽉 들어차 있었다. 이 날 모인 유학생들은 4백여 명으로 도쿄유학중인 조선인학생의 3분의 2에 달했다. 참가자들은 모임이 시작되기 전부터 흥분하고 불안에 떨면서「조선청년독립대회」의 개최를 기다렸다.

회장인 백남규白南圭가 개최를 선언하고 최팔용崔八鏞이 사회를 보는 가운데 학생들의 연설이 이어진 뒤, 이윽고 백관수白寬洙가 독립선언문을 낭독했다. 참가자들은 격렬한 흥분에 싸였고 박수 소리와 흥분한 사람들의 환성으로 대회장이 흔들렸다. 회의장을 감시하고 있던 경찰관은 독립선언문의 낭독에 당황해 집회를 해산시키려 했으나 학생들이 경관의 중지, 해산 명령에 따르지 않고 회의장에 남아있자 곳곳에서 경관과 학생들의 난투가 시작되었다. 다수의 응원 경찰이 동원되어 많은 학생들이 체포되어 이들은 히비야日比谷 경찰서로 연행되었다.

이「대회」후에도 학생들은 재차 집회를 열려고 했지만, 경찰에 저지당해 개최할 수 없었다. 학생들은 치안당국의 심한 탄압에 항의하며「도쿄조선청년독립동맹휴교촉진부」를 조직해 유학생들에게 동맹 휴교에 참여할 것, 조선 본토에 돌아가 독립운동에 참가할 것을 호소했다. 이 호소에 따라 조선 본토로 돌아가 후일 3·1독립운동에 적극적으로 참가한 유학생은 수백 명에 달했다.

조선총독부의『고등경찰요사高等警察要史』는 감시의 눈을 피해 운동에 참가하기 위하여 조선으로 귀국한 학생 수를 1919년 5월 1일까지 359명으로 기록하고 있다.

도쿄에서 조선인 유학생에 의한「2·8 독립선언」이 발표되었을 때, 일본 국내의 여론은 이들의 운동에 대해 대체로「무뢰한 조선인의 소동」이라는 입장이었으며 학생들을 시종일관 비난 규탄하였다. 극히 일부의 소수자들이었지만 독립운동으로의 국제적 연대를 표명하고 조선인 유학생들에 대한 심한 탄압에 항의하는 일본인도 있었다.

민본주의자인 도쿄제국대학교수 요시노 사쿠조吉野作造와 신입회 도쿄제대의 학생들이 기관지『데모크라시』의 1919년 4월호 권두 논문에「조선유학제군」을 게재하고, 국제적 연대를 표명하고 있다. 비록 한정된 소수의 사람들이었지만, 이들은 일본국내에서 지금까지 계속된 재일 조선인의 인권, 민족권 운동을 지지·지원하는 일본인의 선구자이기도 하다.

도쿄에서의「2·8 독립선언」열기가 조선에 전파되어, 서울에서는 3·1독립운동이 시작되었다. 이는 순식간에 전국으로 퍼져 전 민족적인 운동으로 전개되었다. 일본에 유학하고 있는 학생들도 운동에 참가하기 위해 귀국을 서둘렀다. 3·1독립운동의 확대와 유학생들의 귀국 등 한층 더 발전된 운동에 놀란 치안당국은 유학생과 독립운동가들의 조선과 일본의 왕래를 차단하고 운동의 확대를 막기 위해 1919(다이쇼 8)년 4월에「조선인 여행 단속에 관한 건」을 발령하였다. 이에 따라 치안당국이 발행하는 여행증명서 없이는 조선과 일본을 왕래할 수 없게 되었다.

특히 일본에서 조선으로 가려는 조선인의 감시가 엄격해져「요시찰 조선인」을 형사가 미행할 뿐만 아니라 그 명부와 용모, 경력이 관계부서에 수배되었다. 관부연락선関釜連絡船의 발착지인 시모노세키下関에서의 경계는 특히 엄중해서 학생들의 왕래는 더욱 힘들어졌다. 그와 같은 사례를 신문은 다음과 같이 전하고 있다.

3·1독립운동에는 1919년 4월 말까지 200만 명이 참가

재일 한국인
백년사

귀국하는 학생들에 대해서,

「조금 전 메이지대학明治大學 정치학과 2학년인 이 모 씨가 귀향
한다는 정보가 있어서 미행을 했는데 부관연락선내에서 다음과
같이 무책임한 발언을 했다.『우리들의 요구는 ○○(주 인쇄 글씨로
되어 있다. 아마 ‘독립'이라는 두 글자일 것이다)도 아무것도 없다. 단지 일
본인과 같은 자유와 권리를 부여받고 싶다. 우리들에게는 20만 엔
의 재산이 있다. 그리고 나는 현재 정치학과 학생이다. 일본인과
같은 권리도 부여받지 못하고, 정치학을 공부한들 무슨 필요가 있
겠는가. 막대한 재산으로도 정치지식으로도 권리를 부여받을 수
없는 우리들에게 생활의 즐거움은 전혀 없다』

이리하여 그는 부산에 상륙하자마자 부산경찰서로 끌려가 구류
되고 말았다.」(『바칸 마이니치신문馬関毎日新聞』다이쇼 8(1919)년 3월 25일자)

그러나 일반 노동자들의 이입은 증대하고 있었다. 제 1차 대전
직후 일시적인 경제 불황이 있었지만 미국 경제의 호황으로 호경
기가 지속되고 있었기 때문에 기업의 조선인 노동자 요구는 끊이
지 않았다.

실업과 노동운동의 발흥

1920(다이쇼 9)년 5월부터 시작된 세계 경제불황은 재일 조선인
노동자에게 심각한 타격을 주었다. 경제 공황으로 각 기업은 노동

자의 임금을 삭감하고 해고하였으며, 게다가 공장까지 폐쇄되면서 많은 노동자가 직장을 잃게 되었다. 이러한 사태의 최대 여파는 미숙련 노동자나 중소 영세기업의 노동자였던 조선인 노동자에게 왔다. 조선인 노동자는 경제 불황의 초기 단계에 가장 먼저 해고 대상이 되어 약간의 귀향여비를 지급받은 채 직장에서 쫓겨났다. 재취직의 길도 없어서 많은 조선인 실업자가 고향을 향해 현해탄을 건넜다. 신문은 「일본도 불경기라 최근에는 조선인 노동자가 한창 귀국하기 시작했다」(『바칸 마이니치신문馬関毎日新聞』다이쇼 11(1922)년 5월 11일자)고 보도하고 있다. 이 시기까지는 아직 조선인 노동자의 대부분이 직업을 잃으면 고향으로 돌아간다는 의식과 모국에 대한 유대를 가지고 있었지만, 돌아갈 장소가 없는 사람들도 조금씩 늘어나고 있었다.

돌아갈 장소가 없는 사람들은 해고와 임금 삭감의 태풍 속에서 살기 위해 이를 악물고 투쟁하지 않을 수 없었다. 따라서 이 시기 조선인 노동자의 쟁의가 빈번이 일어났다. 1920년~1922년에 일본 각지에서 조선인 노동자의 쟁의가 일어났는데, 이런 쟁의는 대개 자연발생적으로 일어났다. 이러한 노동쟁의는 해고와 임금삭감에 반대하는 쟁의였다. 기업 측의 강경함과 유연함에 대한 쟁의대책에 따라 한 때는 돈이라는 명목으로 위자료를 할당받은 적도 있었지만, 거의 그 목적을 달성하지 못하고 어쩔 수 없이 해산을 당했다. 이는 노동쟁의를 지도한 조선인 측 지도자의 미숙도 하나의 원인이라 할 수 있지만, 무엇보다도 가장 중요한 원인은 조·일 노동자 간의 연대와 지원 없이 조·일 노동자가 기업 측의 교묘한 노무대책으로 적대관계에 있었던 것 때문일 것이다.

기업은 조·일 노동자 간에 임금 격차를 두어 일본인 노동자의 우월감을 부추겼고 더불어 조선인 노동자가 일본인이 일할 곳을 뺏고 있는 것처럼 조장하여 조·일 노동자 간의 분단 목적에 성공하고 있었다. 조선인 노동자의 파업은 수적으로 압도적으로 많았던 일본인 노동자의 "배신"으로 조선인 노동자의 전면적인 패배가 대부분이었다.

재일 조선인 노동자의 노동쟁의는, 처음에는 자연적 발생이며 쟁의방법도 미숙했기 때문에 실패 했지만 실패를 거듭하는 동안에 쟁의방법이 개선되었고, 무엇보다도 조직화되어 갔다. 특히 제 1차 대전 후에 성립된 러시아혁명의 영향을 받아 재일 노동자 중에는 마르크스·레닌주의적 사상에 공감하는 사람들이 많아졌고, 일본사회주의자와 연대감도 강해져 그 영향 하에서 조선인 노동자의 노동운동을 조직하는 노동조합 활동가도 나타났다. 그리고 1922년 11월에 도쿄조선노동동맹회가 결성되고, 12월에는 오사카 조선노동동맹회가 결성되었다. 이러한 노동조합은 일본의 노동조합 운동과 연동하면서 활발한 활동을 전개해 갔다.

▌노무자 합숙소의
　비참함 ▌

　1920년 이후 재일 조선인의 수는 토공을 직업으로 하는 사람들로 인해 증가하고 있다. 1919년 일본정부의 도로개량계획이 실시되어 도로공사 등에 필요한 토공의 수요가 증대되었기 때문이다. 또한 3·1 독립운동 시기 도입된 「여행증명서」제도가 1922년 12월에 철폐되었고 조선과 일본의 도항이 자유롭게 된 것도 큰 요인이었다. 「여행증명서」제도의 철폐는 3·1 독립운동에 놀란 일본정부가 식민지지배의 형태를 그때까지의 「무단정치武斷政治」라 불리는 헌병·경찰들에 의한 억압적인 것에서 보다 유연한 「문치정치文治政治」로 전환해 조선인의 불만, 분노, 저항력을 누그러뜨리려고 한 정책을 시행한 것의 일환이다. 「문치정치」로 바꾼 일본정부는 왕성하게 「일선일체日鮮一体」, 「일시동인一視同仁」을 선전했다. 「일시동인」에 따라 같은 황국 황민이 「황국」을 여행함에 있어서 일본인은 관청의 허가를 필요로 하지 않는데, 조선인은 「여행증명서」가 필요한 노골적인 「제도적 차별」을 철폐하지 않을 수 없게 되어, 1922년 12월에 일본으로의 도항 규제를 폐지했다.

　규제가 철폐된 것에 더불어, 1921년에는 3만여 명이었던 조선인 도항 자가 1923년에는 3배인 9만 7천여 명으로 늘어났으며, 이들은 노동자로서 일본에서 일하게 되었다. 그 노동자의 대부분이 도로공사, 상·하수도 공사, 수력발전소 공사현장의 토공이었는데, 그 생활은 비참하기 그지없었다.

　그와 같은 조선인 토공의 비참한 상황이 우연히 드러난 것이 바로 1922(다이쇼 11)년 7월 29일에 보도된 요미우리신문読売新聞의 기사이다.

　요미우리신문은 니가타현 나카우오군 쓰난마치中魚郡津南町에서 건설되고 있던 신에쓰전력주식회사信越電力柱式会社 나카쓰가와中津川 제1발전소에서 발생한 조선인 토공 학살사건에 대해

　「시나노信濃강을 자주 흘러 내려오는 선인의 학살시체/『호쿠에츠의 지옥골짜기北越の地獄谷』이라 불리는, 부근 마을 주민이 두려워한다/신에쓰전력 대공사 중의 괴이한 소문」이라는 표제의 근거,「……최근 공사에 사용되고 있는 조선인의 익사체가 하류 각지에서 발견되고, 점차적으로 노동자 학대치사라는 기괴한 풍문이 퍼졌다. 그러나 이러한 죽음을 모르는 노동자가 많음에 놀랐다. 무심코 입을 잘못 놀리면 바로 습격 받을 우려가 있었기 때문에 부근의 마을사람들은 모조리 비밀리에 덮고 있었는데, 이처럼 사람이 지켜야 할 도리를 무시한 학살문제가 이제는 이미『호쿠에쓰 지옥골짜기』으로 선전되어, 관할 도카마치十日町경찰에서는 공사지인 오와리노大割野순사출장소를 주재소로 변경하고, 경찰관의 증파増派를 부탁해 철저한 단속을 해야 한다. 이에 지금 경찰서에 신청 중이다.」「도망치면 고문하다가 죽이고, 산중에서도 썩어 문드러진 시체가 굴러다니고 있다. ……목격한 사람의 이야기 니가타특전新潟特電, 목격자는 두려워 부들부들 떨면서 지금 같은 세상에 있을 수 없는 다음과 같은 이야기를 했다.

『지옥골짜기라는 것은 즉, 아키나리秋成마을의 켓토穴藤라는 작업장으로 여기에는 1200명의 노동자가 있는데, 그 안에 600명은 조선인입니다. 처음 새로 고용할 때는 조선 사람은 한 사람 40엔 정도 가불해 주고, 한 달에 69엔이 규칙이지만 산에 들어가기만 하면 규정된 8시간 노동은커녕, 아침 4시부터 밤 8~9시정도까지 목욕도 못하고 소나 말처럼 사정없이 부립니다. 휴식은 식사를 제외하면 1분도 쉬지 못하게 하고, 트럭밀기, 땅파기, 암석파괴부터 재목 나르기 까지 시키기 때문에 심장은 나빠지고 몸은 극단적으로 약해지며, 견디지 못하고 그만두려 해도 요구를 들어주지 않습니다. ……처음과는 전혀 다른 대우에 밤이 되면 달아나려고 하는 사람이 많은 것이 어찌 무리가 아니겠습니까? 나는 도망가려다 붙잡힌 사람을 수십 번이나 보았습니다. ……도망자에 대한 처벌이라 함은 양손을 뒤로 묶어 올려 3,4명의 망보는 사람－결사대決死隊라고 부르며 예리한 칼과 권총을 품에 가지고 있다－이 삼나무에 매달아 곤봉으로 치고 때립니다 ……그리고 놀랍게도 잘도 이 산중에서 도망간 조선인의 썩은 시체가 발견됩니다. 내가 들은 것만으로도 강 하류에서 사인불명의 조선인 7,8명의 시체가 표착하고 있습니다. 아마 일하지 않겠다고 하여 학대당해 도망갔다가 붙잡혀 고문당하고 죽은 것이 아닐까 생각합니다만.』」(『요미우리신문読売新聞』다이쇼 11(1922)년 7월 29일자)

이 기사 게재 후, 같은 신문 기사에 의한 현지르포가 「듣기에도 참혹한 살인 장소聞くも無残な殺人境」라는 표제로 3회에 걸쳐 게재

되었다. 거기에는 노동의 실태, 임금착취의 실체 등이 구체적으로 기술되어 있다.

요미우리신문의 보도가 조선에 전달되자마자 큰 반향을 불러일으켰다. 놀란 조선총독부와 내무성은 「조사 결과 그와 같은 사실은 없다」라고 부정하는데 기를 썼고, 「사실무근」이라며 학살사건을 부정했다. 그러나 그 발표를 믿지 않았던 조선인들은 크리스트교 청년연합회 등이 중심이 되어 「니가타사건조사회新潟事件調査會」를 결성하고 진상규명을 위해 8월 17일에 노동공제회 이사 라경석羅景錫을 일본에 파견했다. 또 동아일보사도 편집 주간 이상협李相協을 특파 기사로서 현지에 보냈다. 이상협은 현지 토건회사의 취재거부, 경찰의 취재방해 등에 직면하면서, 「니가타의 살인 경혈등 답사기新潟の殺人境穴藤踏査記」를 9월에 넣어 12회의 연재르포로써 송고했다.

▌한일연대의 싹▐

이 사건은 일본인과 조선인의 연대를 불러일으키는 예기치 못한 부산물을 낳았다. 조선에서 니가타로 파견되어 있던 라경석 일행은 도쿄에 들러 8월 20일 조선인 유학생 기숙사에서 유학생 40명을 모아 「진상보고회」를 열었는데 「……소위 감옥에서 학대당한 것에 대한 격렬한 연설을 하던 도중에, 경시청 고지마치경찰서麴町

署의 부하에 의해 해산을 명받았다」(『니가타 신문新潟新聞』다이쇼 11 (1922)년 8월 24일자)

라경석, 이상협 등은 조선인 토공에 대한 학대실태를 조선인에게 호소하는 것뿐만 아니라 일본인에게도 알려 식민지지배 하의 민족차별문제를 규탄하기 위해 일본인과 공동의「진상보고회」의 개최준비를 신중하게 시작했다. 그리고 9월 7일 간다神田의 조선 크리스트교 청년회관에서「시나노信濃강 학살문제 대 연설회」를 개최했다. 이「대 연설회」에는 조선인 측에서 김약수金若水, 박열朴烈, 백무白武 등이, 일본 측에서는 우라타 다케오浦田武雄, 다카쓰 마사미치高津正道, 오스기 사카에大杉栄, 사카이 도시히코堺利彦 등의 마르크스주의자, 무정부주의자들이 참가했다.

그 해 7월에 결성된 일본공산당은 기관지『전위前衛』에서「조선·일본노동자의 단결」을 논하고 있다. 일본의 좌익계 인사 중에 니가타 조선인 학살사건을 문제 삼아 이를 일본인과 조선인 노동자의 공동전선, 국제연대의 실마리로 삼으려는 움직임이 생겨났고,「대 연설회」의 개최가 가능하게 되었다. 1922(다이쇼 11)년 9월 7일에 열린 이「대 연설회」에는 약 1000여 명이 입장했는데 한·일의 비율은 반반 이었다.

연사에 의해 조선인 토공의 참상이 보고되고, 거듭 김전칠金畑七이「한일합병에 의해 일본의 무산자와 조선민중이……」라고 한일합병문제를 언급하려하자 현장에서 검사하는 경찰관이 큰 목소리로「연사중지」라고 외치며 연설을 중지시켰다. 뒤이어 연단에 선

백무 역시 조선의 독립을 언급하려 하자 「연사주의」라고 경고 받았으나 무시하고 연설을 계속하려 했기 때문에 감시하고 있던 경찰관에 의해 수명이 체포되고, 집회는 해산을 명받았다. 치안당국은 이 집회가 한·일 노동자 연대와 조선독립운동에 이용되는 것이 아닌가하고 극도로 경계하고 있던 것이다.

이 사건을 계기로 재일 조선인 노동자 실태조사회가 결성되어 참상이 전달된 홋카이도北海道와 치쿠호筑豊 탄광의 노동실태, 각지 토공 합숙소飯場의 상황을 분명히 밝히려는 운동이 일어나 김약수 일행에 의해 집회가 개최되었다.

이 사건은 당시 조선인 토공의 실태의 일부분을 밝히는 것과 함께 조·일 노동자 연대운동의 출발점으로써 매우 큰 의미를 갖게 되었다. 그러나 현실적으로 조·일 노동자 연대는 주로 좌익계 지식인들이 중심이 되어 주창되었다. 노동 현장에서 조·일 토공들이 연대한다는 것은 당시로써는 볼 수 없었고, 오히려 서로 적시하여 대립 항쟁하는 일도 많았다. 신문은 그와 같은 항쟁에 대해 자주 보도하였다.

「미야자키현 니시우스기군 나나오리무라 토공청부업 니시마쓰조직의 조선인 토공 44명은 24일 오후 10시쯤 손에 흉기와 봉 등을 들고 니시마쓰조직西松組를 습격해 임금 지불을 요구했으나 니시마쓰조직에서 응하지 않자 폭행을 가하고, 마침 같은 곳에 있던 일본인 토공들이 곡괭이와 보호할 물건을 들고 대항함에 따라 60여 명의 조선인과 일본인 토공이 뒤섞여 큰 난리를 피웠다. 이것으로 인해 사망 1명, 중경상 10여 명이 나왔다. 관활 경찰서에서 경찰관 다수가 급히 파견되어 현재 조사 중」(『도쿄 아사히신문』 다이쇼 15 (1926)년 4월 27일자)

같은 노동현장에서 일하는 한·일 노동자의 「공동 투쟁共鬪」이 실현되기까지는 더욱 오랜 시간과 힘겨운 현실에 대한 체험을 필요로 했다.

살아남기 위한
선택

▎관동대지진関東大震災 때의 학살 ▎

　1923년 9월 1일 정오 1분 전, 관동지방 일대를 진도 7.9의 대지진이 덮쳤다. 도쿄·요코하마 등의 시가지는 가옥의 붕괴와 화재에 의해 괴멸상태가 되었다. 또한 계속되는 여진으로 인심은 동요했고 공포와 불안에 떨고 있는 사람들에게 조선인이 방화를 저지르고 우물에 독극물을 투입했다는 유언비어가 퍼져갔다.

　다음 날 이 같은 유언은 경찰의 연락망을 통해 전국으로 퍼져 9월 3일에는 군의 통신기관－해군성 후나바시船橋송신소를 경유하여, 각 지방 장관들에게 조선인 폭동이 진실처럼 전달되었다.

계엄령 하의 수도권에서 조선인의 방화·독극물투입·약탈을 믿었던 일본인에 의해 많은 조선인이 체포되어 학살당했다.

그 학살의 중심이 된 것이 각 지역마다 조직된 「자경단自警団」이었는데 계엄령으로 출동한 일본군장병 - 예를 들어 치바 나라시노 기병연대의 장병 - 들에 의해 살해당한 사람들도 있다.

관동대지진 당시에 살해당한 조선인의 총 숫자에 대해서 일본정부는 현재까지 공식적으로 발표하지 않고 조사도 하지 않고 있기 때문에 정확한 희생자 수는 현재도 모르는 상태이다. 법부부司法省의 발표로는 232명, 조선총독부의 발표로는 832명이라며 가능한 한 희생자를 축소하여 발표하고 있지만 고작 그 정도의 소수는 아닐 것이란 의견이 중론이다.

현재 비교적 정확하다고 생각되는 것은 당시 상하이에 있던 조선독립 그룹의 기관지『독립신문』의 사장 김승학金承学이 지진 후, 조선인 학살 통보를 접하고 몰래 일본에 온 유학생들과 공동으로 조사, 발표한 「김승학 조사서」에 기제 되어있는 숫자는 6,415명이다. 그러나 이 역시 정확하다고는 말할 수 없다. 매우 힘들게 조사한 것이지만, 비상시에 민간인에 의해 행해진 비공식 조사이기 때문에 모든 정보에 접하는 입장이 아니었던 만큼 정확성을 기대할 수 없는 것은 당연할 것이다.

이 때 재일 중국인도 민족적 편견으로 살해당했으며 그 수가 200명으로 헤아려지고 있지만 사실 몇 명의 일본인이 이들을 조

관동대지진으로 체포되어 판자로 지어진
임시수용소에 감금당한 조선인

선인으로 착각하기도 했고, 또한 천황제 국가의 위험인물로서 학살당하기도 했다.

관동지방에서는 조선인들이 거의 학살당하거나 혹은 학살이 두려워서 도망가거나 수용소에 들어가기도 했기 때문에 한동안 그 모습을 볼 수 없게 되었다.

그런 요코하마 시의 상황에 대해,

「대지진 후 사방으로 흩어져 그 수는 매우 감소했고, 특히 요코하마 시와 같은 곳은 전멸했으며, 유언비어의 근원지인 만큼 한 때 조선인의 그림자를 보는 것도 드물었다. ……」(『한신阪神・게힌京浜 지방에서의 조선인』조선총독부, 다이쇼 13(1924))년 라고 관헌자료는 기술하고 있다.

대지진 직후 관동지방 뿐만 아니라 관서지방 등의 조선인들도 박해에 대한 두려움으로 조선으로 돌아가고 있었다. 9월 3일 일본 치안당국은 혼란을 두려워하며 조선반도에서 도항해 온 조선인의 입국을 금지했고, 부산으로 되돌려 보내는 조치를 취했다. 이와 같은 조선인 상륙 금지조치가 취해졌을 때 시모노세키는 일본의 학살행위를 두려워하여 도망쳐 온 조선인으로 인해 매우 혼란스러운 상태에 놓여 있었다. 이 시기 재일 조선인의 대부분이 단신으로 돈을 벌기위해 온 노동자로서 정주자가 적었는데 간편한 차림새였던 것도 이와 같은 현상의 배경에 있을 것이다. 덧붙여 1995년 1월 한신대지진으로 커다란 피해를 입은 조선인 밀집지대 나가타 구長田区에서는 박해를 받은 사람이 한 사람도 없고, 또 조선으로 돌아가려고 한 사람도 전혀 없었다.

▌지진으로 인해 세력을 펼친
친일단체親日団体 ▌

관동대지진 때 많은 재일 조선인이 학살당했는데 그 학살된 시체의 처리와 수용된 조선인들의 감시 등과 관련하여 「상애회相愛会」 등의 "친일단체"가 협력을 신청했다. 그 후 치안당국의 감독 하에 재일 조선인의 황국황민화와 침략전쟁협력에 가담하는 길을 걷기 시작했다.

상애회는 1920년 조선인과 일본인의 「융화」를 목적으로 「친일」파 조선인인 박춘금朴春琴, 이기동李起東 등에 의해 도쿄에서 결성된, 사회사업 단체로써 일본 각지에 그 지부를 결성해 갔다. 그 회칙에 의하면 재일 조선인 노동자를 위해 「민족적 차별 관념을 철폐하고」, 「한일 융화를 철저히」하며 「조선인 노동자를 위해 정신적인 교화와 경제적 구제를 도모한다」로 사업내용은 조선인 노동자를 위해 공동 숙박시설의 건설, 직업 안내 및 소개, 노동자 교육이라고 되어 있다. 그러나 그 실체는 일본기업에 고용된 조선인 노동자를 감시, 감독하고, 임금 인상과 처우개선을 외치는 노동자를 폭력으로 꼼짝 못하게 하는 노동 깡패였다. 1920년경부터 자주 일어나기 시작한 조선인 노동자의 쟁의를 힘으로 억누르는 억압조직으로서 기업 측에 고용되어 때로는 치안당국과 협력하여 쟁의를 억압하는 측으로 활동했다.

관동대지진에서 학살된 조선인들의 시체 처리로 곤란에 처한 일본당국에게 상애회는 300인의 노동봉사대를 조직해 시체의 처리를 신청함으로써 치안당국으로부터 극진한 대접을 받았다. 그들은 또 경찰서 내에 「보호」되고 있던 다수의 조선인을 도쿄 혼죠本所의 육군 료마쓰쇼糧秣廠 구내 등에 판잣집을 지어 수용하기 위한 노동에 종사하고, 수용소가 지어진 후 그곳의 감시원으로서 활동했다. 그 「친일자세」가 치안당국에 인정을 받아 그 후 도쿄·긴시쵸錦糸町에 상애회관을 건립하고 1928년에는 재단법인 허가를 받아 그 이사장으로서 전 조선총독부 경무국장으로 경시총감을 맡은 마루야마 쓰루키치丸山鶴吉를 두고 있었다.

상애회는 재일 조선인 대책의 「어용단체御用団体」로써 점차 조직을 확대해갔다. 일본의 침략전쟁이 확대됨에 따라 재일 조선인을 전쟁협력으로 몰아가기 위해서 보다 강력한 조직으로 결성된 협화회協和会에 점차적으로 소멸되어갔다. 이런 「융화단체融和団体」는 다수 존재하고 있었는데 그것들에 대해서는 오사카부내선사업조사회大阪府内鮮事業調査会 조차 1936년의 「체류조선인 문제와 그 대책」에서 「…소위 현재의 융화단체는 대체로 사적인 이익을 도모하려 하는데…」라고 기술하고 있다.

이 상애회와 같은 조선인 「어용단체」와는 달리 지진 후 재일 조선인 대책용 일본인 측 단체의 필요성도 생겼다. 그것은 일단 지진이 일어났을 때 조선인 학살의 실상을 은폐할 필요가 있었고,

장기적으로는 재일 조선인의 「융화」책의 필요가 있었기 때문이다. 조선총독부는 그런 단체를 필요로 하고 있었다. 관동대지진 당시, 조선인 학살 소식에 난감한 것은 조선총독부였다. 그 사건을 계기로 다시 1919년의 3·1 독립운동과 같은 전국적인 반일 운동이 발생하는 것을 두려워했기 때문이다.

조선총독부는 전력을 다해 학살의 실태를 은폐하고 일본에서 피난해 오는 조선인에게 부산에서 후한 접대를 하면서 회유에 힘썼다. 또한 학살이 아니라 그토록 비참한 대지진 때에 조선인을 도운 일본인의 미담을 발굴해 발표하는 융화단체와 지진 때의 박해에 대한 조선인 측의 증오와 공포감을 해소하는 활동을 할 단체를 필요로 하고 있었다. 당시 조선인의 일본인에 대한 불신감과 공포심을 오사카시의 직원은,

「지진 이후 조선인 노동자는 일본인에 대해 매우 신경이 예민해져 대부분 어떠한 질문을 해도— 모릅니다— 로 일관했기 때문에 이전과 같이 마음을 터놓고 이야기를 나눌 수 없다……」(『조선인 노동자 문제』 오사카 시 사회부, 다이쇼 13(1924)년)라고 기술하고 있다.

「융화단체」의 필요성을 느끼고 그 창립을 추진한 것은 이 시기 조선총독 사이토 미노루斉藤実이다. 사이토는 지진 직후 도쿄에서의 대책 협의 후, 조선으로 돌아가는 도중 재일 조선인이 가장 많이 거주하고 있는 오사카에 들러 관계자에게 융화단체의 설립을 지시했다. 그것을 받아들여 1924년 5월에 관민합동의 오사카부 내선협회內鮮協会가 설립되었고 그 후 가나가와神奈川·효고兵庫 등

에서도 설립되어 갔다.

이 내선협회는 이미 존재하고 있던 상애회 등의 조선인 측의 「융화단체」 등과 그 후 합병해, 협화회協和会, 흥생회興生会로 명칭을 변경하면서, 패전의 날까지 조직을 확대 강화해 재일 조선인의 생활에 많은 영향을 미쳤다.

「조선부락」의 탄생

재일 조선인 문제를 다룬 일본의 초기 관헌자료 중에서 조선부락의 존재를 비교적 자세하게 기술한 것으로 『쓰루하시鶴橋・나카모토中本방면에서의 조선인 생활 상황』(오사카시 조사과, 쇼와 3(1928)년))이 있다. 거기에는 일본 최초의 「조선부락朝鮮町」으로서 「메이지 42년 조선부락이 건설 되었다……」라고 기술되어 있는데, 그 장소는 현재 오사카시 이쿠노구 히가시오바시大阪市生野区東小橋 지역으로 현재도 주민 대부분이 재일 조선인이다. 이와 같은 「조선부락」를 거점으로 재일 조선인의 정주화가 시작되었다.

최초의 「조선부락」은 당시 생활환경이 열악했던 해발 0미터 지대의 변두리로 호우가 내리면 항상 물에 잠겨 일본인들은 꺼려하여 살지 않았던 장소이다. 그 주변에 많은 영세 소규모 공장이 세워져 저임금 노동자의 수요가 있었기 때문에, 조선인이 정착하게 되었고 현재도 일본최대의 조선인 집단 거주 지역으로 「이카이노猪飼野」라는 다른 이름으로 불리고 있다.

한신지방 에서는 다이쇼 중기부터 이와 같은 조선부락이 조금씩 나타나기 시작했는데 관동지방에서의「조선부락」의 형성은 조금 뒤에 나타난다. 관동대지진에 의한 학살 영향도 있어서 집단거주지의 형성은 늦어졌지만 관헌자료에 기술되어 있는 가장 오래된 것은 요코하마시 나카구 미야가와초橫浜市中区宮川町의「조선부락」이다.

「다이쇼 13(1924)년 미야가와宮川 교량교체공사 청부업자 가토조직加藤組에서 종업원을 숙박시키기 위해 판잣집 3채를 건설한 것에서 시작된다. 이 지역은 철도용지로는 임대료를 지불한 적이 없고, 또한 부흥 후 각 토목사업에 노동하는 사람은 작업상 유리한 토지를 차지했기 때문에 해마다 이주해오는 사람이 늘어났다. 각종 공사의 완공과 함께 거주자의 이동은 있었지만 여전히 작업상으로는 편리하기 때문에 감소하는 일 없이 현재에도 45채, 230명으로 시내에서의 최대 마을을 형성하기에 이르렀다……」(『조선인 생활상태 조사』요코하마시 사회과, 쇼와 10(1935)년)라고 그 탄생과 발표에 대해 기술되어 있다.

도쿄도에서는 1920년대의 도쿄도 조사에서「……조선부락이라고 볼만한 것이 없고……」라고 보고되어 있고, 쇼와 초기에는,「그들 대부분은 관내에서 영세민 주거지대인 미카와시마초三河島町, 닛포리초日暮里町, 센주초千住町, 미나미센주초南千住町……그리고 그들은 그 대부분 전부가 판잣집과 같은 연립주택에 주거했기 때문에……」(『재 도쿄 조선인 노동자의 현상』도쿄도 사회과, 쇼와 4(1929)년)라고 일본인 빈민과 같이 살고 있다고 기술되어 있다.

도쿄도에서 전쟁 전·전쟁 후 최대의「조선부락」으로서는 고토구江東区의 후카가와 에다가와초深川枝川町와 그 인접지역인 시오사키쵸塩崎町가 유명하다. 이런「조선부락」은 1937~8년경부터 형성되었다.「조선부락」으로는 비교적 새롭게 1940년경에 완성되어 수백세대(에다가와초는 약 300세대)의 조선인이 생활하고 있었다. 이 마을의 성립 유래에 대해서 1965년 당시, 이 마을을 조사한『일본독서신문』기자가 노인들의 이야기로서

「먼저 에다가와초의 발달과정부터 이야기하자면. 이 마을은 올림픽과 인연이 있다. 1940(쇼와 15)년 전쟁으로 인해 결국 중지되었던 도쿄올림픽이 이 마을의 탄생에 직접적인 계기가 되었다. 예전부터 도쿄의 바닷가 마을과 떨어진 이 일대는 함석 한 장만을 덮은 비참한 조선인의 집이 여기저기 있었지. 그런데 옛날이나 지금이나 마찬가지로. 올림픽에 온 외국인에게 꼴사나운 모습 — 일본 식민지 정책의 결과 — 를 보이는 것은 체면이 서지 않기 때문에, 한 곳으로 모아 살도록 하였다. 이것이 에다가와쵸의 발단의 시작이다. 쇼와 12(1937)년경 부터 이 계획이 시작되어 15(1940)년에는 현재와 같은 크기가 되었고. 자금은 조선총독부가 냈다고 한다. 여기는 원래 무엇이었냐면 지금 후지창고富士倉庫라는 창고로 되어 있는 곳이 도쿄도 쓰레기 소각장이었다. 이 일대는 전부 쓰레기를 말리는 곳이었던 셈이다. 그러니까 당연히 인간이 살 수 있을 만한

곳이 아니었다. 도심에서 훨씬 떨어져서 마침 지금의 꿈의 섬과 같은 것이다」(『다큐멘트 조선인』일본 독서신문 출판부1965년 출간)라고 기재하고 있다. 확실한 증거인 관헌자료를 찾아보았지만, 찾을 수가 없고, 1997년에 출판된 두꺼운『고토구역사江東区史』상·중·하 세권에는 한 줄도 조선인과 관련된 기술이 없다.

에다가와초의「조선부락」이란, 노인들의 이야기에 의하면 비위생적인 쓰레기 매립지에 허술한 연립주택을 지어 그곳에 도쿄도 아래의 조선인들을 이주시켜 생겼다. 그 마을의 관리는「옥풍회玉風会」라는 조선인 융화단체에 위임되어 도쿄도가 지도했다는 이야기다. 또한 전쟁의 피해를 면하였기 때문에 전쟁 후에도 조선인 밀집지대로 남았다.

일본에 온 조선인 노동자들이 일본에서 가장 고생한 요인 중의 하나로, 주거의 확보를 들 수 있다. 환경이 열악한 토지에「조선부락」이 탄생하게 된 것도, 일본인 집주인이 조선인에게 집을 빌려주는 것을 싫어했기 때문이다. 필연적으로 조선인들은 일본인이 살기를 꺼려하는 장소, 예를 들어 하천부지와 쓰레기 매립지 등을「불법점거」해 주거를 꾸렸고 셋집도 역시 일본인이 살기 싫어하던「변두리」에 집중하고 있다.

조선인들은「이른바 도시의 변두리에 대부분이 거주하고 있다. 도쿄에서는, 시나가와品川, 오사키大崎, 세타가야世田ヶ谷, 도쓰카戸塚, 스가모巣鴨, 센주千住, 미노와三の輪이고 오사카시 근방에서는 이마미야今宮, 쓰루하시鶴橋, 토요사키쵸豊崎町와 같은 것이 그 예이다」(『조선인 노동자 문제』오사카시 사회부, 다이쇼 13(1924)년)라고 그 셋집 지역을 기술하고 있는데, 다이쇼 말기·쇼와 초기에는 집을 빌리는 것보다 「하숙생활」을 하는 사람이 많았다. 당시 도항자의 대부분이 단신으로 돈을 벌로 온 노동자였기 때문이다.

1926년 7월에 오사카시 쓰루하시 경찰서 관내에서는 171건의 조선인 하숙업자가 영업하고 있었고 2,363인의 하숙인을 숙박시키고 있다고 오사카시의 보고서에 기재되어 있다. 한 집에 평균, 실제 14명이 하숙을 하고 있었다.

이 시대, 쓰루하시 경찰서 관내의 하숙집에 하숙한 경험이 있는 고한수高範端 씨에게 당시의 하숙 실태에 대해 물은 적이 있다.

「하숙집이라 해도 지금의 아파트 같은 것이 아닌 보통의 6채가 나란히 된 연립주택의 1동을 빌려 그곳에 채울 수 있을 만큼의 사람을 들이고 있는 하숙집입니다. 당시의 연립주택은 한 채가 6조疊와 4조반에 2층이 6조인 것이 보통이고, 집을 빌릴 수 없는 조선인 노동자가 하숙집 주인에게 억지로 어디라도 좋으니 머물게 해달라고 부탁해 하숙생이 되기 때문에, 그런 상황이 되어버렸습니다」라고 이야기 했다. 현재 일본에 온 외국인 노동자도 일본인 임차인이 없는 열악한 낡은 셋방에 많은 사람이 정착하는 상황인데, 그것은 70년 전과 크게 다르지 않다.

이와 같은 셋집과 하숙집에서 생활하고 있던 조선인 노동자의 생활환경은 어떠했을까. 관헌자료는,

「조선인 노동자의 생활 상태는 실로 비참함 그 자체이다. 특히

먹는 것에서는 어떻게 용케도 생존하는 데에 필요한 영양물을 섭취하고 있는 것일까 하고 의심하지 않을 수 없을 정도이다」(『조선인 노동자 문제』오사카시 사회부, 다이쇼 13(1924)년))라고 기술하고 있다.

그리고 구체적으로 27세의 토공에 대해서, 월수는 35엔, 그 가운데 하숙비가 19엔 50전(조·석식 딸림), 송금이 5엔, 잔금이 10엔 50전, 그것으로 생활하고 있는 것이다. 돈을 벌기위해 온 노동자 전원이 고향에 송금하고 있는 것은 아닐 테지만, 토공의 78%, 직공의 86%, 그리고 일용직 노동자조차 65%가 고향에 송금한다는 결과가 보고되어 있다. 임금 중에서 또 고향에 두고 온 아내와 자식들에게 송금하고 일본과 조선의 이중생활을 보낼 수밖에 없었던 조선인 노동자의 생활은 필연적으로 「비참 그 자체」가 되지 않을 수 없었다.

▌ 산미증식 계획으로 진행된 빈궁 ▌

관동대진후 "학살"의 두려움에 벌벌 떨던 조선인의 일본 입국은 일시적으로 정체했지만, 농민의 영락 실업은 만성화 되어 조선의 농촌에는 대량의 잠재실업자가 괴로워하고 있었다. 토지조사사업에 의한 농지의 약탈이 일단락되었을 때 다시 조선의 농민에게 부담을 강요하는 식민지 농업정책이 실시되었다.

그것은 「산미증식계획」이라고 불리는 정책이다. 이 「산미증식

계획」의 발단은 1918년 일본의 전 국토를 덮친「쌀 소동米騷動」의
쓴 경험에서 일본정부가 식량문제 해결을 목적으로 노동자와 빈민
층에게 쌀을 저렴하고 안정적으로 공급하려는 정책을 착수한 데
있었다.

1922년 일본국내의 쌀 생산은 전 수요보다도 768만석(1석은 약
180리터)이 부족했는데 그 부족분을 조선에서 이입하려는 계획을
세워 조선에서의「산미증식계획」이 실행되었다. 이 정책에 의해
조선의 농업에 대규모의 자본투자가 이루어지고 관개시설이 증설
되어 경작지는 경지정리가 되었다. 그 결과 일본인 지주들의 농업
사업의 확대가 진행되고 쌀도 증산되어 그들의 이익은 보장되었
다. 그러나 조선인 소규모 자작농민들에게는 수익조합의 수탈부
담 등을 포함한 농업경비가 대폭 증대되어 경영난에 빠져 농지를
처분할 수밖에 없는 농민들이 늘어났다.

「산미증식계획」이 실시된 해에는, 전 조선의 총경작지 면적의
50.8%가 소작지였는데 10년 후인 1930년에는 그 비율이 55.6%로
증대되었다. 그리고 소작농민은 전 농민 비율의 39.8%에서 46.5%
로 대폭 증가하고 있다. 이것은 많은 농민이 소작농으로 전락해
간 것을 의미하고 있다.

이렇게 농민들의 빈궁은 더욱 가속화되어 갔다.

1931년 조선총독에 임명받은 우가키 가즈시게宇垣一成조차도「부
지런히 일하는 사람에게 가난은 없다는 속담이 있지만, 조선에서
는 일해도 가난에서 벗어나지 못하는 사람이 많다」(『우가키 가즈시게

일기』쇼와 6(1931)년 9월 8일자)라고 말할 정도이다.

「산미증식계획」의 수행에 의해 조선에서 빠져나간 쌀은 1920년 175만석에서 1930년에는 542만석으로 증대되었다. 일본 국내에서는 식량부족으로 발생한「쌀 소동」과 같은 사회불안을 야기하는 일은 이후 사라졌는데 그것은 조선농민의 희생으로 성립되었다. 조선 국내에서 생활할 수 없게 된 농민들은 살 길을 찾아 일본으로의 이주를 도모했다.

일본의 산업계는 제 1차 대전 후 세계경제공황의 영향으로 불황에 시달렸고, 기업의 도산, 조단操短(조업단축) 등으로 실업자가 증대되고 있었다. 실업문제는 중대한 사회문제가 되었는데, 그와 같은 노동시장에 조선인 노동자가 대량으로 이주해 오면 일본인 노동자의 실업문제는 더욱 심각해지기 때문에, 일본정부는 조선인 노동자의 일본으로의 이입저지의 움직임을 강화했다.

▌야마구치현山口県 경찰서에 의한 실태조사 ▌

자유도항제 아래에서는 조선인 노동자의 이입이 멈추지 않을 거라고 생각한 일본정부는 1924(다이쇼 13)년 2월에「조선인에 대한 여행증명서 건」을 발령하고 관청이 허가하는 증명서를 소지하지 않은 조선인의 일본으로의 도항을 다시 금지했다. 그러나 저임금 노동자의 확보로 불황을 극복하려고 하는 일본기업의 노동자 모집은 계속되었고 기업의 신청에 의해 허가서를 얻은 조선인 노동자는 대한해협을 건너갔다. 그리하여 이들 조선인의 실태를 파악함에 있어 보다 효과적인 저지방법을 찾으려 한 치안당국에 의해 각종 조사가 실시되었다.

1925(다이쇼 14)년 4월 야마구치현 경찰서 특별고등과는 시모노세키에 상륙하는 조선인에 대한 실태조사를 했다. 조사기간은 4월 1일부터 30일까지 한 달간이었다.

조사기간 중 도항해 온 조선인은 1만 1,154인, 귀향한 사람은 5,257인, 합계 1만 6,413인이었다. 조사에 의하면, 조선인 도항자의 남녀 비율은 대략 2대 1이로 남성이 많았다. 목적지는 오사카가 1위이고, 이하 후쿠오카福岡, 도쿄, 야마구치山口, 아이치愛知로 되어 있어 거의 일본의 전 부현府縣에 걸쳐 있다.

그들의 직종에 대해서는 「직업은 육체노동자(농부, 인부, 직공 등)가 대다수로 그 수가 13,373명으로 전체 수의 약 82%를 차지한다.」고 보고하고 있다. 이들 도항자의 대부분은 단신으로 연령은 20~30대가 72%에 달하고 그 중 기혼자는 전체의 55%였다. 많은 사람들이 처자를 고향에 두고 돈을 벌로 온 실태가 표면에 드러났다.

도항자의 일본어 습득 정도에 대해서 「……전혀 일본어를 모르는 사람도 많아서 10,286명 중 4,330명 즉 약 42%나 차지했다」라고 보고하고 있고, 그 지참금에 대해서는 66.6%의 사람들이 5엔 미만밖에 없었다. 당시 일본에서의 조선인 노동자의 일급 평균은 1엔 40전이었다. 오히려, 지참금이 1엔도 없는 사람들이 「851명이나 있었다.」라고 적혀 있는데, 이것은 전 도항자의 7.6%에 해당한다. 지참금도 없이, 또한 일본어를 한마디도 못하는 조선인 도항자 대부분은 기업의 모집인을 따라온 사람들이었다. 이들 11,154인의 도항자의 96%는 일본에서 취직자리가 있었다고 보고되고 있다.

야마구치현 경찰서의 조사와 보조를 맞춰 같은 시기에 조선총독부 경상남도 경찰국도 조선인 도항자의 상황조사를 실시했다. 이 조사 결과에 입각해서 1925년 10월부터 강력한 도항저지제도가 도입되었다.

그「저지」책으로는 먼저 기업의 모집으로 일본에 건너가는 사람이 많았기 때문에 노동자 모집에 대한 조선총독부 허가조건을 엄격히 했다. 게다가 지참금 문제를 겨냥한 대책이 취해졌다. 조사에서 5엔 미만의 지참금 밖에 없이 도항하는 자가 많았기 때문에, 필요여비 이외에 10엔 이상의 지참금을 갖고 있지 않은 사람은 부산항에서 승선시키지 않는 조치를 도입했다.

이 단속강화의 결과 1925년 10월부터 다음해 12월 말까지 여행증명서 불비, 노동자 모집조건의 부적격, 지참금이 부족하다는 등의 이유에 의해 14만 5천여 명의 사람들이 부산에서 승선을 거부당했다. 이것은 1926년 일본으로 건너 온 조선인의 1.5배나 되는 숫자이다.

일본정부가 엄격한 도항저지정책을 취해도 일본과 외국으로 이주하지 않으면 살아갈 수 없게 된 조선내의 영락농민은 증가하고 있었다. 그들은 관청의 허가를 받지 못하면 비합법적인 밀항이란 수단을 써서라도 일본으로 건너갔다.

일본의 도항저지정책에도 불구하고 조선인 도항자 수는 감소하지 않았고, 또한 일본경제는 더욱 악화되고 있었다. 1927년에는 스즈키鈴木 상점의 도산, 대만은행의 파탄 등으로 금융공황이 일어나 기업의 도산이 속출했고 실업자도 증대되었다. 그리고 노동쟁의도 다발하고 있었다.

이와 같은 상황 속에서 일본에 조선인 노동자가 유입해오는 것은 일본의 사회불안을 증폭시켰고, 내무성은 조선인의 도항저지정책을 더욱 강화하는 방침을 명확히 세워 1928년 7월 각 관계부서에 통지문을 보냈다. 조선총독부는 그 지시에 따라 각도 경찰국에 통지를 보내 일본으로 도항하는 자를 조사해 취직처의 고용증명서 외에 개인 지참금액이 60엔에 미달되는 자는 도항을 금지하도록 했다.

그러나 이와 같은 규제강화에 의한 도항저지조치를 강화해도 조선내의 영락농민의 구제방법이 마련되지 않은 이상, 조선 국내에 다수 존재하는 "유민流民"화 된 실업농민들은 국외에서 취로의 기회를 노리고 있었다. 그들은 규제의 틀을 깨고 일본으로 건너갔다. "유민"의 증대는 조선 사회불안을 조장한다는 조선총독부의 상황판단이 있었지만, "유민"이 조선 밖으로 나가는 것을 총독부는 굳이 막으려 하지 않고 기업의 모집조건에서 지참금 60엔 등의 조건을 만족시키면 도항을 허가했다. 그러나 조선인 도항저지의 강력한 규제가 될 개인 지참금 60엔은 저임금 노동자를 고용하는 기업이 "내보이는 돈"을 이용하여 노동자를 부산에서 건너가게 한 뒤, 시모노세키에서 회수했기 때문에, 뚜렷한 효과는 없었다.

1928년 조선총독부의 도항저지제도의 강화에도 불구하고 그 해 일본으로 건너간 조선인의 수는 전년도와 비교해서 67,417명이나 늘어났다.

조선인의 일본 유입 증가는 일본의 조선식민지정책의 결과로서 표면화된 조선농민의 영락과 실업에 원인이 있었다. 그것은 단순한 경찰력의 규제로 대응할 수 있는 것이 아니었다. 또한 종합적인 식민지정책이 부재한 원인으로는 내무성, 조선총독부가 각각 따로따로 임시변통 대응을 취하고 있었기 때문이다. 따라서 아무런 해결을 볼 수 없던 것은 어쩌면 당연한 것이었다.

▌대공황 속의
재일 조선인 노동자 ▌

1929년 10월 뉴욕의 월wall 가의 주가 대폭락을 계기로 역사상 전례가 없는 대 경제공황이 미국을 덮쳤다. 미국의 경제공황은 이미 경기 후퇴기에 있던 일본경제를 직격했고 일본 전국에 불황의 폭풍이 거세게 몰아쳤다. 그것은 기업의 도산, 공장 폐쇄, 조업 단축, 임금 인하 등 노동자의 생활을 위협했다.

경제공황 하에서 가장 먼저 희생의 대상이 된 것은 경제 기반이 약한 중소 영세기업의 노동자 혹은 조직과 사회에서 보호 받지 못하는 사람들이었는데, 재일 조선인은 그 양쪽을 겸하는 입장이었다. 영세기업의 도산에 의한 조선인 노동자의 비극을 당시 신문은,

「공장 주인이 야반도주를 해서 해고 수당을 받지 못한 사람의 7할은 그들이다 라고 하며, 지난 5일 항구의 인부, 강대작姜大柞이 실업고로 자살한 것을 비롯해, 나카모토中本, 이마자토今里, 이치오카市岡 방면의 조선인집단지에서는 매일 여러 가지 실업비극이 일어나고 있다」(『오사카 마이니치신문』쇼와 5(1930)년 5월 14일자)라고 보도하고 있다.

이와 같은 임금 체불의 비극, 그리고 민족차별에 의한 해고도 조선인 노동자를 괴롭게 했다.

「(조업 단축)대책으로써 일본 도항을 협의하였고, 먼저 조선인 여공을 이 기회에 해고하기로 하여, 드디어 이번 달 1일부터 니시와키쵸西脇町를 비롯해 그 부근에 와 있던 조선인 약 200명을 한신阪神방면 등으로 인도해, 적어도 일본인에게 만큼은 일을 주려고 고심하고 있다」(『신하리마新播磨』쇼와 5(1930)년 4월 1일자)

이 기사에 따르면 불황에 의한 해고의 대상은 제일 먼저 조선인 노동자였으며, 당시 일본사회의 민족차별 실태가 단도직입적으로 나타나 있다.

일본 각지에서 재일 조선인은 실업에 시달렸는데 조선인 다주지역인 오사카 지방에서의 조선인 실업문제는 특히 심각한 상황이었다.

1930년 12월에 오사카시에 사는 조선인 인구는 8만 5백여 명으로 헤아려졌지만 이들 조선인의 실업률은 18%에 달했고 오사카시의 실업자 5명중 1명은 조선인 노동자였다. 비율로 보면 일본인에 비해 약 3배나 높았다. 재오사카在阪 조선인 노동자의 실업률이 다른 지역과 비교해서 현저히 높은 것은 그 다수가 영세기업의 공장 노동자였기 때문이다. 그들은 일본인 노동자가 일하기 꺼려하던 고무·유리 공장 등 노동환경이 열악하고 종업원 수가 30명 미만인 영세공장에 근무하고 있었고, 이런 영세공장은 공황에 직격탄을 받아 도산했다. 경영자가 야반도주 해 임금을 받지 못한 노동자가 길바닥에 내앉는 지경에까지 이르렀다.

일본 각지에서 해고당하거나 도산에 의해 실업자가 된 사람들이 늘어나고 일본에서 생활이 불가능해 조선으로 돌아가는 사람들도 있었다. 그러나 고향에 돌아가도 살아갈 길이 없는 많은 조선인 노동자는 미래의 희망도 없이 일본에 체재했다.

기업의 임금 인하, 체불, 끝내는 민족차별해고 등에 대해 조선인 노동자는 격렬하게 반발하고 항의했으며, 이것이 노동쟁의로 발전해 가는 경우도 많아져 갔다.

초기 노동쟁의와는 달리 1927년경부터 조선인 노동자의 쟁의는 꽤 조직적이고 전투적으로 되었다. 그것은 쟁의를 지도하는 노조가 탄생하고, 사상적으로도 그 기반을 강화했기 때문이다.

1925년 2월에 재일 조선인 노동 총동맹이 결성되어, 1927년 4월 제3회 대회에서는 조합원 수 3만여 명(실태는 그 반수로 측정)이라고 발표될 정도로 발전되었다.

오사카, 도쿄에서 「동맹회」가 결성되었던 당시, 조선인 노동자 조합의 요구, 목표는 재일 조선인 노동자 생활을 반영할 것과 저임금, 미불 임금, 부당한 해고 등에 대한 계급적 관점에서의 경제요구였다. 그러나 활동을 전개하는 기업 내의 일상적인 민족차별문제의 해결이 시급했고 더불어 조선본토의 좌익계 단체 민족단체 등의 영향을 받아 재일 노동운동 안에서도 전 민족적 투쟁과제인 조선의 해방과 독립의 주장을 포괄하게 되었다.

이와 같은 민족적 요구를 건 활동의 차이로 인해 재일 조선인 노동 총동맹은 일본인의 노동조합과는 연대관계를 강화하는 노력을 계속하면서도 일본 노동조합 평의회 등에는 가입하지 않고 독자적인 활동을 계속하고 있었다.

이런 조선인 노동조합의 지도아래 1928년에는 245건의 조선인 노동자 쟁의가 발생했다. 조선인 노동자의 쟁의는, 그들이 처한 가혹한 환경으로 인해 필연적으로 격렬한 쟁의가 될 수밖에 없었다. 그들의 생활 터전은 이국이었고, 생활기반도 없었으며 처지가 비슷한 사람에게 부탁할 수도 없었기 때문에 해고를 당하면 갈 곳도 없었다. 게다가 고향에는 그들의 송금을 기다리는 가족이 있는 절실함이 쟁의를 전투적으로 만들었다. 그리고 그것은 노동자들의 연대감을 강화 시켰고 동료의 해고에 대해 전원이 항의하는 행동을 취하게 되어 갔다. 그와 같은 상황을,

「최근 작업장에서 1~2명의 조선인 노동자의 해고에 반대하여

전체 조선인 노동자의 파업을 보는 것이 드물지 않았다. 예를 들어 2월 오사카, 미야바야시宮林 도금 공장에서 2명의 조선인 노동자를 해고하자 104명의 조선인이 파업을 했다」(『쇼와 4(1929)년 노동운동 연보』내무성 사회국)라고 보고되어 있다.

조선인 노동자간의 연맹은 강해졌는데 조·일 노동자의 연대는 쌍방의 노동운동 지도자들에 의해 제창되어 있기는 했지만, 그것은 슬로건일 뿐 현장에서의 쌍방 충돌이 빈번하게 일어나고 있었다. 치안당국의 보고서에도,

「금년 2월의 효고현兵庫県에서 면업綿業조합가맹의 10개 공장이 일제히 임금을 1할 인하 발표한 것에 일본인은 이것을 승인했지만 조선인 노동자 만이 노동쟁의를 일으킨 것처럼 노동쟁의의 경우 쌍방 파업에 관한 입장에서 투쟁을 하는 경우도 있다」(『쇼와 5(1930)년 노동운동 연보』내무성 사회국)라고 기술되어 있다.

재일 조선인 노동조합 운동은 민족문제 등 독자적인 요구를 걸고 활발한 활동을 전개하고 있었다. 그러나 당시 국제 공산주의 운동, 국제 노동조합 운동의 지도로 일본의 혁명을 지향하는 세력과의 일체화를 지시받고, 1929년 말에 조선인 노동조합 총동맹은 일본의 좌익계 노동조합, 일본 노동조합 전국협의회(전협)으로 흡수되어 갔다.

국제적인 공산주의 운동의 지도아래서 행해진 이 결정에 대해 많은 조선인 노동자는 위화감을 느끼고 전협으로 흡수되는 과정 중에 점차적으로 탈퇴하기 시작했다. 1929년 10월, 3만여 명으로

집계된 조합원 수는 전협에 흡수되었을 때, 2천 6백여 명으로까지 감소했다.

그것은 전협 지도부가 전투력이 높은 조선인 노동자를 구슬리는 데는 열심히 했지만, 조선인의 생존권, 조선의 독립문제에 대해 「일본혁명」이 성공하면 모두 해결된다고 무시에 가까운 방침을 취하고 있던 것에 조선인 노동자가 불신감을 품었기 때문일 것이다.

조선인 노동자의 전협 가입으로 조선인 노동자들은 비합법화되어 있던 전협의 활동 중에서 「조직방위」활동과 「규율 강화」를 강요받아, 노동조합 활동의 왜소화와 폭력을 동반하는 과격함을 초래하였다. 또한 배타적 경향도 강해져 항일민족통일전선적抗日民族統一戰線的인 운동을 모색하고 있던 민족주의자들과의 채울 수 없는 틈을 만들기 시작하면서 쟁의를 과격화시켰다.

조선인 노동조합이 전협에 가입한 1929년 9월부터 1930년 9월에까지 조선인 노동자의 쟁의는 486건에 달했고 그것들은 실력행사를 동반하는 격렬한 쟁의였다.

일찍이 조선인 노동자들의 「청취록」을 맡고 있을 때, 1930년대의 조선인 노동자의 대쟁의인 오사카부 기시와다시大阪府岸和田市의 「기시와다 방적 쟁의」와 아이치현 호쿠세쓰군愛知県北設郡의 「산신철도三信鉄道 공사쟁의」, 후쿠오카현 치쿠호의 「아소탄광麻生炭坑 쟁의」의 참가자 조선인, 일본인에게 이야기를 들은 적이 있다. 이들 쟁의에서 회사 측이 고용한 노동 깡패와 치안당국―주로 경찰대이지만 헌병이 동원된 적도 있다―이 쟁의단과 난투를 벌여, 쟁의단의 죽창과 경관의 사벨이 바뀐 적도 있었다. 이들 쟁의에서는 「기시와다 방적 쟁의」 등 일부를 제외하고, 한·일 노동자가 난투극을 벌이는 일이 많았다.

전협의 지도하에서 쟁의가 격렬해질수록 일반 일본인들의 조선인에 대한 편견이 심해져 기시와다 방적 쟁의에서는 동맹파업 관계자 다수가 조선인이었기 때문에 센슈泉州 방적회사에서는 그것을 구실로 조선인 노동자를 해고하려는 움직임이 노골적으로 되었다.

또 사회불안의 격화를 두려워했던 치안당국도 강경책과 유연책을 섞은 재일 조선인 대책을 강화했다. 특히 「동화」,「융화」에 주력해 「조선인친화회鮮人親和会」 등의 융화단체를 만들어 동화대책을 강화해 갔는데 격렬해진 쟁의는 그 「정당성」의 구실로도 사용되었다.

전협의 지도 아래, 일본 각지에서 격렬하게 투쟁하고 있었던 조선인 노동자 운동은, 생존을 위한 아슬아슬한 싸움이었다. 노동자들은 살아남기 위해 요구를 주장하며 온힘을 다해 용감하게 투쟁했다. 하지만 전협 지도부의 극좌주의 방침 속에서 힘이 소모되었을 뿐이며 그들의 생존권과 민족권 획득에 대한 요구는 별다른 성과를 올릴 수 없었다. 오히려 재일 조선인 중 많은 선각자들의 검거, 체포, 수감으로 그 후 일본정부의 동화정책과 여러 가지 억압 정책에 대한 저항력을 감소시키고 말았다.

이 시기, 전협의 조선인 활동가는 모두 검거되었다. 내무성 경보국의 통계에 의하면, 1933년 1월부터 11월 사이에 1,698인의 일본인을 포함한 전협 활동가가 체포되었는데, 그 중 조선인 활동가는 926명에 달했다.

이들 치안당국에 검거된 조선인 활동가에게 가해진 「취조」의 고문은 잔인하고 처참하기 짝이 없었다. 일찍이 이들 활동가로부터 「청취록」을 쓴 적이 있는데, 그들은 이구동성으로 특고경찰特高警察의 잔인성에 대해서 이야기 했다.

당시 가장 전투적인 노동조합이라 일컬어 졌던 전협 토건부의 호쿠리쿠협의회北陸協議会의 일원이었던 임정덕林正徳 씨는 후쿠이시福井市내의 거점에서 기관지『널리 퍼지는 모터轟くモーター』를 등사판으로 한창 인쇄하고 있을 때 덮쳐 온 경찰에 의해 체포되었다. 그때의 취조에 대해 임 씨는,

「때리고 차는 것은 시작에 불과하다. 손을 책상 위에 놓게 해 손가락 사이에 연필을 끼워 위에서 힘을 가했기 때문에 손가락뼈가 부러질 정도로 아팠습니다. 반듯이 눕혀 단단히 누른 상태에서 코를 잡아 숨조차 쉬지 못하게 하고서 주전자 물을 입으로 부었습니다. 코를 잡혀 숨을 쉴 수 없었기 때문에 입으로 숨을 쉬면 그 물을 마시게 되었는데, 몇 번이고 반복될수록 더욱 고통스러웠습니다. 그래도 조직의 지시와 간부들과의 연락방법 등을 자백하지 않자, 끈질긴 조선인이라며 새빨갛게 달구어진 철 부젓가락을 장딴지에 찔러, 나는 살이 타는 고통으로 심한 비명을 지를 수밖에 없었습니다.」라고 이야기하고 있다. 거꾸로 매달아 죽도로 때리고, 부젓가락으로 손발을 지진다는 것은 특수경찰의 일반적인 고

문이었다. 체포당한 많은 조선인 활동가들이 같은 고문을 받았던 체험을 증언하고 있다.

경찰서 내에서 고문으로 사망하는 사람도 있었고, 죽지는 않았지만 폐인이 되어 유치장에서 석방된 후 사망한 사람도 많다.

일본의 패전직후 감옥에서 해방된 이들 노동운동 활동가는 거의 조련朝連(총련의 이전 형태) 등의 간부로 활약했는데, 일본 치안당국으로부터 잔인한 고문을 받았던 증오감을 빼놓고는 그 후 그들의 행동은 이해 할 수 없는 부분이 있다.

▌민족주의운동의 상황 ▌

1920년대부터 30년대에 걸쳐 재일 조선인의 조직적 활동은 「항일」측으로써는 노동조합운동으로 대표되는 좌익계의 운동과 민족의 「광복」을 최대목표로 내건 민주주의적 운동으로 나뉜다. 이들 조직의 대극에는 상애회와 같은 친일·융화단체의 활동이 있었다. 이러한 단체들은 일본 치안당국과 결탁하고 있었기 때문에 재일 조선인들이 그들을 두려워 하기는 했어도, 재일 조선인들이 그 활동을 지지하는 일은 없었다.

이런 모든 단체, 노동조합에 대해서,

「일본에서 거류하는 조선인 사상운동의 상황을 살펴보면 극좌익의 위치에 놓인 재일조선노동총동맹을 중심으로 약 40단체 2만

5천여 명의 공산주의 계통의 노동단체 또는 사상단체가 있다. 그 외에 신간회를 중심으로 한 민족공산주의 계통 십여 단체, 2천 4백 명, 무정부주의 계통 15단체 약 3백 30명, 민족주의 계통 96단체 약 7천, 및 융화친목단체融和親睦団体 3백 20여, 4만 4천여 명이 있다……」(『특별 고등경찰 자료』쇼와 4(1929)년 12월분, 내무성 경보국)라고 치안당국은 모든 재일 조선인단체의 세력을 보고하고 있다.

최대 세력은 융화친목단체였는데, 「관민官民」일체가 되어 추진한 「협화協和」사업의 성과였을 것이다.

좌익계 노동조합과 민족주의단체는 조선의 해방과 독립이란 민족 최대 과제에서 본래 공동 투쟁이 가능한 기반이 있었다. 그런데 1928년, 코민테른(제 3인터내셔널) 제 9회 집행위원회 총회에서 채택된 「계급 대 계급」전술을 지시하였다. 또한 같은 해 프로핀테른(적색노동조합 인터내셔널) 제 4회 대회에서 채택된 「이민에 관해」를 주제로 '외국으로 이민한 노동자의 이민국에서의 노동운동외의 계급 투쟁 역시 공동의 목표로 삼아 싸우는 방침'을 지시하였다. 그 때문에 재일 조선인 노동운동도 그 방침에 따라, 민족 해방과 독립, 민족적인 모든 권리를 중요투쟁과제로 걸고 활동할 수 없게 되었고, 「계급투쟁」에 빠져들어 갔다.

한편 민족계 모든 단체는 조선의 해방과 독립을 최대의 목표로써 활동하고 있었다. 그러나 재일 조선인 노동자가 불황 속에서 임금 인하, 해고, 실업 등에 처해 생활을 위협받아, 현실에서 고통받고 있음에도 불구하고 민족계 단체는 그들의 생존권 확립을 위한 투쟁을 지원하는 활동방침을 갖고 있지 않았다. 노동운동이 계급투쟁으로 전력을 집중하게 되자 「항일」 측의 균열은 더욱 깊어졌다. 그 결과 민족주의 단체 중에는 조바심과 고립감으로 인한 테러 행위로 빠지는 사람도 나타났다.

1932년 1월 8일 재일 조선인 노동자 이봉창李奉昌은 열병식(觀兵式 군사 퍼레이드의 일종) 귀가 길이었던 천황을 사쿠라다桜田의 경시청 앞에서 기다리다 수류탄을 던지는 테러 행위를 했다. 이봉창은 상해에 거점을 가지고 있던 한국임시정부에 소속되어 있었는데, 조선 식민지지배의 원흉으로서의 천황을 암살하려 한 것이다. 그의 행위는 일본사회의 반 조선인 감정을 고조시켰다. 이와같은 일본 민중의 소리에 부응하는 형태로 설립된 경시청 특고경찰부의 창설은 좌익계, 민족계 재일 조선인의 치안대책 구실로서 이용되어 재일 조선인 억압정책이 강화되었다.

이 시대에 「융화친목단체」는 급속히 그 조직을 확대하고 있었다. 임금 인하, 해고, 실업 등에 걱정하고 있는 조선인 노동자에 대해 치안당국은 단속을 강화했다. 그리고 다른 한편으로는 융화단체에 조선인을 달랠 것을 지시했는데, 사회불안요소를 제거하기 위해 항일적 행동을 억제하는 방침을 추진했기 때문이다.

융화단체는 조선인의 생활불안의 해소를 위해 그들의 보호, 생활구제를 슬로건으로 걸고, 직업소개, 간이숙박소의 설치 등의 사업을 행하였다. 간이숙박소의 설치 등은 재정난으로 좀처럼 진전되지 않았는데, 어느 정도 행정 지원을 받아 근근이 운영되고 있었다. 이와 같은 빈약한 구제 사업이었지만, 그것은 좌익계, 민족계 단체의 운동과 달리 실리적으로 편의를 주는 사업이었기 때문에, 또 행정의 지원도 있어 회원이 되는 조선인은 점점 증대해 갔다.

그러나 이런 융화단체의 최대 활동목적은 동화 사업이었기 때문에 구제사업보다, 일본어교실, 야간학교 설치 등에 보다 주력했다.

재일 조선인들의 문화 활동

재일 조선인은 일본도항의 초기에 많은 유학생이 체재했던 것이나 조선민족의 민족적 특성으로써 무武보다 문文을 중시하는 유교사상의 영향도 있어서, 문자에 의한 활동－잡지와 신문의 출판활동－은 이른 시기부터 시작되었다. 이미 1895년에는 유학생들에 의한『친목회보』가 간행되었고, 1910년대에는 유학생 기관지『학지광』과『기독청년基督青年』『여자계女子界』『근대사조近代思潮』 등이 발행되었다. 1920년대에 들어서는『강한 조선인太い鮮人』『문화신문文化新聞』『척후대斥候隊』『대동공론大東公論』『대중신문大衆新聞』 등 많은 신문잡지가 간행되었다.

당시 재일 조선인 신문·잡지는, 장기간 지속적으로 발행되는 것이 적고, 대부분이 단기간에 간행을 중지하였다. 그 이유는 신문, 잡지 등을 발행하는 사람들이 예외 없이 조선의 독립에 강한 관심을 가진 사람들이거나 직접운동에 관계하고 있는 사람들이었기 때문에, 또 치안당국의 간섭을 받아 발행금지처분을 당했기 때문이다. 더욱이 경영적 기반이 약했기 때문에 재정적인 압박으로 폐간된 것도 많았다.

이들 신문·잡지는 일본어로 간행된 것과 조선어에 의한 것 두 가지가 있었다. 『강한 선인』과 도쿄 조선노동 동맹의 기관지 『노동동맹』 등 일본인과의 연대를 시야에 넣고 있는 것은 일본어로 간행되었고, 『척후대』 『대중신문』 『조선청년』 등 조선인 대중을 독자대상으로 하는 것은 조선어로 발행되고 있었다.

일본어든 조선어든 1920년대까지의 재일 조선인 신문·잡지는 민족주의자, 무정부주의자, 신간회(공산계 민족단체), 노동조합의 기관지이었던 관계로 계급투쟁의 문제점, 민족독립문제, 국제관계문제의 기사로 채워졌다. 재일 조선인 문제에 대한 언급은 거의 없고, 지면에 재일 조선인의 생활이 표면화 되는 것은 없었다.

그런 지면이 변화된 것은 1930년대에 들어가서 부터이다. 이 시대에 발행된 몇 개의 신문은 재일 조선인의 일상생활 기사를 많이 게재하고 있다.

예를 들어, 1936년 2월에 도쿄에서 발행된 『조선신문』과 1935년 6월 오사카에서 발행된 『민중시보』 등이 그러하다.

『조선신문』은 국제관계기사도 다루고 있었는데 「다양한 생활로 본 아라카와구荒川区의 조선인 - 비참한 이민생활의 일면」과 「도쿄의 조선인 단체와 그 생활 상황」 등의 재일 조선인 기사도 게재되어 있다.

『민중시보』와 같은 경우는, 재일 조선인 중시의 자세가 더욱 명확히 나타나 있다. 그 창간호에서 「강령」으로써 「우리들은 일본 국내에 거주하는 조선인 민중의 생활 진상과 여론을 보도 한다」고 기술, 「일본에 체재하는 조선인의 생활개선과 문화적 향상, 그리고 생활권 확립에 조력할 것을 목적으로 한다」라고 주장했고, 「재일 조선인」이 그 보도의 주 무대가 되고 있다.

이들 신문은 조선어로 발행되었는데, 당시 조선인대중의 대부분이 일본어 읽기 쓰기에 불편함이 있던 상황으로 보아, 독자대상을 재일 조선인으로 하고 있는 이상, 조선어에 의한 발행은 당연한 것이었다.

또 이것들은 모두 좌익계 노동조합 운동의 활동가가 중심이 되어 발행하고 있었다. 엄격한 감시 체제하에서, 신문의 합법성을 유지하기 위해 정치적인 주장과 계급투쟁 이론을 삼가 해야만 하는 필요성은 있었을 테지만, 대중의 지지를 얻을 수 없으면 신문발행의 의의도 없거니와 경영도 성립되지 않는 상황이, 재일 중심의 지면을 만든 최대의 요인일 것이다.

그것은 재일 조선인이 이미 본국의 사람들과는 다른 존재인 것이 명확한 시대상황의 반영이기도 하다.

더욱이『민중시보』는 재일 조선인의 「항일」 측 신문으로써 매월 3회, 1년 3개월에 걸쳐 장기간 발행된 드문 신문이다(90페이지 「『민중시보』로 보는 1935년 당시의 재일 생활」의 페이지에서 그 지면을 소개했다. 참조).

재일 조선인 사회에서는 신문·잡지 이외에도 다양한 문화생활, 즉 연극, 무도, 문학 등의 활동이 활발히 펼쳐졌다.

재일 조선인 집단 거주지역인 오사카의 이카이노猪飼野 등에 있던 극장에는 재일 관객을 대상으로 조선에서 방문한 잡다한 민족예능, 대중예능의 예인들이 공연을 했고 거기에 자극을 받아 재일 조선인 출신의 연예인도 등장했다.

대중예술 뿐만 아니라 사상적 배경을 갖는 연극집단도 몇 개 생겨났다. 대중예능에 대해서는 비교적 관용적이었던 일본의 치안당국도 조선의 좌익계 문화 활동과 밀접히 연락하면서 일본에서 활동한 문화 운동에 대해서는 엄격하게 감시하고 억압했다.

재일 문학자·예술가들이 조선반도의 좌익계 문화 활동과 밀접히 관련하게 된 것은 1927년 7월에 서울에서 개최된 조선 프롤레타리아 예술동맹(KAPF)의 제 2회 총회에 대표자를 보냈기 때문이다. 그 해 10월 KAPF의 도쿄지부를 발족하고 기관지『예술운동』을 간행해 무산자 계급의 예술운동은 무산자 계급의 예술 문화부문으로써 존재하고 있으므로, 그 목적에 따라 활동해야 한다며 정치투쟁과 관련된 활동을 개시했다.

이 계열과 연결되는 좌익계 문화 예술 활동은 일본이 중국대륙으로의 침략전쟁을 본격화시키는 1935년경까지 치안당국의 엄격한 감시를 받으면서 다양한 활동을 전개했다.

KAPF의 도쿄 지부는 1930년 11월 국제 공산주의 운동과 국제 노동운동과 마찬가지로, 상부의 지도아래 일본 프롤레타리아 문화

연맹에 가입했다. 그때까지 재일 조선인 좌익계 문화 예술 활동의 거점이었던「동지사同志社」는 그 해체선언 중에서「일본에서 민족별로 조선만의 문화적 대중조직을 만들었다. 그 임무를 대행하려는 것은 반 프롤레타리아적 견해」라며 민족문화의 독자적 발전을 위한 운동을 부정해 버렸다.

민족문제의 해결을 계급투쟁, 계급문제 속으로 흡수시켜버린 국제 공산주의 운동의 과오를 재일 조선인 좌익계 문화 예술 운동가들이 받아들임으로써 그것에 의해 그들의 예술 활동은 쇠퇴해 갔다. 방침의 과실에도 불구하고 그들은 재일 조선인 거주지역을 무대로 치안당국의 엄격한 간섭에도 굴하지 않고 연극 활동을 전개했다. 1931년에는「3·1 극단」, 1935년에는「조선 예술좌」가 결성되어 공연 활동을 계속했는데, 마침내 간부들이 치안 유지법 위반으로 검거되자 그 활동은 사라져갔다.

김사량과 최승희

명확한 계급투쟁이나「항일」을 내세운 예술가·문화인들과 달리, 식민지지배하에서 고뇌와 좌절 속에 예술, 문화 활동을 계속한 사람도 적지 않았다. 그 대표로 문학에서는 김사량, 무용에서는 최승희를 들 수 있다.

김사량은 1939년 도쿄제국대학 대학원 재학 중에『문예수도文芸

首都』에 게재한 「빛 속으로光の中に」로 1940년 조선인 작가로서 처음으로 아쿠타카와 상芥川賞 후보 작가가 되었다. 강한 민족성과 좌익문학 활동의 영향 아래에 있던 김사량은 당시 일본사회의 극빈과 굴욕의 생활에 허덕이고 있던 재일 조선인을 등장시킨 소설을 쓰고 싶다는 강한 소망을 가지고 있었다. 그러나 일본어를 통해 조선민족의 비통한 마음을 표현하고자 했던 김사량도 일본의 침략 전쟁이 확대됨에 따라 생각과는 다른 행동을 강요당하게 되었다. 김사량도 「반도 문화계의 결전태세」대열에 따라 들어가 많은 조선 문화인들과 함께 침략전쟁협력의 대열 속에 빠지게 되어 일본 제국해군을 미화, 선전하는 소설『바다로의 노래海への歌』를 쓰지 않을 수 없게 된다. 그는 자신이 어쩔 수 없이 일본의 파시즘, 침략 전쟁에 협력했던 것에 혐오감을 품게 되어, 이윽고 그와 같은 상황 에서 벗어나고자, 「재중국조선출신학도병위문단在支朝鮮出身学徒 兵慰問団」의 일원으로 중국에 파견된 것을 기회로, 험난한 도피행 끝에 화북조선 독립 동맹·조선 의용군에 몸을 던져 항일무장 투쟁에 참가해 그 조직 안에서 일본 항복의 날을 맞이하게 된다.

조선 민족무용을 근대적, 창조적으로 발전시킨 최승희도 고뇌 속에 예술 활동을 계속한 재일 조선인 일 것이다. 동양의 「무희」라 불리는 최승희에 대해 작가 가와바타 야스나리川端康成는 일찍이 여류 신진 무용가 중에서 일본에서 제일은 누구일까 라는 질문에 「나는 아무 주저도 없이 최승희가 일본 제일이라고 대답했다. 그 리고 나로 하여금 그렇게 말할 수 있게 하는 충분한 재능을 최승희는 의심의 여지없이 가지고 있다」(『문예文芸』1939년 11월호)고 이야기하고 있다.

최승희는 1913년 서울에서 태어나 1926년에 일본의 이시이바쿠石井漢 무용연구소의 연구생으로 일본에 건너와 근대무용을 공부했고 그 중에서 전통적인 조선민족무용을 창조적으로 도입해 새로운 조선무용을 만들어냈다. 게다가 동양의 무용을 적극적으로 흡수해「동양무용의 창조」라는 장대한 구상과 의도를 명확하게 내세우고 있었다. 그녀는 도쿄에 큰 무용연구소를 개설해 활약했는데 일본 문화, 아시아 문화와 예술을 적극적으로 흡수해서 그것을 조선예술 안에 창조적으로 살려내 조선예술에 새로운 호흡을 불어넣었다.

최승희도 침략전쟁이 확대되는 중에 일본에 대한 전쟁협력을 강요당했는데, 그 뛰어난 무용을 군대의「전선위문前線慰問」으로써 피로하게 되었다. 중국전선의 화북과 동북부의 일본 군부대를 돌며 위문공연을 많이 행하고, 일본 패전의 날도 그런 위문공연 중에 맞이했다. 그런 사정으로 일본의 패전 후 서울에서 결성된「조선 문화 건설 중앙 협의회」에서는 친일파 예술가로서 배제당했다.

최승희가 그 후 북조선으로 들어간 것이 서울에서 친일파로서 배제당한 것과 관련이 없지는 않을 것이다. 그녀는 그 후 북조선의 무용계에 절대적 영향을 주었고, 오늘날의 북조선 무용의 기반을 다졌지만 김일성 체제 하에서 숙청되었다.

전시체제의
소용돌이 속으로

1931년 일본은 중국 동북부에서 군사작전 행동을 개시했다. 이
것이 바로 「만주사변」이다. 일본은 군사작전의 발동에 동반하는
준전시경제체제 아래, 세계대공황에 의한 경제 불황으로부터의 탈
출을 도모했다.

일본군의 침략행위는 곧 바로 일본의 중공업부문에 호경기를
초래해, 임시공으로서의 조선인 노동자 고용이 증대되었다. 그러
나 일본사회에서는 아직 대공황에 의한 실업의 증대, 사회불안 등

이 해소 되지 않아서 조선에서의 노동자 이입에는 엄격한 저지태세를 취하고 있었다.

조선총독부는 여행증명서의 발행을 더욱 엄격히 제한했고 1932년 이후 3년간 증명서신청을 한 사람 중 60%가 허가를 받지 못했다. 그러나 이와 같은 제한조치에도 불구하고, 농촌의 빈궁화는 더욱 심해져 타지에서 돈을 벌겠다는 지원자는 증대하고 있었다. 당국의 허가가 나오지 않으면 밀항을 해서라도 일본으로 건너가는 사람이 끝이 없었고 일본으로 유출되는 사람들을 경찰력만으로 저지하는 것은 이미 불가능한 상태가 되었다.

일본정부는 사회문제화 된 재일 조선인과 도항 조선인의 문제를 해결하기 위해 정부차원에서 종합적인 정책을 내세울 필요에 직면했다. 그 때문에 1934(쇼와 9)년 4월 내무성 사회국, 경찰국, 척무성 拓務省, 조선총독부의 고관에 의한 대책회의를 열어 협의하였고, 그 결과 1934년 10월에 「조선인 이주대책 건」이 결정되었다.

이 「대책 건」은 한일합병 이후, 일본정부가 처음으로 보인 조선인 이주 종합 대책으로 재일 조선인에 대한 대책이다. 그러나 이 정책은 침략전쟁 수행과 「만주」 조선의 식민지지배의 강화를 목적으로 한 것이었기 때문에 단기간에 파기되었다.

일본 내각회의 결정에서는,

「조선 남부지방은 인구가 많고 생활을 궁핍 하게 만드는 요인이 다수 존재한다. 이 때문에 남조선 지방민 중 일본으로 도항하는 자가 최근 많이 증가하여 그렇지 않아도 심한 일본인의 실업 및 취직난을 한층 심각하게 할 뿐만 아니라, 이전부터 일본에 사는 조선인의 실업을 더욱 더 심하게 하고 있다. 또 이와 함께 조선인 관계의 각종 범죄, 셋집 분쟁, 그 밖의 여러 문제를 야기해 일본인 과 조선인사이에 사건이 빈번해지고 내선융화를 저해할 뿐만 아니 라, 치안에도 우려할만한 사태를 발생시키고 있다. 이 안건에 대해 서는 조선 및 일본을 통해, 적절한 대책을 강구할 필요성이 있었 다. 즉 조선인을 조선 내에 안주시키는 것과 함께 인구가 조밀한 지방의 인민을 만주로 이주시키고, 또 일본 도항을 한층 감소시키 는 것이 매우 중요하다」(내무성 경보국「협화사업 관계서류」,『이간현대사 李刊現代史』5호)고 서술되어 있다.

각의결정에서는「조선인을 조선 내에 안주 시키자」라고 하고 있는데 빈궁화 된 농민구제 정책은 보이지 않는다. 다만 새로운 식민지인「만주」로 갈 곳 없는 가난한 농민들을「개척민」으로서 보내는 것으로, 신 식민지의 확대, 국방에 유효하게 이용할 계획을 세웠다. 조선총독부는 그 계획에 따라, 다수의 조선인 만주 개척단 을 보냈다. 오늘날 중국 동북부의 헤이룽강성黑竜江省 등에 사는 수십만의 조선족은 이「각의결정」에 의해「국책」으로써「만주」로 보내진 사람들과 그 자손들이다.

일본으로의 도항을 금지하기 위해 가난한 농민을「만주」로 보 내는 정책 수행과 함께 일본으로의 도항 방지책도 강화되었는데 어이없게도 중국대륙에서의 침략전쟁의 확대에 의해 일본국내의 노동력 부족이 심각하게 되어「각의결정」3년 후에는「도항저지」

에서 「노동력이입」으로 180도 전환 되었다.

이 「이주대책 건」의 내각회의 결정은 조선내의 이민대책과 함
께 또 하나의 핵심 문제인 재일 조선인대책을 결정하고 있다. 거기
에서는 「일본에서의 조선인 지도향상 및 내지 융화를 도모할 것」
이라는 방침을 제시하고 있다.

이미 재일 조선인의 정주화가 촉진되어 그들이 조선반도에 돌아
가고 싶어도 실상 그 곳에 생활 기반이 없어진 상태였다. 그래서
재일 조선인을 저임금으로 고용하고 준전시체제하의 필요한 인적
자원-이 시기의 군령산업은 저임금의 임시공으로서 조선인 노동
자를 고용- 으로서 이용하는 것이 득책이란 판단이었다. 더욱이
그 노동자로서의 질을 높여, 사회불안의 요소가 되는 민족색을 빼
앗기 위해서 「내지 융화를 도모한다」는 조치를 강화했다.

융화와 동화를 통한 전쟁 협력 체제의 강화

1934년 각의 결정된 「조선인 이주대책 건」에 의한 동화청책의
구체적인 방침은

[1]조선인 보호 단체의 통일강화를 도모하는 것과 함께 그 지도,
　　장려, 감독의 방법을 강구할 것
[2]조선인 밀집지대의 보수, 위생 그 외 생활상태의 개선향상을
　　도모할 것

[3]조선인을 지도 교화해서 일본인으로 동화시킬 것

의 세 항목이다.

그리하여 이 방침을 실시할 조직 만들기가 급속히 전개되었다. 정부의 결정을 받아 제일 먼저 그 시범케이스로써, 오사카 부의 「내선 협화회內鮮協和会」를 모체로 하여 1934년 4월에 건립된 「내선 융화사업 조사회」가 방침계획을 만들어, 그것이 그 후 각지의 협화회 만들기의 지침이 되었다.

이 내선 협화회 등은 그 이전의 같은 종류의 단체가 부족하나마 내세우고 있던 「재일 조선인의 보호구제」라는 간판을 떼어 내고, 일본정부의 「지도·교화」가 전면에 내세워졌고, 「내선 일체화」, 「황국황민화」를 재일 조선인 정책의 기본으로 삼았다.

1936년부터 본격적인 「협화회」 설립을 목표로 일본 각지에서 활동이 시작되었다. 내무성은 지방장관에게 「협화사업 실시요지」를 통첩 지시했고 그 결과 「협화회」는 각부현의 본부 설치, 시정촌 市町村 단위의 지부 개설로 일본 전역으로 조직화되어 갔다.

이 내무성 주도에 의한 「협화사업」의 최대 특색은 조선인의 「황국황민화」가 경찰 관료의 주도아래 진행되어 치안대책과 일체가 되어 추진된 것이다. 그 성격·특징은 협화회 설립식에 확실히 나타나고 있다.

예를 들어 1938년 3월에 결성된 고베시 하야시다구神戸市林田区(현 나가타구長田区)협화회의 발족식은 조선인 주민 300인을 하야시다 경찰서 내에 모아 개최되었다. 그 회합의 프로그램은 먼저 전원의 황거참배, 국가합창, 영령에 대한 묵도, 협화 회장(하야시다林田 경찰서장)의 인사, 내빈으로 참석한 현 특고과장, 하야시다 구청장의 인사, 그리고 애국행진곡 합창, 만세 삼창으로 마무리하고 폐회했다.

협화회 지부는 반드시 각지의 경찰서 내에 설치되어야 했고 지부장은 경찰서장이 겸임했다, 이 협화회는 조선인 치안대책으로써 재일 조선인의 생활에 매우 큰 영향력을 행사했는데, 그와 함께 재일 조선인을 침략전쟁협력을 목적으로 적극적으로 동원시키는 역할을 담당하게 되었다.

협화사업의 융화, 동화책의 기본은 조선인으로부터 민족색을 빼앗고 황국황민화 시키는 것이었는데, 그 수단으로써 종교와 교육이 최대한 이용되었다. 종교는 결국 신도의 강요였다. 조선반도에서도 1930년대부터 일본의 신도가 들어와 조선신궁 등 많은 신사神社가 지어져 참배를 강요당했고 재일 조선인에게는 이세신궁伊勢神宮 등으로의 「성지참배」를 강요했다. 각지의 협화회에서는 보도원, 청년부원, 부인회 등이 집단으로 이세신궁 등에 참배하는 행사가 의무화 되었다. 말할 것도 없이 천황숭배를 강요하기 위해서이다.

황국황민화의 또 하나의 유력한 수단으로는 학교교육이 이용되었다. 재일 조선인 자제의 일본학교 입학의 의무화는 「조선인 이주대책 건」결정 후 강화되었다.

앞에서 언급한 오사카부 내선 융화사업 조사회는 「융화」사업의 중요한 근간으로써 교육을 들고, 취학적령기 아동에 대한 의무교육의 철저화를 제안하였다. 가정의 경제사정 등에 의해 취학하지 못한 사람에게는 조성금 지급과 야간학교로 통학시키는 조치를 제안하였다. 이것은 재일 조선인의 교육수준을 높이는 것이 목표가 아니라 어디까지나 황국황민화가 목적이었다. 그것은 이 시기 재일 조선인이 민족문화의 확보를 위해 한글과 조선사를 습득시킬 목적으로 많은 노력을 들어 설립한 작은 민영 조선인 야간학교 등이 일본각지에서 치안당국의 간섭을 받아 폐쇄되게 된 것만으로도 명확하다.

재일 조선인 치안대책부서인 특고경찰의 내부자료「특고월보」는, 이 시기「조선인이 경영하는 교육시설은 가능한 한 인정하지 않을 것」「조선어 교육은 절대 못하게 할 것」이라고 해, 그 방침에 따라 많은 민족학교를 폐쇄했다는 보고를 기재하고 있다. 예를 들어 1935년 10월 아이치현愛知県에서 실시한 조선인 야간학교의 단속은,

「현 밑에 세토시瀬戸市 조선인 미취학 아동의 일부에 대해서 조선인 단체「애선회愛善会」 및「재일조선인기독교세토협회」두 곳에서 야간교육을 실시하고 있었는데, 작년 11월 정해진 단속지도 방침에 근거하여 임의폐쇄를 시켰다」(「특고월보」쇼와 11(1936)년 4월분)고 보고되어 있다.

재일 조선인 아동들은 민족교육의 장을 빼앗기고 일본 학교교육을 받아「동화」되어 갔는데 그「동화」교육은 그들의 민족성을 박

탈할 뿐만 아니라 강한 민족 열등의식을 심는 수단이기도 했다.

예를 들어 1934년도 『심상소학교국사尋常小学校国史』에서는, 진구황후神功皇后의 「조선정벌」에 대해서 기술하고 고대부터 조선은 일본의 지배하에 있었다고 가르쳤다. 또한 도요토미 히데요시의豊臣秀吉 조선정벌을 정당화하고 한일합병에 대해서 다음과 같이 기술하고 있다.

「한국을 우리의 보호국으로써 경성에 통감부를 두고 이토 히로부미伊藤博文를 통감統監으로서 그 내정을 개선했다. 한국은 독립적으로 나라를 운영할 만한 힘이 없기 때문에 자칫하면 타국의 협박을 받아 동양의 평화를 깰 위험이 있기 때문이다. 한국은 우리 보호를 받게 되고부터 수년 사이에 정치도 개선되었지만, 무엇보다도 오랫동안 계속된 폐해는 좀처럼 쉽게 제거할 수 없다. 인민은 또한 불안한 생활을 보내고 있는 형편이다. 따라서 국가의 이익과 국민의 행복을 실현하기 위해서는 아무래도 한국을 일본에 합병시킬 수밖에 없다는 것이 점차 명확하게 되었으며, 한국사람 중에서도 이것을 원하는 사람이 적지 않았다. 그래서 한국 황제는 통치권을 천황에게 양위하여 새로운 정치에 의해 국민을 더욱더 행복하게 하고 싶다고 희망하였고, 천황 또한 그 필요성을 인정하시고 메이지 43(1910)년 8월 드디어 한국을 합병시켰다」

이런 역사의 날조와 왜곡에 의해 조선의 식민지지배를 정당화하고 있다. 이와 같은 역사교육을 받은 일본인 아동은 조선인은 자신의 나라를 자력으로 통치할 능력도 없는 민족이라고 멸시의 감정을 품게 될 것이다. 한편 같은 교실에서 같은 것을 배운 재일 조선인 아동은 진실을 알 바가 없기 때문에 헤아릴 수 없는 굴욕감과 민족적 열등감을 품게 되는 것은 당연했다.

일본정부가 학교교육의 현장 등을 이용해 실시한 「동화」정책은 재일 조선인에게 민족 열등의식을 심는 정책이기도 했다. 오늘날에 이르러서도 재일 조선인이 「동화」에 거부반응을 보이고 일본 국적 취득 조건으로써 「동화」를 요구하는 일본정부의 방침에 반발하여 재일한국인 3~4세 세대가 되어서도 많은 사람들이 일본국적을 취득하려고 하지 않는 원인의 하나는 이와 같은 「동화」정책에 있다.

▌『민중시보民衆時報』로 보는 1935년 당시 재일 조선인의 생활 ▌

1976년 9월 일본 최대의 조선인 집단 이주지인 구 이카이노猪飼野 지역의 형성과 발전을 조사하기 위해 그 지역에 머물면서, 이카이노가 도시화 된 1925년경부터 이 마을에 살고 계시는 몇 명의 노인을 방문해 이야기를 들은 적이 있다.

노인 중 한 분인 강원범康元範 씨로부터 그가 1935년 무렵 이카이노를 중심으로 발행되고 있던 조선어 신문『민중시보』를 소유하고 있다는 이야기를 들었다.

『민중시보』에 대해서는 전쟁 전의 내무성 비밀 보고서였던 「특

고월보」 중에서 「재오사카언문신문 민중시보의 책동在阪諺文新聞
民衆時報の策動」이란 보고를 읽었던 적이 있었기 때문에 1935년 당
시 오사카에서 그와 같은 신문이 발행되고 있다는 것은 알고 있었
다. 그러나 그러한 존재에 대해 알고 있었을 뿐 실물은 본 적도
없고, 그와 같은 것이 남아 있다고는 상상도 하지 못했다. 그 신문
을 손에 쥐었을 때, 흥분으로 가슴이 두근거려서 한순간 말도 나오
지 않았다.

강원범 씨로부터 입수한『민중시보』는 신문지가 산화해 황갈색
으로 변색되어 약해졌고, 부슬부슬 찢어질 것 같은 상태였는데 활
자는 똑똑하고 선명하게 인쇄되어 있어 쉽게 읽을 수 있었다.

창간호는 1935년 6월 15일 발행 되었다. 초기에는 월 2회 간행이
있는데, 1936년 1월 1일부터 월 3회 발행되었다. 타블로이드판으
로 8페이지 내지는 6페이지, 구성은 1면이 사설, 정치 사상문제,
2면이 국제문제, 3면이 조선본토의 문제, 4, 5, 6면이 재일 조선인
에 대한 사회적인 지면이다. 기사 내용은 당시 재일 조선인 사회의
실정을 잘 전달하고, 실로 여러 가지 사건문제를 게재하고 있었다.
그 중에서도 재일 조선인의 권리문제를 중심으로 한 기사는 날카
로운 논조의 것이 많았다. 그렇기 때문에 당연히 치안당국의 엄격
한 탄압을 받았다.

이 신문의 발행인인 김문준金文準 씨는 신문의 발행기간 중에
특고경찰에 의해 체포되어 그곳에서 과격한 고문을 받아 병든 몸
으로 석방 되었으나 그 후유증으로 심신이 쇠약해져서 머지않아

사망한 것으로 판명되고 있다. 김문준 씨가 사망한 것은 1936년 5월이었는데 신문은 그 후 9월까지 발행되었다. 그러나 치안당국의 심한 탄압을 받아 폐간되고 말았다. 폐간에 이르기까지의 상황을 「특고월보」의 「재오사카언문신문 민중시보의 책동」은 다음과 같이 보고하고 있다.

「오사카시 히가시나리구 히가시오바세키타 마을 소재大阪市東成区東小橋北之町所在의 표기신문사表記新聞社는 요주의 인물 김문준을 중심으로 작년 6월 15일『민중시보』창간호를 발행했다. 이는 오로지 재오사카 좌익 조선인의 지원 아래 전국적인 민족운동의 기관지로서 그 지도적인 역할을 담당하려고 가장 교묘한 전술을 이용했다. 이 신문 기사에 의한 선전활동은 그 이면에서의 같은 신문사의 조직 활동과 함께 조선인 각층에 마수를 뻗치고 있었는데, 올 해 5월 25일 김문준 사망 후에는 이신반李信斑이 대신해서 주간이 되었고, 그 활동은 점점 노골화되었다. 각 친목단체 노동단체 등의 대동단결을 기도해 민족운동의 주체를 결성해야 한다고 미친 듯이 떠들기도 한다. 이리하여 그들은 도항문제, 셋집문제 그 밖에 내선교풍회內鮮矯風会의 동화정책 폭로 등으로 민족주의 단체를 결성함과 함께 소비조합운동 노동자 구호와 그 외의 것을 통해 공산주의 운동에 의한 대중 획득으로써 민족운동에 결집해야만 한다고 떠들어댔다. 이에 지난 9월 25일 이후 오사카부에서 이신반 및 한진, 이민호 등의 수뇌부를 검거해 바로 조사했는데 그들은 모두 민족운동의 한 단계로써 대동단결하여 각종 선인 핍박

문제를 내걸고 투쟁을 감행함으로써 정치적 자유를 획득하기위한 계획을 짜고 있다는 사실을 자백했다.

결국 위의 검거에 의해 그들의 운동 역시 좌절 되어 금월 1일 기관지『민중시보』도 마침내 폐간신고를 하기에 이르렀다」(내무성 경보국「특고월보」쇼와 11(1926)년 11월분)

이 신문을 소지하고 있던 강원범 씨는 1930년대에 일본공산당에 소속된 적이 있는 노동운동가로, 운동 중 경찰에 체포되어 장기간 유치장에서 지냈고, 말로 다할 수 없는 고문을 당했다. 이 신문이 발행되었을 때 신문배포의 오사카 지역 책임자였던 관계로 신문이 발행되면 반드시 한부는 숨겨두어 경찰의 단속이 있어도 신문이 남도록 배려했다고 한다.

창고 한쪽 구석의 나무상자 속에 신문은 몇십 년이나 잊혀진 채 방치되어 있었는데 강원범 씨의 세심한 주의 덕분에 오늘날 빛을 보게 되었다.

그러면『민중시보』를 통해 당시 재일 조선인의 생활을 보도록 하자.

창간호 사설은「우리들의 제창」이라는 제목이다. 거기에는 당시 재일 조선인 문제가 논술되어 있다.

현재 일본 내에 거주하는 조선인 사회의 시민, 면민, 촌민에게 발생하는 문제는 여러 종류가 있는데 그에 대한 해결책은 어떠한 것이 있었을까. 다양한 문제에 대응하기 위해 문제의 해결 방법을 제시하고 그것을 위해 각 방면을 방문하거나 또는 투고 등으로 그때마다 의견을 발표하려는 것이 본지 발행의 본의이다.

기자가 본 바에 의하면 우리들이 직면한 문제 중에 도항의 엄격한 제한, 인신·가택에 대한 특수한 단속, 주택의 임차, 고용 및 사회생활에서의 민족적 차별대우로 인하여 발생하고 있는 모든 문제가 가장 중요한 문제일 것이다. 이것들은 정치적으로, 사회적으로, 경제적으로, 일상생활상 당연히 해결되어야만 하는 문제이다.

이들의 해결과 함께 우리 자신의 생활개선 및 향상의 영역에 속하는 것으로서 특히 대중화된 병폐적인 풍습으로, 투기 횡행, 그룹 대항 항쟁, 브로커의 횡행, 통일된 여론의 결여, 밀주 제조의 성행, 인신매매, 씨족제의 잔재가 초래하는 악습, 청년대중의 불량함, 생활비의 저하경향, 계의 성행, 주술, 점, 문맹, 지방주의 등, 너무 많아서 일일이 셀 수가 없다.

그 밖에 실용상 불편하고 개념착오를 일으키는 유행어의 범람, 그리고 생활의 이중성이 초래하는 것에 대해서도 문제가 많다.

이상 기자가 지적한 문제 해결과 나쁜 습관과 결점의 제거는 생활문제의 전제이기 때문에 현재와 같은 분산무질서, 통일이 결여된 상황에서 그 해결의 가능성이 있을지 본 기사의 문제제기의 정당성 여부에 대해서는, 독자 여러분의 냉정한 판단에 맡기고자 한다.(역은 저자, 이하 동)

「민중시보民衆時報」 1935년 12월 15일자 제 12호는 4페이지 2~4면에는 조선요리점 등의 광고도 실려 있다.

이 「우리들의 제창」을 읽으면 1930년대의 재일 조선인의 일상

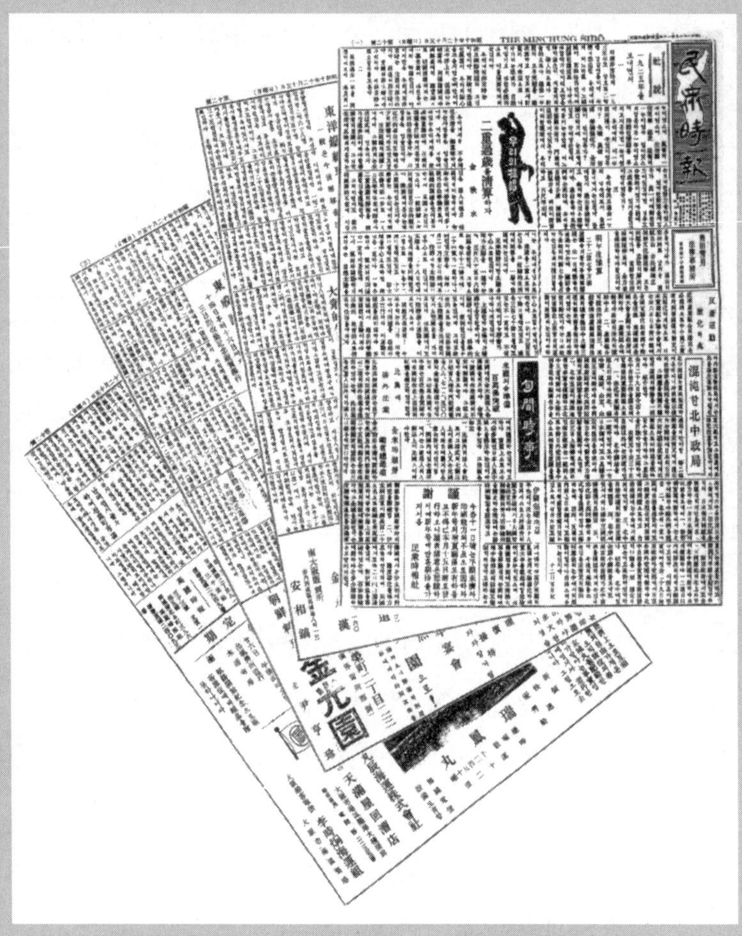

『민중시보民衆時報』
쇼와 10(1935)년 12월 15일자 제12호 4페이지,
2~4면에는 조선 요리점 등의 광고도 게재되어 있다.

재일 한국인
백년사

생활의 상황 문제점이 어떠한 것이었는지를 상당히 명확하게 알 수 있다. 그리고 여기에서 지적되고 있는 문제점 중 개인의 권리에 관한 것은 그대로 현대의 일본에 체재하고 있는 외국인 노동자가 안고 있는 문제점이기도 하다.

4면 이하는 재일 조선인의 사회기사이다. 거기에 재일 조선인의 생활이 반영되고 있는데 지면이 작기 때문인지 기사의 대부분이 매우 짧다. 예를 들어 「해녀 노동자, 한와하마데라阪和浜寺 해수욕장행 수중 정지整地공사를 위해」란 표제로 다음과 같은 기사가 실려 있다.

> 오사카시내에 산재하는 제주도 해녀 노동자 25명은, 오늘(6월 15일) 오후 10시 김유룡 씨의 알선 인솔 아래 남 오사카 한와하마테라阪和浜寺 해수욕장의 수중 정지 공사에 종사하기 위해 한와전철로 출발했다. 공사는 수일간 계속된다고 하고 왕복 교통비는 고용주 측에서 부담 일급은 80전이다.

이와 같은 극히 서민적인 기사가 많은데 이 시대의 배경을 파악하지 않으면 왜 게재되었는지 이해할 수 없는 기사도 있다. 예를 들어 같은 지면에 「임시공의 대우를 공창장회의工廠長会議에서 협의」라는 기사가 있다. 본문은 다음과 같다.

> 군수공업으로 매우 바쁜 각 해군공창 공생부 등에 임시공으로 고용되고 있는 남녀 직공은 수만 명에 달하는데 사세보佐世保 공장만

으로도 6천명이나 된다. 그들은 소위 임시고용의 명목이기 때문에 본직공과 같은 공제조합과 복지시설을 이용할 수 없다. 단지 구매소를 통해 일용품의 구입과 조합병원의 진찰만을 제한적으로 허가받고 있는데 두 달 마다 고용계약을 교환하는 관계를 고려해 대우개선에 대해서 당국도 연구 중이다. 11일부터 2일간, 함정부에서 열린 공장장 회의에서는 이 문제를 중요시하여 현재 상태로 방치할 수 없다고 판단하였고 금후 임시공의 대우개선의 구체적인 대책을 신중하게 연구하여 대책을 세울 것을 결정했다고 한다.

이 기사를 읽으면 재일 조선인의 권리옹호를 내걸고 발행된 신문에 왜 해군공장의 임시공 문제가 채택되고 있는 것인지 의문이 들지도 모른다. 그것은 당시 시대배경과 밀접한 관련이 있다.

1931년 9월, 일본은 만주사변을 일으켰고 중국 침략전쟁을 개시했다. 그것을 발판으로 일본경제는 경제공황에서의 탈출을 도모해 경제의 준전시체제화로의 이행이 진전되었다. 전쟁의 확산으로 군수산업은 비정상적인 호황을 맞이해 노동자 고용이 확대되었는데 그 대다수는 임시공으로서 고용되었다. 그런 노동자의 대부분이 공황 시 실업에 허덕이고 있던 조선인 노동자였다. 1930년 당시, 오사카시의 조선인 실업률은 「18%를 기록해 오사카시의 실업자 중 5명 중에 한명은 조선인 이었다」(岩村登志夫『재일 조선인과 일본 노동자 계급』)고 보고되고 있다.

이와 같이 시대배경을 모르면 그 의미를 잘 판단할 수 없는 기사가 같은 지면에 게재되어 있다(이하의 인용에서 【 】 안은 표제어).

【장마 전에 옥외 취로문제대책 部府 취로 통제 위원회에서】 5월 말 현재, 시내 각 직업소개소의 유효등록 노동자수는 7,142명이고, 5월 중, 부 및 시의 토목공사 소요 노동자수도 대체로 여기에 가깝다. 그러나 문제는 다음 달 부터 장마가 시작된 다는 것과 더욱이 올해부터 실업구제 사업에 대한 정부의 보조액도 45% 감액을 보이기에 이르렀다는 것이다. 그에 따라 토목 공사 량의 급감을 초래했고, 필연적으로 등록과잉이 되어 일용직 노동자의 생활전선을 위협하고 있다. 부에서는 그 대책으로써 이번 토목사업을 실업구제 사업으로서 대체한다. 즉 가을의 풍수해 복구공사 중에 부, 시의 직영분에 대해서 실업구제 사업으로써 이러한 실업자를 고용하고, 노동자의 평균 1달 고용 일을 확대해 한 사람이라도 많이 일할 수 있게 과잉자가 나오지 않도록 한다는 계획이라고 한다.

이 기사에서도 당시 일용직 노동자와 재일 조선인의 관계를 파악하지 않으면 『민중시보』에 게재된 의미를 이해할 수 없다. 1937년 오사카시 사회부 조사 「등록 노동자에 관한 조사」에 의하면, 그 해의 오사카시 실업등록 노동자 8,383명 중 조선인은 3,084명이라고 한다.

신문사의 사람이 노동조합 활동가라는 점도 있어서 이 신문에는 노동관련 기사가 많은데 일반사회 기사도 상당히 게재하고 있다.

【조선 식료품 소상인들의 오사카 식료품 소매상 조합, 선우회鮮友會 출현 오는 20일에 설립총회】 오사카에 이주한 20만 조선인 중 식료품을 다루는 소매상인은 약 500명에 달하고 있는데 오늘날까지 어떤 조직 단체도 없이 모두 제각각 운영해 왔다. 그렇게 해서는

스스로의 권익옹호가 어렵기 때문에 오사카 식료품 소매상 조합 조선인 지부를 만들고 업계의 발전을 기대해 10일 오후 5시부터 그 본부회관에서 창립 준비회를 열었다. 그리도 집회에서는 103명이 함께 설립에 관한 여러 가지 구체적인 토의를 한 결과 오는 20일 오후 6시 같은 표기 명칭의 회관에서 설립총회를 열어, 정관과 임원을 결정한다고 한다.

현재 일본에는 한국·조선인의 각종 상공회가 설립되어 있는데 이 시대 조선인이 가장 많이 거주한 오사카에 이런 종류의 소매상 회조합이 설립되었다는 것은 아마도 일본에서 가장 빠른 시기에 또는 최초로 재일 조선인이 오사카에 상공조합을 설립한 것임을 짐작케 한다.

게다가 이카이노 조선인 집단 이주지의 성립 과정에서도 확연히 드러나듯이 조선 식품을 다루던 소상인들이 제일 먼저 장사를 시작했으므로 재일 조선인 최초의 상공조합이 조선 식품을 사는 사람들에 의한 소매상조합이었던 것은 당연한 결과였다. 소매상조합의 결성은 전쟁 전의 재일 조선인이 정주화 시대를 맞이하고 있다는 증거이기도 하다.

【화장火葬을 장려하자】 (투서)나는 독자의 한사람으로서 한 가지 문제를 제창하려고 한다. 물론 내가 제창하는 개량적인 문제보다도 더욱 진보적인 문제가 있는 것은 알고 있다. 그러나 가장 진보적인 문제가 있을지라도 생활개선을 제외하고는 말이 되지 않기 때문에 관서지방에 사는 노동자, 상민(조선의 계급. 평민)들의 중대한 이해관

계에 관하는 문제로써 나는 화장 장려를 제창한다.

물속에서도, 땅속에서도 사람의 사체는 결국 흙이 된다. 모든 것이 깨끗한 화장이, 어째서 매장보다 나쁘다고 할 수 있을까. 토지의 가격이 높은 일본에서 매장을 행하는 것은 경제적으로도 힘든 일이다. 그렇다고 해서 고국에 매장을 위해 시체를 보낸다는 것은 제주도 출신 이외에는 어려운 일이다. 그 섬 출신의 노동자들은 화를 낼지도 모르지만, 확실히 두 눈을 부릅뜨고 살려고 하는 노동자라면 지방열과 향수병을 집어 던져야만 한다.

일하며 살고 있는 곳이 고향이며, 태어난 고향이 반드시 고향인 것은 아니다.

장례식을 거행하기 위해 시체를 반송해 고향으로 돌아갔다가 일본으로 돌아왔을 때 일을 잃고 후회하고 있는 친구들이 얼마나 많은가. 그것을 무시할 수는 없다. 가난하면 가난할수록 자유도항이 금지당하면 금지 당할수록 번거로운 매장에서 해방되지 않으면 하나의 시체를 위해 몇 사람의 생명이 기아선상에서 위협에 놓여진다. 매장에서 해방되자. 화장을 장려하자.

재일 조선인이 일본에 거주하게 되면서 그들은 조선의 여러 풍습을 일본으로 가지고 왔다. 특히 이국의 생활 속에서도 관혼상제만큼은 지켜졌다. 조선은 유교 국가이다. 유교는 형식을 굳게 지킴으로써 성립되는 것이 많다. 유교의 강한 영향 아래 있던 사람들은 장례식에서도 그 형식을 지키려고 했다.

당시 대부분의 일본 도시에서는 화장을 하였고 조선에서는 대부분 매장을 했다. 특히 제주도에서는 유독 매장이 강하게 지켜지고 있었다. 1920년대 후반 무렵부터 제주도 사람들은 일본에서 죽은 사람의 시체를 상자에 넣어 섬까지 반송하고는 했다. 그 때문에 정기 항로의 해운 회사와의 트러블이 많았다고 한다. 시체를 반송하기위해서는 며칠씩이나 친척이나 연고자가 동반해야 했기 때문에 경제적인 부담도 컸고 장례식을 끝내고 일본에 돌아오기까지는 시간이 한 달이나 걸려서 돌아온 후에는 실직이 되는 일이 빈번했다.

게다가 당시 일본정부는 조선인 도항을 엄격하게 제한하고 있었기 때문에 장례식 때문에 귀국한 후 일본으로 돌아오지 못하는 경우도 드물지 않았다. 그렇기 때문에 투서는 이런 폐해부터 재일 동포를 지키려는 제안이었다. 이것은 또한 1935년경 재일 조선인 사회가 일본에서의 정주화를 굳혀 가고 있다는 하나의 증거이기도 했다.

【관서의 대홍수 동포 피해도 막대】 우량 3석 2두 2승(약, 581리터)의 호우는 오사카 기상관측 사상 57년 만에 처음이다. 피해가 가장 큰 게 한신京阪神지방을 비롯해 30일 현재 일본 전국의 피해상황은 다음과 같은 통계로 교토에서는 4조条 교외의 유명한 다리도 전부 떠내려가 버렸고 한신지방에서 판잣집 생활을 하는 2백여 명의 동포는 갈 곳도 없는 상황이다.

조선인이 사는 곳은 어디나 습지대에 교통이 불편한 저지대인 곳이 많아 가옥 내외의 모든 곳이 수렁과 같이 되어 서로 왕래도 할 수 없는 비참한 상황에 있다. 화장실은 물에 잠겨 악취가 진동하고 있다. 그것이 아니라도 이 여름은 가는 곳마다 전염병이 확대되고 있기 때문에 금후 위생문제, 방역문제로 중대한 위험이 되고 있다.

그뿐만 아니라 많은 옥외 노동자들은 실업상태에 **빠져**, 기아의 위기에 놓였다.

【대수해 중에 볼 수 있는 한신지방의 동포애】 한신 연선 나루오阪神沿線鳴尾에는 작년 9월 폭풍우로 집을 잃은 백여 가구의 동포가 해안 근처에 판잣집을 세워 어떻게든 비바람을 피해 견디어 내며 비참한 생활을 보내고 있었다. 그런 곳에 지금 다시 홍수로 마루 위 3척(90.9㎝)이나 침수를 당했다. 그 때문에 고통을 받고 있는 사람들을 구원하려고 이용숙李用淑, 변상준卞相準, 임명률林命律, 안창언安昌彦은 어려운 자신들의 처지에도 불구하고 이재민 동포를 4반으로 나누어 각각 자신의 집으로 데리고 가 숙박과 식사를 제공하기 위해 전력으로 구원활동에 종사하고 있다.

위의 두 가지 기사와 같은 풍수해 구원활동 등 미담 외에 서민의 「사건」 등도 보도하고 있다.

【색마 한방상漢方商 부인환자를 농락】 한방상 이라고 간판을 걸고는 병을 상담하러 오는 젊은 부인들의 정조를 온갖 수단을 사용해 빼앗아 버린 냉혹 무정한 괴한이 있다. 그렇지 않아도 정조문제가 극도로 혼란에 빠져 있는 때이기 때문에 대중들은 분노를 참을 수가 없었다.

현재 오사카시 히가시나리구 이카이노에서 한방상을 운영하는 탁신귀卓申貴는 근처 집에 환자가 있는 것을 빌미로 삼아 멋대로 그 집을 드나들며 같은 집에 방을 빌려서 살고 있는 제주도 출신 김지옥(가명)의 아름다운 용모에 욕정을 품고 여러모로 감언이설을 하고 있었다. 수십일 전 탁 씨는 병을 진찰하는 것을 구실로 집에 들어가서, 여자가 조용히 잠들어 있는 틈을 타 정조를 빼앗아 버렸다고 한다.

이 사실을 안 사람들은 탁 씨의 그때까지의 여러 가지 비행을 지적하며 비난의 소리를 높였고 김지옥 씨의 남편이 고향에서 돌아오면 큰 소동이 이러날 것이라고 생각했다. 탁 씨는 작년에도 어느 여성을 같은 수단으로 농락해 임신까지 시킨 후 쫓아낸 적이 있다. 또한 3년 전에는 병을 상담하러 온 해남 출신 여성의 정조를 빼앗아 그 곳 사람들의 습격을 받은 적이 있다. 이와 같은 색마를 그대로 둘 수 없다는 비난의 소리는 높아져만 간다.

『민중시보』이전에 발행되고 있던 재일 조선인 신문 등에서 개인의 색정문제 등이 게재되는 것은 있을 수 없는 일이었다. 대부분의 신문이 노조와 정치단체의 기관지적인 성격을 띠고 있었기 때문에 개인적인 그것도 색정문제를 채택하려고 하는 자세는 전혀 없었다.『민중시보』는 단신으로 건너 와 돈을 벌던 노동자 시대부터 온 가족이 함께 이주해 오고 있는 이 무렵의 서민 생활 속에 발생하고 있는 「사건」을 보도함으로써 민중과의 거리를 좁히고자 했다.

이 시기 재일 조선인 사이에서는 「정조문제가 극도로 문란해지고 있다」는 현상이 일어나고 있었다고 생각되어진다. 재일 조선인의 대부분은 성인 노동자로 내무성 경보국의 통계에 의하면 오사카시에서 그 남녀 비율은 5대 3정도로 남성이 많았다.

이국에서의 생활에 대한 불안과 해방감, 열악한 주택사정에 의한 좁은 거주 공간, 동거인이 많았던 생활조건 아래에서는 「정조」

문제 역시 유교적인 윤리관이 생활의 밑바탕에 있던 본국에서는 생각할 수 없을 정도로 문란해져 있었다. 『민중시보』가 이 기사를 굳이 게재한 것은 단지 흥미본위에서가 아닌 조선민족의 전통적인 윤리관을 환기 시키고 싶은 의도가 있었을 것이다.

【고베 시 직영 조선인 아동 야학 교원간의 다툼으로 결국은 전원해고】 고베 시 당국에서는 이전부터 2세의 국민양성, 언어·풍속의 개량, 소학교에 입학할 준비교육을 목적으로 조선인이 집단으로 생활하고 있는 지역에서 소학교의 교사를 모집해 조선인 야간학교를 설치했고 다수의 조선인 아동을 모집, 수용해 왔는데 그 야학에는 조선인 교원을 채용해 아동 교육의 임무를 맡겼다.

그런데 이 야학에서 교편을 잡고 있는 K와 X는, 서로의 의견 충돌로 암투를 벌이고 있었는데, 그 때문에 결국 두 사람 모두 퇴직 당하였다.

그 내막을 들어 보면 K와 X는 본적이 부산으로 정情으로 봐도 같은 길을 가는 동지였다. 금년 4월말에 고베시 당국은 돌연 K교원을 중학교를 졸업을 하지 않았다는 이유로 해고하였다. 이에 화가 난 K는 그것을 평소부터 사이가 좋지 않았던 X의 간책이 아닐까 의심해 「내가 안 된다면 너도 안 된다」라고 생각해 시 당국에 해고수당을 요구하러 가 「X도 중졸이 아닌데 왜 나만 해고하는 것인가」라고 항의 했다. 난처한 시 당국은 「X는 이력서에 중졸이라고 쓰여 있다」라고 대답했기 때문에 K는 집요하게도 경성 모 중학교에 조회까지 해서 결국은 오는 6월 말 X도 해임시키게 했다고 한다.

이에 대해서 고베에 사는 동포들도 두 사람의 비열함을 대단히 안타깝게 생각함과 동시에 교육의 임무를 맡은 인물의 평가를 소홀히 한 점과 교원 간의 다툼에 의한 개인의 중상모략을 그대로 받아들여 해임한 고베시의 조치에 대해 경솔하다는 비난의 소리가 높다.

이 기사로부터 당시 조선인 밀집지역에서는 당국이 야간학교를 설치해 재일 조선인 자제 교육에 힘쓰고 있던 것을 알 수 있다. 이 교육이 처음부터 민족교육이 아닌「일본화 교육」이었던 것은 말할 것도 없다. 이와 같은 야간 학교가 정책적으로 설치되게 된 것은 1934년 10월 내각회의에 의한 결정「조선인 이주대책 건」이 후이다. 이 각의결정은 조선인의 일본으로의 도항을 엄격히 제한 하는 것과 함께「일본에서의 조선인의 지도향상 및 일본융화를 도모하는 것」(내무성 경보국「협화사업 관계 서류」)이라 결정하고 있다.

이 결정에 따라 각지의 내선융화단체 등은 조선인 자제의 의무 교육에 대한 대처를 강화하고 있다. 예를 들어 오사카부 내선융화 사업 조사회는 1934년 9월에 융화사업의 기본방침으로써 재일 조 선인 자손들의 의무교육의 강화를 들어「연령 또는 가정 사정 등 에 의해 주간 소학교에 입학하지 못한 사람은 야간학교로 입학시 켜 의무교육을 종료시키는 방법을 강구할 것」(「특고외사월보特高外事 月報」1937년 5월호)이라고 강조하여 말하고 있다. 1935년 6월 내무성 사회국장은 이와 같은 오사카 부 방침을 전국으로 확대시킬 것을 지시하고 있다.

이런 정책은 재일 조선인의 민족성을 빼앗고 일본으로의 동화를 도모하는 것과 함께 정주화한 조선인의 일본사회로의 융화촉진을 노렸던 것이다. 이것은 일본정부의 통일적인 방침이었고 오사카시에서는 경제빈궁자의 자제에게는 야간 소학교에 가면 원조까지 했다고 하는데 대부분의 시정촌市町村이 그것을 위해 예산을 계획하고 있었고 아이치현 세토시愛知県瀬戸市의 실례를 쇼와 11(1936)년 4월분의 「특고월보」는 기재하고 있다.

『민중시보』의 소개를 계속해보자.

【침수 이후 이질疫痢禍 각지에서 전염병소동 시민의 주의가 필요】 호우이후 발생할 것으로 예측되고 있던 오사카부의 전염병으로 지난 1일 이후 연일 40여명의 이질환자赤痢患者가 발생했다. 환자수는 6일에 이르러 돌연 하룻밤에 112명이라고 하는 수 에 달했고 7일 밤까지 1주일에 401명의 이질 환자가 발생했다.

어제오늘 날씨는 정상이 아니고 장마가 끝나지 않는 이상 아침저녁은 춥고 낮은 덥다. 청량음료수를 많이 마시면 위장에 지장을 줄 위험이 있고 또 금후 더욱 더워 질 것으로 예상되어 이와 같은 기후의 변조에 따라 전염병이 유행할 우려가 있다고 한다. 앞으로 먹는 것에 대한 주의는 물론 하수도와 집안의 청결에 특히 주의해야만 한다.

【덴마天満직물공장 여공 200명 이질】 오사카시 아사히구 게마쵸旭区毛馬町 덴마 직물 공장에서는 8일 아침에 검진한 결과 전 환자 186명 중 양성환자는 99명, 유사환자가 89명이었다.

【기시보하루키岸紡春木공장에서도】 기시보하루키岸紡春木공장에서도 27명의 이질환자가 발생해 전원 격리되었는데 다시 40여 명의 주의환자가 발생해 2,450여 명의 여공 전원을 검진하는 등 대소동이 일어났다.

기시보岸紡는 기시와다岸和田 방적주식회사이다. 『민중시보』가 덴마 직물공장의 이질 환자 기사를 게재한 것은 이 공장에 많은 조선인 여공이 일하고 있었기 때문이다. 전쟁 전 조선인 여성의 직업으로 가장 많았던 것은 일본에서 노동환경 노동조건이 가장 열악하다고 하는 방적 직물공장의 노동자였다.

오사카부 사회부『오사카부 사회사업 연보』에 의하면 1936년, 오사카 부에서 일하고 있던 조선인 여성 노동자는 7,005명, 그 중 방적, 직물공장에서 일하는 여성은 2,500명이었다. 기시보岸紡는 많은 조선인 여공을 고용하고 있었기 때문에 조선방적의 별명조차 있었다.

1935년 당시의 기시보岸紡의 전체 조선인 여공 수는 판명되지 않았지만 1928년에는 하루키春木 등 3공장의 전 종업원 4,094명 중, 825명이 조선인이었다고 한다. 방적, 직물공장에서의 가혹한 노동조건, 노동환경은 여공을 기숙사에 몰아넣는 것에서 시작되었다. 많은 여공들의 기숙사가 열악한 환경에 있었기 때문에 기숙사에서 한번 이질이 발생하면 많은 환자가 생겼다. 특히 이질은 번번이 일어나고 있었고, 기시보岸紡의 이질환자에 대해서는 1920년대부터 『아사히신문』 등의 일반지에도 자주 보도되고 있다.

『민중시보』2호 지면에서 특히 눈길을 끄는 것은 선거에 관한 기사이다. 「친일파」의 각종 융화단체가 선거 때가 되면 표의 매매에 이용되었는데 그 사정이 르포 형식으로 기재되어 있다.

【오사카 조선인 단체 각종 회합 방청기】송도松都 말기에는 불가사리(곰, 코끼리, 소, 호랑이를 합체한 모습을 한, 철을 먹고 독기를 내쫓는다고 하는 상상의 동물. 송도말기의 불가사리란 극도로 상대를 무시할 때 사용하는 말)가 명물이었는데 현재 오사카에서는 화합을 표면상으로 내거는 조선인 단체의 선거운동 브로커가 명물이다. 그들은 오사카 전역에 3백여 단체나 존재하고 있다. 유명한 단체의 우두머리 정도 되면 선거에 입후보하려고 하는 유력자들을 고문으로 맞이하고 있었다. 사소한 일로 경찰의 귀찮은 간섭을 받은 조선인이 있으면, 우두머리가 고문들에게 부탁하여 「신원보증인」이 되어, 그 조선인에게 은혜를 베푼 것이다. 이와 같은 융화 브로커는 아편중독자, 건달, 노름꾼, 사기꾼과 같은 무리였으며 뻔뻔하게도 가당치 않은 주장을 멋대로 떠들어대며 움직이고 있다.

일본인의 눈에는 이것이 조선인의 실상처럼 보이고 있었고 조선인의 눈에는 그것이 일본당국의 융화방침처럼 보여서 본래는 달랐으나 그와 같은 견해가 굳어지고 고정화되어 버렸다.

어차피 선거 때가 되면 우두머리들은 돈을 벌 때는 이 때뿐이라며 여기저기에서 사람의 이름을 적은 소위 선거 입후보자 추천장을 발행한다. 그리고 아무것도 모르는 회원들은 특정 입후보자에게 투표하게 된다.

이와 같은 단체가 만일 뉴욕에 있었다면 우두머리는 선거 때만 몇십만 엔의 수입을 얻었겠지만 오사카에서는 겨우 용돈 정도일 것이다. 평소에는 사람이 침을 뱉고 손가락질 하는 건달 생활에서 벗어날 수 없는 현대 불가사리도 자본가가 돈을 마구 뿌리지 않는 이상 그 위세는 통하지 않는다.

1927년부터 일본에서도 보통선거가 실시되어 이후 이와 같은 조선인 단체 건달이 설치게 된 것이다. 보통선거를 교묘하게 이용하는 무리는 누구보다도 이런 종류의 인간이다. 때마침 금년 9월에 오사카부 의회선거가 있고 내년 4월에는 총선거가 실시되기 때문에 이와 같은 건달들에게는 스스로의 세력을 과시하며 활약할 때가 온 것이다. 이 무렵 각지에서 그들은 앞을 다투어 각종 대회와 총회를 열어 때로는 연회를 개최하거나 화려한 축제 소동을 벌이고 있었다.

하지만 모든 단체가 그렇지는 않을 지도 모른다. 백문이 불여일견이라고 하기 때문에 선입관을 버리고 실제로 그런 대회를 방청해 보는 것이 가장 좋을 것이다. 나도 방청을 좋아하는 인간의 한 사람으로서 몇 군데를 견문해 보았다. 여기에 민중시보의 지면을 빌려 하나 둘 소개해 보고자 한다.

6월 24일, 계속 내리고 있던 비도 그치고 날이 갠 오후 6시 10분, 붉은 석양이 서쪽 하늘에 떠 있는 해질 녘 천육天六 교차로를 건너 북 시민회관의 회장에 이르렀다. 여기가 운라韻羅 친우회 제 8회 정기총회 회장이다.

입장은 무료이기 때문에 사양치 않고 입장했다.

「우와, 엄청나게 모였네」

이와 같은 소리가 여기저기에서 들렸다. 개회시간이 늦어지는 조선인 집회의 관례대로 딱 30분 늦은 7시에 대만원이 되자마자 주명식周明植 씨로부터 개회선언이 이루어졌다. 그리고 「하루 종일 중노동을 하셨음에도 불구하고 이렇게까지 많은 분들이 참가해 주신 것을 진심으로 감사드립니다」라는 발언을 하고 개회 인사가 끝난 후 임시 의장과 서기 두 사람이 선출되었다.

소란스러운 중의 의사 진행으로 마지막 열에 앉아 있던 나에게는 목소리가 작아서 잘 들리지 않았다. 대회는 계속 진행되어 경과

보고에 들어갔다. 금테 안경에 예복차림의 40세 정도의 남자 한 명이 단상에 올라와 유창한 일본어로 인사를 했다. 잠깐 본 바로는 일본인 손님의 축사처럼 생각되었지만 그렇지도 않았다. 「지금부터 경과보고를 하겠습니다」라고 하는 말이 튀어나왔고, 그것으로 그 남자가 회장인 박춘기朴春基 씨라는 것을 알았다.

청중은 먼 산이라도 보는 것처럼 멍한 표정으로 일본어 보고를 아는지 어쩐지 의심스러웠는데 이해하는 사람은 3분의 1도 되지 않는다고 생각되었다. 회장이 머리를 들자 금테 안경이 전등 빛으로 반짝반짝 빛이 났다. 회의는 아무런 장해도 없이 진행되었고 임원으로는 결국 만년 회장인 박춘기 씨가 다시 선출되었다. 의안은 천육天六 지부를 새롭게 단장하자는 것만으로 가결되었다.

축사로 들어가 대의원인 우에다 고키치上田孝吉 씨가 등단하자, 박춘기 회장이 통역으로 인사말을 했다.

「아니―그렇게 일본어를 잘하는 회장이 왜 그렇게 조선어를 못하는 것이냐」

「아니 일본어 인사는 관청에 하는 보고인 것 같은데 인사는 조선인 청중에게 들려주는 것이다」

그와 같은 잡음이 여기저기에서 들려온다. 그런 중에 사람들의 주목을 끈 것은 인사하는 상임고문 대의원에게 회장이 통역하는 한편 열심히 부채질하는 모습니다.

「부모에게도 다하지 못한 효도를 이런 곳에서 하고 있는가」

「그런 것보다 청중이 이해할 수 없는 일본어로 경과보고라니 대체 뭐냐」

　회원이 아닌 구경꾼이 많기 때문인지 시끄럽기 그지없다.

　「한 단체가 1년에 한 번하는 정기총회치고는 대중의 생활문제는 전혀 언급하지 않고 간부 인물 자랑뿐이라는 것은 대체 뭐냐」

　「그들이 해 온 것 하려고 하고 있는 것은 그런 것이다」

　청중의 잡음이 끊이지 않는다. 그것을 제제하려고 하는 임원과의 사이에서 말싸움이 일어난다. 그런 와중에 갑자기 박수가 터지자 잊고 있던 것을 생각한 것처럼 떠밀려서 박수를 치는 사람이 나온다. 그 소리에 땀을 뚝뚝 흘리며 코를 골며 정신없이 자고 있던 사람이 놀라 눈을 뜨고 함께 박수치는 모습은 자못 우스꽝스러웠다. 청중은 어떤 인상을 가졌던 것일까. 총회가 끝난 후 숙소로 돌아오자 다다미 위 빈대도 대회를 열어 자고 있는 사람의 피를 배불리 빨고 있었다.

　이 르포에는 「1927년부터 일본에서도 보통선거가 실시되었……」다고 적혀있는데 그것은 1925년 5월 공포된 「보통선거법」일 것이다. 일본에 의회가 개설된 것은 1889년으로, 1890년에 최초의 중의원선거가 이루어져, 제 1회 제국의회가 소집되었다. 그 후 대만, 조선은 일본의 식민지가 되었는데 선거구는 설치되지 않고 선거도 실시되지 않았다. 이런 식민지에서 참정권 문제가 제기되게 된 것은 1919년 「3·1 독립운동」이후의 일이다. 일본정부의 「내선일체」,「일시동인」의 선전 중에서 「친일파」를 중심으로 조선에서 중의원 의원선거를 실시하도록 청원이 이루어져 일본정부는 거기에 비교적 호의적으로 대처했으나 시기상조라고 청원을 각하했다.

대만에서도 같은 시기에 참정권 문제로 청원이 이루어졌는데 그 내용은 조선과는 다른「대만 의회설치 건」으로써 식민지 의회의 설치를 요구하고 있었다. 그 요구는 대만의 독립으로 연결되는 운동이었기 때문에 일본은 엄격한 탄압을 가했다.

1925년「보통선거법」이 공포될 때까지 일본의 선거는「제한선거」였는데「보통선거법」공포 후에는「제국신민인 남자로 연령은 25세 이상인 자는 선거권을 부여 한다」라고 되어 있고 조선, 대만 출신자로 일본거주의 25세 이상의 남자는 선거에 참가할 수 있도록 되었다. 그 이후 재일 조선인도 선거에 참가하였고 그들 표를 목적으로 한 친일 융화꾼들이 활동했다. 이 르포는 그와 같은 실정의 한 단면을 전달하는 것이다.

이 르포는 당시 재일 조선인의 대부분이 일본어를 이해하지 못한다고 보도하고 있는데 일본 문자에 의한 투표는 어떻게 했던 것일까. 1935년 말 오사카의 조선인 수는 20만 2,311명이었는데 그 사람들에 대해서「총수의 약 5분의 2는 전혀 무학문맹이었다……국어에 익숙한 사람은 불과 남자의 3분의 1……」(「거주 조선인 문제 그 대책」오사카 부 내선융화 사업 조사회, 1936년)이라고 보고되어 있다. 여기에서 말하는「무학문맹」이란 일본문자를 모르는 것이다.

『민중시보』에는 1935~6년경의 재일 조선인의 생활실태를 보여주는 다양한 기사가 다수 게재되고 있다. 이들 기사를 하나하나

검증하는 것으로 아직 제대로 밝혀지지 않은 최근 재일 조선인 사회생활의 실정을 보다 선명히 해명할 수 있을 것이다.

▌강제연행을 시작한 배경 ▌

1937년 7월 중일전쟁의 발발로 대량의 민간인을 군대로 몰아넣었다. 그것은 곧바로 민간기업의 청년노동력 부족으로 나타났고, 전시 경제 체제하의 일본경제의 아킬레스건으로써 심각한 결과를 초래했다.

일본정부는 그 대책으로써 1938년 3월 「국가 총동원법」을 제정해 노동력부족 대책에 적극 나섰다. 「국가 총동원법」에서는 재일 조선인도 그 대상이 되었고 동원인수에 편입되었다. 노동력부족이 심각했던 탄광은 상공성에 조선인 노동자의 고용촉진을 강하게 요청하고 있었다. 내무성은 그 요청에 대해 재일 조선인을 탄광 등에 「직업소개」를 하여 적극적으로 고용을 추진하고 있었다.

그러나 재일 조선인을 고용하는 정도로 탄광과 토목회사의 노동력부족이 해결될 리도 없고 기업의 대부분은 노동자를 조선반도에서 모집할 수 있도록 강력히 요청했다. 특히 석탄 산업에서의 요청이 두드러졌는데 그 외에 금속광산 토건업계에서도 많은 요청이 있었다.

1938년 6월, 기획원은 「국가 총동원법」에 근거하여 「노무 동원계획」을 세웠는데 그「노무 동원계획」에서는 조선반도로부터 일본국내의 부족한 노동력을 연행하는 것이 계획되어 있었다.

이「노무 동원계획」은 1934년 10월 각의결정「조선인 이주대책건」에 의한 조선인 노동자 이입저지대책을 변화시켜 적극적으로 이입촉진으로 전환한 것을 의미하고 있다.「계획」에 근거해서 내무성과 후생성은「조선인 노무자 내지 이행에 관계되는 건」을 발령했고 조선에서 85,000명의 노동자「모집」허가를 각 기업에 부여했다.

1939년 7월, 탄광, 토목, 금속, 광산 등의 각 기업은 조선반도에서 노동자의 모집을 시작했다. 당초에는 그때까지 일본에서 돈을 버는 노동이 금지되어 있던 반동으로 응모자가 쇄도했는데 반년 후에는「모집」에 응하는 사람들은 줄어들어 갔다. 일본에서의 열악한 노동환경, 가혹한 노동조건이 널리 알려졌기 때문이다.

「모집」이 곤란하게 된 시기에 조선인 노동자의 확보에 대해서 당시 조선에서 사람을 모으고 있던 홋카이도 유베쓰雄別탄광의 모집인인 사카阪 모 씨는,

「군郡에서 할당받을 때에 이미 동원계획이 있어서 마을에 몇 명 있는지 전부 알았습니다.……그리고 군이 할당해주기 때문에 면사무소와 주재소에서는 꼭 나오지 않으면 안 될 의무가 있었습니다.……할당이 왔을 때 주재는 처음에『어째 가지 않을래』라고 권했던 것 같습니다만, 나중에는『너 징용이 왔다』고 말합니다.『아무래도 나리 저는 갈 수 없습니다.』라고 조선어로 이야기 하고

있지만, 거리의 순사는 어떻게 해서든 가라고 말하며 결국은『도망가든 어떻게 하든 상관없다. 갈 수 있을 만큼 가봐라. 잘 도망가면 네 득이다』라고 마지막에는 괴로운 나머지 그렇게 말했습니다.……수송 중 조선에서 온 대부분의 담당자는 잘 수 없었습니다. 홋카이도의 10~13의 탄광이 집단수송을 임시열차로 했었습니다. 혼슈의 열차는 시모노세키에서 타면 아오모리까지 오기 때문에 타면 바로 차 전후에 담당자가 반드시 지킵니다. 그래도 머리로 화장실 창문을 깨고 도망가는 일이 수차례나 있습니다」(홋카이도립 노동과학 연구소편『석탄광업의 광원 충족 사정의 변천』1958년 간행)라고 말하고 있다.

조선인 노동자를「모집」으로 모아서는 필요인원을 확보하는 것이 곤란했기 때문에 다른 방법이 필요했던 기획원은 1942년에 13만 명의 조선인을 일본으로 연행해 오는「노무 동원계획」에서「모집」보다도 정책적 강제력을 동반하는 방법의 채용을 계획했다. 그해 2월「조선반도 노무자 활용에 관한 대책」을 각의결정 해, 행정, 경찰력의 행사를 동반한 조선인 노동자 이입방식을 결정했다. 이 방법을 받아들여 조선총독부는「조선인내지 이입 알선 요강」을 제정했다. 소위「관알선官斡旋」이다. 그리고「관알선」에 의해 조선인 강제연행이 실행되었다.

태평양전쟁의 전선확대는 일본국내의 노동력부족을 더욱 가속화시켰다. 행정의 강제를 동반하는「관알선」방식으로도 부족한 노동력을 확보할 수 없던 일본정부는 조선 본토에서의「국민징용령」의 발동에도 착안하여 가장 먼저 재일 조선인에게 1942년 10월부터 「국민징용령」을 발동했다. 「국민징용령」은 일본인에게는 1939년부터 적용되었는데 그때까지 조선인에게는 반발을 고려해 발동되지 않았다. 먼저 첫 단계로 재일 조선인에게 적응되었는데 그들 사이에서는 이 징용령에 대한 저항감이 매우 강했다.

「국민징용령」이 재일 조선인에게 처음 적용되었을 때의 상황을 「특고월보」는

「……징용을 기피하려고 하는 사람이 상당히 많았으며 조선인에 대한 최초의 징용에도 불구하고 그 실적은 좋지 않았다」(쇼와 17(1942)년 10월분) 라고 보고하고 있다. 도쿄에서는 4,600인에게 출두 명령이 내려졌으나 출두하지 않은 자가 2,126인에 달했다. 효고현兵庫縣에서는 통지자 1,891인 이었으나 실제 1,030인이 출두하지 않았다고 기록되어 있다.

이 시기 이와 같은 조선인의 강한 반발을 고려해 조선반도에서는 아직 「징용령」은 적용되고 있지 않았는데 전세가 악화되어 노동력부족이 더욱 심해지자 1944년 4월, 일본정부는 조선에 「일반징용령」의 적용을 발동했다. 이 조치는 예상한 바와 같이 조선인의 강한 반발과 저항을 불렀다. 제85회 제국의회 설명 자료에도 조선인들이 징용을 기피했기 때문에 「결사대」를 결성해 무기를 갖추어서 산으로 들어간 사례도 소개되었다.

그러나 조선인 저항을 일본정부는 경찰력을 행사해 제압했고, 일본국내에서 필요로 하는 대량의 노동자를 강제 연행해 노동력

확보에 힘썼다. 이렇게 해서 일본으로 연행된 조선인 노동자의 정확한 총 수는 지금에 이르러서도 일본정부에서 발표되고 있지 않다.

표 2는 제국의회 설명자료, 후생성 노무국의 자료 「특고월보」와 내무성 경보국의 자료에 의한 강제연행자들의 통계자료인데 각각의 숫자에 오차가 있어 어느 것을 신뢰할 수 있는가는 판단할 수 없다. 여러 가지 통계자료를 참고로, 조선인 강제연행자의 총수는 100만인을 넘어도 150만인을 넘지 않는다고 하는 극히 엉성한 숫자가 된다.

이것은 조선에서의 강제연행이 얼마나 무법으로 그리고 무질서하게 행해졌는지 그리고 강제연행 된 조선인이 쓰고 버려져 얼마나 많은 희생을 초래했는지도 판명할 수 조차 없는 증거이기도 하다.

탄광, 토건, 항만, 군수공장 등에서 혹사당한 조선인 노동자 이외에도 「해군특별 지원병제」(1943년 7월), 「학도병제」(1943년 11월), 그리고 징병검사(1944년 4월)에 의해 일본제국 육해군으로 보내진 조선인 군인, 군에 소속된 사람은 약 37만여 명에 달했고, 일본군의 「성적노예」로서 전장에 몰아낸 조선인 여성은 6만 또는 10만이라고도 이야기 되고 있는데 그 실제 수조차 분명하지 않다.

[표2] 일본에 연행된 조선인 수에 관한 통계자료　　　　(단위:人)

	제86 제국회의 설명자료	후생성 노동국 자료	특고월보 特高月報자료
1939년	53,120	38,700	
1940년	59,398	54,944	81,119
1941년	67,098	53,492	126,092
1942년	119,851	112,007	248,521
1943년	128,354	122,237	300,654
1944년	286,432	280,304	
1945년	10,622	6,000	

출전『증언·조선인강제연행』에서

▌협화회 수첩協和会手帳과
창씨개명 ▌

조선에서 많은 노동자가 강제연행 되어 왔을 때 그들의 감시자로서는 이전부터 재일 조선인 감시와 동화 역할을 담당하고 있던 협화회가 주요한 역할을 하고 있었다. 협화회의 역할을 강화할 목적으로 1940년 6월에 「중앙 협화회」가 결성되어, 전국적인 통제, 조직화를 도모했다. 초대 이사장으로는 세키야 데자부로関屋貞三郎가 선출되었다. 세키야는 조선총독부 학무국장 등을 거쳐 귀족원 의원으로 칙선勅選된 조선식민지 행정 담당의 내무관료였다. 이사도 내무성 경보국장과 조선총독부의 내무국장이 선출되었다.

협화회 지도부는 경찰 관료로 채워졌는데 최하급 간부로는 많은 재일 조선인을 끌어들였다. 그 하급 간부의 대부분은 일찍이 상애회 등의 간부로, 조선인이 조선인의 감시와 전쟁협력 추진, 그리고 동화를 촉진 하는 역할을 담당한다는 구조로 되어 있었다.

중앙 협화회가 「회원」을 강력하게 통제, 감시하기 위해 실시한 방책의 하나로 「협화회 수첩」의 발행과 그 소지 의무화가 있다.

회원증은 45만장 발행되었고 본인의 얼굴 사진을 부착, 현 주소·직업·생년월일 등이 기재되어 있었다. 현재 일본정부가 발행하고 있는 외국인 등록증의 원형이다. 회원증은 정회원(세대주)과 준회원(세대주에 준하여 일하고 있는 사람)으로 나누어 부인, 아이, 세대주가 아닌 무직자에게는 배부되지 않았다.

조선에서 데려온 강제연행자들이 탄광 등에서 도망쳤을 때 그런 조선인을 검문하는데 있어 경찰은 협화회 수첩의 제시를 요구했다. 만일 소지하고 있지 않으면 도망자로 간주하고 경찰서로 연행해 취조했다. 협화회 수첩은 재일 조선인의 감시·통제의 강력한 수단으로써 사용되었다.

협화회는 재일 조선인의 감시·통제를 강화하는 한편으로 전쟁 협력을 강요했다. 예를 들어 국방헌금, 비행기 헌납금, 위로금 등의 명목으로 전쟁 협력 금이 할당되어 협화회 각지부마다 금액을 경쟁시켰고 그것을 천황에 대한 충성도의 기준이라고 하며 재일 조선인을 협박하기도 했다.

중앙 협화회의 지도에 의해 동화정책 또한 강력히 추진되었다. 각 지부는 다양한 「강습회」를 실시했는데 그것들은 모두 「일본정신의 부식扶植」을 목표로써 일본어 강습회, 일본식 예의작법 강습회, 일본 옷 입는 법 강습회 등이 실시되었다. 협화회는 민족의상의 착용금지를 지시했고 조선부인들이 한복 차림으로 길거리를 통행하는 것을 금지시키려 했지만 부인들의 민족의상착용의 관습은 좀처럼 고쳐지지 않았다. 심지어 길거리에서는 하얀 한복을 입고 있는 여성에게 경관이 흙탕물이나 먹물을 끼얹어 착용을 방해하려는 일도 종종 발생했다.

그밖에 군사교련의 의무화, 「성지 참배」의 강화, 결혼식에서의 조선식 의식 금지와 신전 결혼을 강요하는 등, 동화 정책이 강화되었는데 그 중 가장 큰 것이 「창씨개명」이다.

일본정부는 조선민족의 민족적 자주의식 근거의 하나인 민족씨명을 소멸시킴으로써 황국황민화를 철저하게 도모할 의도로 조선 씨명의 사용을 금하고 일본식 씨명으로 바꾸게 하려는 정책을 내세웠다. 조선 본토에서는 조선총독부가 1939년 11월「조선 민사령」을 개정해「조선인의 씨명에 관한 건」(창씨개명)을 공포하여 조선인은 일본 이름을 쓰지 않으면 학교에 입학할 수도 없고, 주식의 배급권과 각종 관청 발행의 증명서도 받을 수 없는 상황이 되었다. 일본에서는 협화회가 창씨개명을 강력히 추진했고 개명을 거부한 재일 조선인을「불온사상不穩思想」을 품고 있다며 치안당국에게 고발하는 일도 있었다.

이와 같은 다양한 수단을 사용해 조선민족색의 말살이 철저하게 이루어졌다.

일본 내에서의 「항일투쟁」

태평양전쟁의 발발과 함께 재일 조선인에게 침략전쟁에 대한 협력의 강요, 동화정책을 강화하는 한편, 반일사상을 품은 민족주의자, 사회주의자에 대한 감시는 한층 더 강화되었다.

태평양전쟁 발발 직후 1941년 2월, 치안유지법이 개악되어 그때까지는「국체변혁」을 이루는 운동을 실시한 사람에게만 가해졌던 형벌이「국체변혁」을 계획하거나 심지어는「생각했다」것만으로 치안유지법 위반으로 추궁할 수 있게 되었고, 조선독립에 대한 생각을 이야기하거나, 바라는 것만으로도 체포되어 형벌을 받는 조선인이 속출했다.

예를 들어, 1943년 7월 치안유지법 위반으로 검거된 시인·윤동주尹東柱는 당시, 동지사 대학생이었는데 민족성이 강한 제 3고와 교토대학 친구들과 함께 조선독립의 희망을 이야기 했다는 이유로 검거되어, 징역 1년의 형을 받아 수감되었다. 윤동주는 전쟁 후 한국에서 조선식민지지배하의 최후 암흑기에 눈부시게 빛난 횃불과 같은 민족 시인으로 까지 평가되었는데, 일본유학 당시에는 아직 무명으로, 체포되었을 때 많은 미발표 원고가 특고경찰에게 압수당해 그 작품들은 행방불명이 되었다. 후쿠오카형무소에 수감된 윤동주는 일본의 패전을 눈앞에 둔 1945년 2월, 원인불명의 옥사를 당하고 말았다.

많은 재일 조선인이 윤동주처럼 전시체제하의 치안유지법 위반, 국가총동원법 위반, 육해군 형법 위반 등으로 체포되어 취조를 받고 수감되었다. 법무성 교정 총무국편의 『행정통계 연보』에 의하면 1944년에 치안유지법 위반으로 형이 확정되어 수감된 사람들은 140명이고, 그 3분의 1이 조선인이었다. 또 국가총동원법 위반에 의한 수감자는 5,201명이고 그 중 조선인은 1,041명에 달하고 있었는데, 일본인과는 비교가 되지 않을 만큼 그 비율이 높았다.

수감은 되지 않았지만 경찰에 체포되어, 고문으로 심한 조사를 받은 사람들은 수배에 달한다. 게다가 검거는 되지 않았지만 가택수색을 받은 사람들도 많았다.

1941년 11월, 조선 축구팀이 일본 팀을 무찌른 것을 친구들과 성대하게 축하한 일로「불온사상」의 소유자로 체포되어, 심한 고문에 의한 취조를 받은 경험이 있는 전 조선 장학회 이사 이은직李殷直 씨는「검거불충분」으로 석방되었는데, 그 후가 힘들었다고 한다. 매월 1번은 반드시 경찰서로 출두해 그 달 생활상황을 보고해야만 했고, 때로는 형사의 미행이 붙어 천황 외출 시에는 하숙집에도 직장에도 경찰관이 달라붙어 감시하고 있었다고 한다.

전시체제하에서 재일 조선인에게 가해진 억압이 얼마나 어처구니없는 것이었는지를 이들 숫자와 상황이 말해주고 있다.

1910년 한일합병 이후 일본 내에서 조선인의 다양한「항일투쟁」은 계속되어 왔다. 그러나 중일전쟁 이후 모든 민족적 요구는 말살되어, 생존권의 확립을 요구하며 활동하고 있던 노동운동도 일본의 노동조합 운동이 괴멸해 가는 과정에서 조직적인 활동이 진압되어 폐쇄상태에 있었다.

그러나 1939년 이후 그때까지와는 성격이 다른 재일 조선인의「쟁의」와 싸움을 볼 수 있게 되었고, 수적으로도 증대해갔다. 그것은 강제연행자들의 싸움이었다.

강제연행 되어 온 사람들에 대한 가혹한 노동 때문에 또한 그 연행형태의 비정상적임―농사일을 하고 있는 농민을 그 자리에서 납치한 사냥꾼과 같은 행위―때문에 연행된 사람들은 일본에서 여러 가지 저항활동을 벌였고, 실력행사를 동반하는 분쟁도 번번했다.

예를 들어 3년의 기간을 약속하고 「모집」에 응했던 노동자가 계약기간이 끝나도 기업이 귀국을 허가하지 않자 사업소에서 조직을 결성하여 집단으로 귀국하려고 하였고, 이를 저지하려는 경찰대와 대 난투극이 벌어진 사건이라던가, 노동의 가혹함, 식량부족의 개선을 신청해도 들어주지 않았기 때문에 폭동으로 발전했던 집단적인 분쟁 등이 잦았다.

내무성 경보국의 자료에는 전국 각지에서 일어난 분쟁이 기록되어 있다. 단 강제연행 개시 이후, 패전까지의 완전한 통계자료는 아니고, 1943년 7월부터 11월까지와 1944년 1월부터 11월까지의 기록은 「특고월보」에 보고되어 있다. 그 통계는 표 3의 숫자인데 이 통계에서는, 연도가 지난 1944년에 분쟁이 많아져, 매일 약 1건의 쟁의가 어딘가에서 발생하고 있다는 계산이 나온다.

이들 분쟁은 그 대부분이 매우 우발적이고 계획성이 빈약한 것이었고, 또한 외부와의 연락이 없는 하나의 사업소 내에서의 독립된 분쟁이었기 때문에, 경찰의 탄압, 더 나아가서는 헌병대 등으로 동원된 진압행동에 의해 무참하게 진압 당했다. 분쟁 주도자, 동조한 노동자들은 경찰서에 연행되어 심한 고문을 수반하는 조사를 받은 후 「주모자」가 수감되는 비극적인 결과로 종식되었다.

이와 같은 집단적 실력행사를 동반하는 분쟁이 아닌 개인적인 저항행위도 다발했다. 게으름 등도 그것에 포함되는데 그 가장 큰 것은 강제연행지에서의 「도망」일 것이다. 노무관리가 형무소만큼 엄격한 강제연행지에서의 「도망」은 잡히면 심한 형벌이 기다리고

[표3] 조선인 강제연행자의 분쟁 수

		1943년 7월 ~12월	1944년 1월 ~11월
발생건수		138	303
참가 인원수		6,466	15,230
파업	건수	12	32
	인원	732	1,745
태업	건수	21	35
	인원	1,646	1,926
직접행동	건수	38	36
	인원	1,266	3,176

「특고월보特高月報」〈이입조선인노동자각종분쟁상황조사〉에서 작성
출전:『전시체재 재일 조선인의 반일운동戰時下在日朝鮮人の反日運動』에서

있는 목숨을 건 행위이다. 그럼에도 불구하고 노동현장에서 탈주를 꾀하는 조선인 강제연행자는 끝이 없었다.

법무성 입국관리국의 『숫자로 본 재일 조선인』(1953년 간)에 의하면 1939~1945년 3월까지 222,225인이 「도망」쳤다고 기록되어 있다.

강제연행자의 몇 명중 한 명이 「도망」쳤다는 계산이 되는데, 이와 같은 다수의 조선인의 도망이 가능했던 것은, 일본 전국 각지에 점재한 「조선부락」의 존재일 것이다. 「조선부락」은 이런 도망자를 받아들여, 숨겨 주고, 노동력부족으로 데려가려는 곳이 많던 작은 탄광과 토건현장의 노무자 합숙소 등에 일자리를 찾아 생계를 꾸리도록 돌봐주었다.

이와 같은 저항 이외에도, 일본본토에서 조선으로 돌아가는 것도 소극적인 저항이라고 말할 수 있을 것이다. 1944년경부터 미군의 일본 본토 공습이 심해졌고, 재일 조선인 중에서도 그로인해 많은 희생자가 나왔다. 특히 도심부에 공습이 집중되었는데 조선인은 일본인과 달리 피할 수 있는 시골도 없었다. 또한 공습과 더불어 물자부족, 식량난으로 일상생활이 매우 곤란하게 되었다.

그와 같은 시기인 1944년 11월, 일본정부는 「조선 및 대만 동포에 대한 조치 개선에 관한 건」을 각의결정 했다. 이것은 조선인 귀족원 의원을 선임 하거나 관리 등을 증원해, 지금까지 엄격한 제한이 있던 분야에서의 조선인 등용을 꾀하는 등의 조치 외에, 일본과 조선 사이의 조선인 도항제한을 폐지하는 조치도 취해졌다.

이것은 패색이 짙어지는 가운데 일선일체화를 조선인에게 어필해, 그들의 전쟁수행 협력을 적극적으로 끌어내는 것을 노린 조치였다.

그러나 이 「자유 도항제」는 일본정부의 의도와는 다른 결과로써 나타났다. 재일 조선인이 공습과 식량부족에서 벗어나기 위해, 조선으로 돌아가는 움직임이 급속히 높아져 갔다.

그와 같은 상황을 치안당국은,

「……한때 귀선歸鮮증명서제도의 폐지는 더욱 조선으로의 귀국열을 왕성하게 하여 올해 3월 이후 5월까지 피폭지역에서 조선으로 귀국하는 사람은 22,468명에 달해, 이후 더욱 증가할 것이라고 판단했다. 당국의 적절한 지도와 한편으로 대륙 교통사정의 궁핍함에 따라 동반은 점차 감소하고 있지만 관서지역에서의 조선인 체재 수는 한때 수천 명에 달해 상당한 혼란을 초래했다.」(「특고월보」쇼와 20(1940)년 1월~6월 원고)라고 보고하고 있다.

여기에서 말하는 「당국의 적절한 지도」란 조선인 귀향 저지를 말한다. 치안당국의 저지에도 불구하고, 어선을 구입하여 출항하려고 하는 사람, 군용공문서를 위조해 조선으로 가려는 사람 등, 다양한 도피책을 찾아 귀향자들은 증대했다. 그러나 1945년에 전쟁양상이 급격히 악화되어, 현해탄玄界灘도 미 잠수함이 장악해서, 부관연락선이 어뢰공격을 받아, 정기적으로 운행할 수 없었다. 그것이 6월에는 마침내 전면 결항이 되어, 조선으로의 항로는 막혀버리고 말았다.

1945년 이후, 일본의 패전기미가 강해지는 가운데 재일 조선인 사이에서는 일본의 패전이 조선의 해방과 독립으로 연결되는 상황을 만들어 내는 것이 아닌가 하는 희망이 생겼고, 그것이 미군에 대한 구세주적인 기대가 되어 나타나게 된다.

「특고월보」에는 전시 중, 재일 조선인의 「유언비어 단속 상황」이 기재되어 있다. 1944년경까지는 막연한 일본의 패전을 예측하여, 그렇게 되면 조선은 독립한다고 하는 희망을 이야기해 체포된 사람들에 대한 보고가 있는데, 1945년이 되면 보다 구체적인 「유언비어」로 체포된 사람들의 사례가 많아진다. 예를 들어 「조선의 상의를 착용하고 있으면 사격을 당하지 않는다고 말하는 사람」, 「미군이 상륙할 때까지 예복을 구입해서 환영하지 않으면 안 된다고 말하는 사람」, 「일본의 패전은 필연이다. 올해 중에 패전한다. 또는 일본이 패하면 조선은 독립할 수 있다고 말하는 사람」 등의 사례가 기재되어 있고, 재일 조선인이 미군을 명확한 아군으로 인식한 발언이 많아졌고, 민족의 해방과 조국의 독립을 거기에 맡기는 사람들의 기대가 높아지고 있었다.

건국과 통일 II

제 2차 대전 후

재일 한국인 백년사

조국의 광복과
귀국희망

1945년 8월 15일 일본제국은 연합국에게 무조건 항복 수락을 통고했다. 이 날을 기점으로 재일 조선인의 상황은 급변해 갔다.

일본의 패전으로 인해 자신들이 「해방」된 것을 가장 극적으로 실감한 것은 강제 연행된 조선인 일 것이다. 특히 폭력을 동반한 노무관리 아래서 괴롭힘을 당했던 토목, 탄광 등에 강제 연행되었던 사람들에게 그 실감은 더욱 강렬하였다. 이전에 강제연행자의 「청취록」을 쓰고 있을 때 「해방의 날」에 관한 것을 많은 사람들에

게 물어봤는데 치쿠호筑豊의 후루카와 오미네古河大峯에 강제 연행
된 정기봉鄭奇奉씨는

"그 날 우리는 일본이 연합국에게 항복한 것을 몰랐습니다. 그러
나 16일 정오쯤 일본이 항복했다는 말을 전해 듣고 모두 일하는
곳으로 우르르 달려 갔습니다. 인력관리자들은 모두 어딘가로 모
습을 감추고 한사람도 없었습니다. 조선인들은 모두 흥분해서 왁
자지껄 떠들고 있었는데 누군가가 창고에 먹을 것이 많이 있다고
말을 꺼내 창고 열쇠를 끄르고 문을 열어보고 깜짝 놀랬습니다.
그곳에는 쌀을 비롯해 여러 식료품이 빽빽이 쌓여 있었습니다.
　후에 알게 되었지만 탄광에는 연행되어 온 조선인이 1,000명 정
도 있었지만 그 중 500명 정도는 도망가 버렸는데도 1,000명분의
배급품을 정부로부터 받아 그것들이 창고에 쌓여있었습니다. 우
리는 창고에서 쌀을 꺼내 식당의 커다란 솥으로 밥을 해 배불리
먹었습니다. 내가 후루카와 오미네에 끌려와 쌀밥을 먹은 것은 이
때가 처음으로 쌀밥을 배불리 먹었을 때 비로서 해방을 실감했습
니다. 그 날부터 일은 하지 않고 귀국할 수 있도록 회사와 교섭했
는데 회사 측은 귀국에 사용할 배가 없으니 조금 더 기다려 달라고
할 뿐이어서 좀처럼 귀국할 수 없었습니다"라고 말하고 있다.
　조선인 강제연행자에게 있어 일본의 패전은 문자 그대로 노예로
부터의 해방이었다. 기업이나 군시설 등에 연행된 조선인의 해방
된 기쁨은 날로 고조되어 그것은 즉시 귀국 요구로 이어졌다.

▌극도로 혼란한
귀환사업 ▌

　귀국하고 싶어 하는 강제 연행자들의 소박한 요구를 대기업과 군관계 사업소는 교묘히 이용해 그들을 귀국시켰다. 그것은 항복 후 강제연행과 강제 노동문제를 연합국으로부터 추궁 당해「전범」으로 지정받을 것을 두려워한 것과 억압의 반동으로서 조선인 폭동이 발생할 우려가 있었기 때문이다.

　예를 들면 기후현岐阜県 가미오카神岡 마을의 미츠이 카미오카三井神岡 탄광소의 조선인 강제연행 실태를 조사 했을 때 패전시의 상황을 광산의 노무관리 사원이었던 와카다 쓰네오若田恒雄 씨는 "가미오카 광산에는 연합국 포로가 650명 정도 일하고 있었던 관계로 패전 전부터 미군기로 식량과 선전지가 투하되고 있어 연합국 포루를 학대하는 것은 처벌 대상이 된다고 경고하고 있었습니다. 패전이 되자 곧 바로 회사 측은 연합국 포로관계, 조선인 강제연행자 관계에 관한 모든 자료를 인멸하고 조선인에 관해서는 대담하고 놀랄만한 행동을 했습니다. 일본이 항복한 날부터 1개월 이내에 조선인 1,300여 명 전원을 조선으로 돌려보내 버린 것이었습니다. 이것은 패전 직후의 운송 사정을 아는 사람에게는 믿을 수 없을 정도의 대단한 일이었습니다."라고 말하고 있다.

　여담이지만 연합군의 주둔 후 미츠이 가미오카 광업소 사원 중에는 연합군 포로학대 죄로 B · C급 전범으로 수감된 자도 있다.

　군부와 대기업이 무질서하게 조선인 연행자의 귀국을 서두르는

가운데 대참사도 발생했다. 아오모리현青森県 시모키타下北 반도
의 오미나토大湊(현재의 무츠むつ시) 해군 경비부의 군사용 호를 건설
하기 위해 강제 연행되었던 사람들을 고향에 돌려 보내기 위해
항해중인 해군 수송함「우키시마호浮島丸」가 8월 24일, 마이즈루舞
鶴 항에서 폭침당해 일본 정부의 발표에 의하면 500 수십 명의
희생자가 발생했다. 경비부의 상급군인들이 연합국 측의 처벌을
두려워 해 서둘러 환송하던 중에 일어난 대사고였다.

대기업, 군부의 재빠른 대응은 일본정부의 지시로 이루어진 것
이 아니라 전후 국가기능이 혼란할 때 각 사업소가 독자적인 판단
으로 행했던 것이다. 한편 많은 중·소 탄광, 토건 등의 기업은
환송을 위한 자금과 운송 수단을 가지고 있지 않았기 때문에 조선
인 강제연행자들은 방치되어 있었다. 귀국을 요구하는 조선인들
은 멋대로 일본해 근방의 각 항구마을로 집결했지만 조선으로 갈
배가 없어 헛되이 그곳에 체재하거나 또는 작은 어선으로 출항해
난파당하는 사람도 발생했다.

조선인 귀환 수송문제 협의회가 관련된 성청省庁 관리들에 의해
열린 것은 8월 23일 이지만 방침을 알리기 전에 우키시마호 폭침
참사와 어선조난 사고가 전해져 더 이상 사태를 방치할 수 없게
된다. 1945년 9월 1일 내무성 경보국장, 관리국장 등은 각 지방
장관 앞으로「조선인 집단 이입 노무자의 긴급조치 건」을 통고했
다. 그것은 다음과 같은 것이었다.

"관부(関釜:시모노세키와 부산을 연결)연락선은 곧 운항할 예정으로

폭침된 우키시마호

귀국함으로써 소멸될 것이라고 잘못 생각한 점이 있다.

또 하나의 지령은 일본 및 조선에 주재하는 미군의 연료 확보를 위해 홋카이도北海道 등에 강제 연행되어 온 탄광노동자인 조선인, 중국인의 귀국을 금지해 일시적이지만 노동을 강요했다. 여기에 서는「해방국민」인 연합국 포로들과 달리「적국인 취급」을 당하였다.

GHQ의 이 지령에 대해 조선인, 중국인 탄광 노동자는 분노의 소리를 내며 거절했다. 홋카이도의 유바리夕張 탄광에서는 약 7,000명의 조선인 노동자가 파업에 돌입하고, 도키와常磐 탄광에서도 약 4,000명의 조선인 광부가 조기 귀국을 요구하며 파업할 움직임이었다.

일본 점령 직후 GHQ의 재일 조선인 정책에는 확고한 방침이 없고 이와 같은 양면성을 지니고 있었다. 식민지 지배시대의 일본 정부의 정책을 그대로 이어받고 있는 듯한 일본 정부와의 대응 사이에서 모순 없는 이론을 찾지 못하였고 그것이 재일 조선인 문제를 복잡하게 만들었다.

1945년 11월 GHQ는 일본정부에게 재일 조선인의 계획적인 귀환수송을 지시했다. 그러나 일본정부는 선박부족과 철도수송의 혼란 등을 이유로 GHQ의 지령과 같은 계획수송은 할 수 없다고 호소했다. 일본정부는 강제 연행되어 온 조선인을 돌려보내야 한다는 도의적인 책임감이 결여되어 있었기 때문에 선박부족을 이유로 진지하게 생각하려는 자세를 보이지 않았다. GHQ는 미군 수송

1945년도에는 일본 각지의 마이즈루舞鶴, 하코다테函館, 무로란室蘭, 오타루小樽, 후시키伏木, 사카이境 등 많은 항구에서 귀국하려는 사람들이 고향을 향해 떠났다.

이 시기 귀국을 서두른 사람들은 주로 일본에 생활기반이 없는 강제 연행자들이었다. 오래전부터 일본에 건너온 사람들은 이미 생활기반이 일본에 있었기 때문에 「해방」과 「독립」의 꿈이 이루어 진 것에 기뻐하면서도 귀국을 결단하기 어려워 일본에 남아 있었다.

조련은 이 귀국사업에 적극적으로 참여해 조직의 힘을 강화시켜 갔다. 그러나 국제정세는 제2차 대전 후 냉전의 개시와 함께 미소의 긴장이 고조되어 GHQ도 반공노선을 강화하고 있었다. GHQ는 일본 공산당의 강한 영향아래 있었던 조련에 대해서도 활동을 제지할 계획을 세우고, 재일 조선인 전체에 대한 규제를 강화함으로써 조련의 활동을 봉쇄할 방침을 취했다.

우선 「해방국민」이나 「적국인사」같은 대우로 재일 조선인의 지위를 명확히 하였다. 1946년 2월 GHQ는 「형사재판 관활권에 관한 총사령부 각서」를 발표한다. 이후 일본 재판소는 연합국의 국민 또는 법인을 포함한 단체에 대해서는 형사 재판권을 행사해서는 안된다고 규정했지만 연합국 사람에 조선인은 포함되어 있지 않았다.

이 각서의 내용을 보다 명확히 한 것은 같은 해 4월에 나온 「조선인의 불법행위에 관한 총사령부 각서」이다. 이 「각서」에서는 일본정부가 조선인을 단속하는 완전한 권한을 가진다고 명기하고 있다. GHQ의 보증을 얻은 후에 일본정부의 재일 조선인에 대한 대응은 지금까지 「해방국민」으로서의 치외법권적인 활동에 불쾌감을 지니고 있었던 만큼 전전戰前의 식민지 지배시대의 방침을 계승한 듯한 억압과 차별적인 방침을 취하고 있었다. 이 일이 당시 재일 조선인의 압도적인 지지를 받았던 조련과의 긴장상태를 고조시켰다.

이와 같은 상황 속에서 재일 조선인 문제를 더욱 복잡하게 만든 사태가 발생했다. 귀국 조선인들의 일본으로의 역류였다. 장기간에 걸쳐 일본에서 생활했던 재일 조선인들은 「해방」과 「독립」의 열기 속에서 귀국했지만 조선에는 더 이상 생활수단이 없다는 것을 알고 귀국한 사람들의 일부가 일본에 재입국하는 혼란이 발생했다. 1946년 공안당국에 불법입국자로서 검거된 조선인 수는 17,733명에 달하며 검거되지 않은 사람은 그 이상이 될것이라고 추측된다.

재입국으로 인한 혼란이 확대되는 것을 염려한 GHQ는 1946년 3월, 귀국한 사람의 일본재입국을 금하는 지령을 발표하고 동시에 일본정부에 명해 재류하고 있는 조선인의 「귀환희망자 등록」을 실시하게 했다.

1946년 3월 아직 64만 여명의 조선인이 일본에 거주하고 있었지만 일본정부가 실시한 「귀환희망자 등록」에는 514,000여명이 귀국을 희망한다고 등록했다. 얼마나 많은 사람들이 귀국을 희망하고 있었는 가를 이 숫자는 말해주고 있다. 그러나 실제로 귀국한 조선인수는 「귀환희망자 등록」을 한 사람들의 5분의 1도 안되었다.

그 원인은 재일 조선인 측의 사정과 GHQ와 일본정부의 대책 양쪽에 있다. 재일 조선인 사이에서는 고향에 돌아가도 생활이 곤란하다는 정보가 전해져 이미 일본에 생활기반이 있는 사람들은 곧바로 귀국하고자 했던 열의가 식어갔다. 그런 재일 조선인의 생각을 잘 몰랐던 GHQ와 일본정부는 등록 숫자를 중시해 그들의 귀국을 억제하는 조치를 발표했다. GHQ는 냉전이 시작된 사정과 더불어 38도선 이북을 본적지로 한 조선인을 돌려보내는 것을 위험하다고 생각해 그들의 귀환을 정지하는 지령을 3월에 발표했다. 일본정부는 4월 1일 이후 조선인 귀환자가 휴대할 수 있는 물품을 1인당 250파운드(약 113kg) 이하로 하는 소지품 제한 조치를 통지했다.

GHQ와 일본정부에 의한 이 조치는 조선인을 일본에 잔류시키기 위해 취한 것 보다는 GHQ는 공산주의 국가에 대한 반공대책으로서, 일본정부는 재산의 감소, 운송비 부담의 증대를 꺼려한 조치에서였다.

그러나 본국에 돌아가서도 생활을 유지할 전망이 보이지 않았던 재일 조선인은 재산반출 제한 조치로 귀국 후 생활에 한층 불안감을 느끼며 귀국을 주저하게 되었다. 이들 조치 결과로서 재일 조선인 귀환 정체가 초래되어 이후 조선정세의 급변한 악화에 따라 많은 재일 조선인이 일본에 잔류하게 되었다. 이 때 일본에 잔류한 조선인과 그 자손이 오늘날의 재일 조선인이다.

재일 조선인의 「국적」과 「선거권」

1946년 4월에 「귀환희망자 등록」을 실시한 GHQ와 일본정부는 그 결과에 따라 같은 해 5월에는 조련조직의 귀환업무에 대한 개입을 금지하는 지령을 발표하고 조련의 영향력 저하를 꾀함과 동시에 귀환업무를 장악해 조선인에 대한 통제를 강화했다.

그리고 그 해 12월 15일까지 조선에 돌아가지 않은 사람들은 본인의 자유의지에 의해 일본에 남게 된 것이므로 일본 법률을 따르고 어떠한 유리한 대우도 않겠다는 「조선인의 지위 및 취급에 관한 총사령부 섭외국 발표」를 한다. 재일 조선인은 정당한 조선인의 정부가 조선반도에 수립되어 그 국가가 그들을 수립된 국가의 국민으로 인정할 때까지 일본 국적 보유자로 한다고 하는 견해를 내세웠다.

한편, GHQ는 재일 조선인은 「일본 국적의 보유자」라고 견해를 피력했지만 일본정부는 그들을 자국민과 같이 동등하고 평등하게 대우하려는 자세는 없고, 오히려 전전의 「일시동인一視同仁」과 「일선일체화日鮮一体化」와 같은 슬로건이 사라져 「평등」「공평」하게 대우한다는 형식상의 노력을 필요로 하지 않게 된 만큼 억압의 자세가 노골화 되어 갔다.

예를 들면 그것은 선거권 문제에서 현저하게 나타났다. 식민지 지배하의 조선인·대만인으로 일본국내 거주자에게는 전전 1925년 5월에 공포된 보통선거법에 의해 국정·지방참정권이 인정되

어 있었다.(주 조선, 대만본토 재주자에게는 인정하지 않는다)

1932년의 중의원 선거에서는 친일단체 상애회相愛会 창립자였던 박춘금이 도쿄東京 4구(本所, 深川)에서 입후보해 당선되어 최초의 조선인 중의원 의원이 탄생하였다. 보통선거법 공포이후 도부현都府県, 시정촌市町村의원에 입후보하는 조선인도 383명에 달해 이 중 96명이 당선되었다. 모두 「융화단체」관계자나 「친일파」라 불린 사람들이었지만 형식적이나마 선거권은 있었다.

일본패전 후 1945년 10월에 선거제도 개정요강이 발표되었는데 당초 조선인, 대만인에게는 참정권을 인정한다고 되어 있었다. 그러나 2개월 후에 성립한 「개정 중의원 의원 선거법」에는 구식민지 출신자의 선거권, 피선거권을 당분간 정지하는 조항이 마련되어 이때부터 재일 조선인은 오늘날 까지 국정, 지방참정권을 인정받지 못하고 있다.

GHQ는 이 「개정 중의원 의원 선거법」이 성립된 후에 재일 조선인의 일본국적 보유 발표를 하였지만 국적을 보유하고 있다고 인정했음에도 불구하고 선거권이 주어지지 않는 것에는 아무런 언급도 하지 않고 일본정부의 조치를 묵인하였다.

선거권에 관해서는 GHQ, 일본정부 측의 대응보다도 재일 조선인 측의 반응이 보다 복잡했다. 일본정부의 선거권 정지라는 결정에 재일 조선인 측의 의견은 두 가지로 나뉘었다. 선거권은 일본에 살고 있는 이상 당연히 행사해야한다고 주장하는 사람들과 독립한 고국에 돌아가기 때문에 일본의 선거권은 필요하지 않다고 주장하는 사람들이었다.

전자는 주로 조련에 속한 사람들이었다. 조련은 일본 공산당의 강한 영향 하에 있어 정치 목표로서 일본 인민 민주주의 혁명 수행의 일익을 담당하려고 하고 있었기 때문에 선거도 그 유력한 무기로서 필요하다는 입장에서 선거권을 요구하였다.

선거권이 필요 없다는 주장은 주로 민족주의자에 속한 사람들에게서 강했다. 조선반도에서 새로운 국가 건설이라는 민족 최대의 염원이 달성되려는 이시기에 무엇이 좋아 일본 선거권을 필요로 하겠는가. 자신들은 신생국가의 국민이라는 입장의 주장이었다. 이들은 「재일조선 건국촉진 청년동맹」(건청), 재일 조선 거류민단 계의 사람들이다. 현재 민단계가 지방 참정권을 요구하고 있어 조련조직을 계승한 조선총련이 반대하고 있는 것과는 반대이다.

GHQ가 재일 조선인에 대해서 엄격한 자세로 대응하게 된 요인의 하나는 조련조직이 일본 공산당의 강한 영향 하에 있었기 때문이다. 동서 냉전이 심각해짐에 따라 반공노선을 강화한 GHQ는 그 방침아래 조련에 대해서도 엄격한 자세로 임했다. 그것은 일본 공산당에 대한 억압자세가 엄격해진 1947년 1월, 일본공산당의 지도하에 계획되어 GHQ의 명령으로 중지된 「2·1 제네스토」와 시기를 같이한다.

재일 조선인 단체의 결성과 일본의 간섭

▌ 여러 단체의 탄생 ▌

　일본패전까지 일본의 치안당국과 협화회(패전 전에 興生会라고 개칭)의 감시와 억압 속에서 반일적·민족적 행동을 심하게 탄압받았던 재일 조선인은 패전에 의한 감시체제의 붕괴와 함께 활발하게 움직이기 시작했다. 도쿄에서는 패전한지 3일 만에 「재류 조선인 대책위원회」가 조직되고, 8월 22일에는 훗날 「조련」(총련의 전신)의 모체가 된 「재일조선동포 귀국지도위원회」가 결성되었다. 이때 귀국문제가 최대문제로 인식되고 있었던 것은 강제 연행자의 귀국을 보장하는 일을 당연시하며 더 나아가 정주하고 있는 재일 조선인의 귀국도 시야에 넣은 것이었다.

일본의 패전으로 조선은 해방되었다. 재일 조선인의 식민지 지배시대에 있어 최대의 염원이었던 민족의 해방이 달성된 것이다. 조선의 해방은 또 하나의 염원인 새로운 국가 건국을 향한 일보이며 이를 위해서 귀국 준비를 해야 한다는 발상이었다.

그것은 이 조직과 행동을 같이해 조선인 학생을 위한 민족학교가 일본각지에 세워진 것에서도 알 수 있을 것이다. 이 민족학교는 귀국할 재일 조선인 학생들에게 국어를 습득시키는 것을 최대목표로 했다. 재일 조선인 학생의 대부분은 동화교육으로 조선어를 말하지 못했으며 조선의 역사에 대해서도 무지했다. 그 때문에 민족학교를 설립해 귀국에 대비할 필요가 있었다.

9월 10일에는 재일 조선인 연맹(조련) 중앙 준비회가 도쿄에서 결성되어 매우 다양한 경력의 조선인이 모였다. 민족주의자, 사회주의자, 대일협력자, 협화회 간부 등 사상적으로는 잡다한 집단이었다. 패전의 혼란 속에서 재일 조선인의 생활, 귀국문제 등 긴급하게 대응하지 않으면 안 될 문제가 많았고 이들 문제의 해결방법을 먼저 모여 상담하려는 준비회였지만, 10월 15일 조련이 결성되는 과정에서 주도권은 좌파 그룹의 사회주의자, 원래의 노동운동 활동가들에 의해 장악되어 갔다. 우파, 친일파라고 불리는 사람들 중에는 전시체제하에서 재일 조선인을 전쟁협력으로 끌어넣은 사람들이 많아 재일 조선인 사회가 그들에게 혐오감을 품고 조련조직에서 배제했기 때문이다.

연합국의 본격적인 진주進駐는 일본이 무조건 항복을 수락한 1 개월 후부터 시작하였다. 조련이 결성되었을 때에도 본격적인 점령정책을 착수할 수 없어 조선인의 귀국문제는 일본정부의 손에 맡겨져 있었는데 패전 후의 혼란이 더해지면서 일본의 행정만으로는 벅찼다. 이제 막 결성된 조련은 그런 일본정부에 귀국사업 수행을 요구하며 일본정부를 대신해 업무를 실행해 갔다.

조련은 운수성과 선박회사와 직접 교섭해 조선행 귀환선을 확보하는 작업과 일본각지에서 출항하는 항구까지 조선인을 운송하기 위해 특별열차를 배치시킬 것을 요구하는 등 꺼려하는 일본당국에 「해방국민」으로서의 입장을 강조하며 그 주장을 밀고 나갔다. 연합국의 재일 조선인에 대한 지시가 없는 상황 속에서 조선인 문제에 어떻게 대응해야 좋을지 방향을 정하지 못하던 일본정부는 조련의 요구에 때로는 반발하고 때로는 주저하면서 마지못해 응했다.

조련은 또 귀환사업에 몰두함과 동시에 재일 조선인의 생활권 보장을 명목으로 일본군부가 은닉한 군사물자의 적발, 압수, 분배와 후생성으로부터 식량배급을 요구하는 등, 재일 조선인 전체를 대표하는 자격으로서 행동했다. 그러나 조직이 발족한지 얼마되지 않고 미숙했기 때문에 질서 있는 행동을 하지 못한 점과 식민지지배시대의 억압의 반동도 있어 혼란이 더해가는 일본사회와 일본인과의 트러블이 빈번히 발생했다.

재일 조선인 사회를 대표하고 있던 조련은 구조선 총독부 관할

아래 있었던 일본 각지의 건물과 재산을 몰수하거나 귀국 조선인이 조련에 보관 의뢰해 두었던 우편저금, 국채 등을 대장성大藏省성과 교섭해 자금을 찾거나 강제연행자를 고용했던 기업의 미지불 임금을 요구해 꽤 많은 금액을 지불 받았다. 그러나 그것이 당사자들에게 건네졌는가는 알 수 없다. 대부분은 조련의 활동자금으로서 사용된 것으로 추측되고 있다.

이러한 일련의 활동과 함께 조련이 전개한 사업에 민족학교 건설과 운영이 있다. 이 민족학교는 당초 귀국하는 재일 조선인학생들에게 조선어를 가르쳐야 한다는 긴급한 요청으로 세워졌던 것이지만 귀환사업이 지연되어 일본잔류를 생각하는 사람들이 많아짐에 따라 민족학교로서 본격적으로 발전해 갔다. 1946년 10월에는 초급학교 525교(학생 수 42,182명), 중학교 4교(학생 수 1,180명), 청년학교 10교(학생 수 714명)에 달했다.

이러한 민족교육열은 「해방」직후 새로운 국가 건설을 기대하는 재일 조선인의 민족의식 고양의 현상이었다. 이들 민족교육은 언젠가 건국될 새로운 국가로 돌아갈 것을 전제로 한 교육이기도 했다.

일본패전 직후의 조련의 활동은 많은 재일 조선인의 지지를 얻었지만 조련 지도부의 대부분이 전전의 일본공산당에서 지도받은 전국협의회의 활동가나 공산당원으로 독점되어 민족파, 친일파 등은 배제되어 갔다. 여기에 불만을 품은 사람들이 「반공주의」입장을 선명히 해 조련으로부터 분열해 1945년 11월에 건청을 발족해

1946년 1월에는 박열과 권일에 의해「신조선新朝鮮 건설동맹」이 결성되었다. 그리고「신조선 건설동맹」을 중심으로 1946년 10월에 우파, 친일파, 반공주의자들을 결집해「재일조선 거류민단」을 발족시켜 그 초대단장에 박열을 선출했다.

「재일조선 거류민단」은 후에「대한민국 거류민단」이 되는데 그 초대단장으로 선출된 박열은 전전 천황암살을 계획했다고 하여 무기징역으로 수감 돼 패전 직후에 출옥한 인물이다. 그는 무정부주의자라고 불렸는데 급진적인 민족주의자라고 표현하는 편이 적절하며 열렬한 반일 투사였다. 그 경력 때문에 재일조선 거류민단의 단장으로 선출되었던 것이다.

그것은 또 당시 재일 조선인의 상황을 반영한 것이기도 했다. 반공을 내세워도 재일 조선인 사회에서는 아직「친일파」나「일제 협력파」인물을 조련에 대항하는 조직의 얼굴로 내세워서는 지지를 얻을 수 없다는 분위기였다. 그 때문에 반일 투사인 박열을 단장으로 했다.

「건청」과「조선거류민단」은「조련」과 대립해 항쟁했지만 이들 단체도 재일 조선인이 전전부터 갈망하며 항상 염원해 온 조선의 독립이라는 흐름에서 벗어나지 않고 조선반도에서의 독립국가 건설에 많은 관심을 보였다. 민족의 독립, 새로운 국가 건설이라는 생각에서는 조련 지도부와 일치하는 관점을 아직 공유하고 있었다.

조선정세의 혼란과 재일 조선인 단체

조선반도를 북위 38도선으로 분단한 미·소의 군사 점령아래 조선반도는 새로운 국가 수립을 둘러싸고 치열한 싸움이 시작되었다. 냉전시작과 함께 미·소 쌍방은 조선반도에 자국진영의 새로운 국가를 수립할 술책을 전개했다.

그 움직임은 1945년 12월 모스크바에서 개최된 미·소·영·중 외상회의에서 채결된 「모스크바 선언」으로 표면화 되었다. 조선이 완전히 독립할 때까지 조선반도를 미·소·영·중이 신탁통치한다는 내용으로 이후 미·소·영의 삼국외상회의에서 5년 동안 신탁통치한 후에 조선의 독립을 보장한다고 결정하였다. 이 결정은 조선인의 의지가 전혀 반영되어 있지 않았기 때문에 이 결정이 전달된 조선국내는 혼란에 휩싸였다.

일본패전 후 곧 독립국가를 수립할 수 있을 거라는 희망을 품고 건국 준비를 하고 있던 조선반도의 사람들에게 그것은 실로 청천벽력과 같았다. 조선 전국에서 찬반을 둘러싼 격렬한 논의가 전개되었는데 분노와 반대의 소리가 컸다. 찬성한 쪽은 소련 지도아래 있던 남북 공산주의자이며, 열렬히 반대한 쪽은 남부 조선의 우파, 민족주의자들로 그들은 광범위한 신탁통치 반대운동을 전개했다.

일본패전 직후부터 조선의 독립운동가, 새로운 국가 건설의 활동가들과 연락을 은밀히 취하고 있었던 재일 조선인 운동가에게도 조선반도의 움직임이 곧 전해져 왔다. 이 때 민단과 건청 그리고 조련도 귀국사업과 관련해 남부 조선에 연락원을 빈번히 보내고 있었다. 처음부터 GHQ로부터 정식으로 출입국 허가를 얻은 출입국이 아닌 밀항이었다.

그러한 연유로 남부 조선의 정치상황에 대해서는 민감하게 반응하게 되었는데 남부 조선에서는 미군의 점령정책이 일본의 식민지 지배정책의 계승이 아닌가하는 불만의 소리가 높아가고 있었다. 이와 같은 점령정책에 반대해 좌파 그룹을 중심으로 민주주의 민족전선이 1946년 2월에 결성되고 조련도 이 조직에 가담해 남부조선의 대중 정치운동과 관계를 갖게 된다. 다만 조련은 이 조직의 지도아래 움직인 것이 아니라 일본에 존재하고 있는 조직이라는 조건이 인정되어 독자적으로 운동을 전개하였다.

「모스크바 선언」의 신탁통치에 대해 건청을 중심으로 한 재일 민족주의자들은 「반탁운동」을 전개했지만, 조련은 처음부터 견해를 발표하지 하고 침묵하고 있었다. 내부에 의견대립이 있었기 때문이기도 했지만, 북부 조선에 1946년 2월 김일성을 수반으로 한 북조선 임시인민위원회가 수립되자 그 정권을 지지하는 입장에서 신탁을 받아들일 것을 표명했다.

미·소 양 진영으로 나뉘어 남북조선의 대립관계가 명확히 됨에 따라 재일 조선인의 운동도 본국정세의 대립관계를 반영해 조련은 북조선에 성립한 사회주의 정권에 대한 지지를 주장하고 민단은 미군정하에서 진행되고 있는 반공 정권지지를 선명히 해 갔다. 전전부터 재일 조선인의 최대의 민족적 염원이었던 조선의 해방과 독립은 일본의 식민지 지배의 붕괴로 달성되는 것처럼 보였지만 급변하는 세계정세로 인해 보다 복잡한 형태로 재현되었다.

재일 조선인의 좌파그룹은 조선반도가 미국의 지배아래 다시 식민지가 되는 것이 아닌가 하는 공포와 초조감을, 우파그룹은 소련의 식민지가 되는 것이 아닌가 하는 위기감을 갖고 있었다.

패전직후 재일 조선인의 생활과 암시장

패전 직후 강제연행자 등 많은 조선인이 귀국했지만 일본에서의 생활이 오래되어 조선에서의 생활기반을 잃은 사람들은 곧바로 귀국하지 않고 조선에서의 생활 기반이 마련되는 대로 귀국하기 위해 일본에서의 생활을 계속하고 있었다. 그러나 전전도 그러했지만 일본 패전 직후 그들의 생활기반은 극히 취약했다.

일본각지는 미군에 의한 공습으로 많은 기업이 조업불능의 상태가 되고 조업이 가능한 공장도 자재부족으로 생산마비상태에 빠졌다. 소비재, 일상생활물자의 부족으로 각지에 "암시장"이 자연발생적으로 생겨나 재일 조선인도 암시장에서 통제물자, 예를 들면 쌀이나 술과 같은 밀매업으로 생활해 가고 있었다. 탁주라고 불린 밀조주 등도 주류 통제와 물량 부족으로 입수가 곤란했기 때문에 만들면 날개 돋친 듯이 팔렸다.

탁주 밀조에는 쌀 밀매가 따르고 그것은 통제위반의 불법행위이다. 그러나 식민지 지배 하에서 법률은 조선인을 억압하기위해서 밖에 사용되지 않았기 때문에 조선인의 법률의식은 약했다. 게다가 일본의 패전으로 자신들은 「해방국민」이 되었다는 인식으로 일본 법을 따를 필요가 없다는 의식이 강해 통제위반을 죄악시 하는 자세가 없었다.

통제위반으로 단속하려는 일본 치안당국에 대해 막 결성된 조련 등의 재일 조선인 단체는 그런 경찰의 단속을 재일 조선인의 생활권을 침해하는 행위라며 격렬히 항의했다. 그러한 조련의 행동을 많은 일본인은 조선인의 횡포라며 반감을 품었다.

재일 조선인의 감정은 식민지 지배의 희생자가 구제받지 못하고 패전으로 방치되어 있는 상황 속에서 일본인처럼 생활수단 예를 들면 농지 등을 소유하고 있지 않았기 때문에 물건을 생산해 생활할 수단이 없었다. 살기 위해서는 암시장에서 통제위반인 브로커 활동 이외에 생활수단이 없었던 만큼 일본의 경제구조에서 소외된 입장에 있는 사람들의 절박감이 있었다. 또한 「해방국민」에게는 일본 법률이 적용되지 않는다는 생각으로 일본의 단속에 따르지 않아 치안당국과 조선인 사회의 충돌이 빈번히 발생했다. 그것은 반조선인 감정이 되어 일본사회에 확산되어갔다.

1946년 8월 중의원에서 「밀항단속 및 치안유지에 관한 건」에 관한 긴급질문에 진보당의 시이쿠마 자부로椎熊三郎 의원은 「조선인이나 대만인이 마치 승전국민인 마냥 뽐내는 것을 묵인할 수 없다...」라고 연설하고 있는데 신문도 함께 암시장에서 재일 조선인의 행위를 규탄하는 캠페인을 벌였다. 예를 들면『아사히朝日신문』은 사설에서「조선인의 취급에 대해서」를 게재했다.

「일제 통치하에 있었던 조선이 전쟁 중 전력증강을 위해 수많은 희생을 지불한 것, 일본에 잔류한 그들이 군수생산부분에 막대한 노동력을 제공한 것에 대해서 우리는 감사한다. 그러나 종전 후 생활태도에 대해서는 솔직히 말해 일본인의 감정을 불필요하게 자극한 것도 적지 않았다. 예를 들면 일부 사람이 암시장에 뿌리를 내려 물자 유통이나 물가를 혼란케 한 것 등이 그것이다. 그 결과 때로는 이들 조선인의 행동이 전쟁 중 융화했던 일선日鮮인과의 감정을 소원하게하는 일이 발생하는 것이 슬프다...」(『朝日 신문』 1946년 7월 13일자)

이『아사히 신문』의 사설에 대해서는 1946년 7월에 막 창간된 조선건설 동맹기관지『신新조선신문』이 사실과 다르다며 [1]암시장의 주체는 조선인이 아니라 일본인이며 사람도 물자도 압도적으로 일본인이 지배하고 있다. 암시장의 출현으로 물가가 혼란해졌다면 그것은 일본인의 행위가 주요한 원인으로 조선인 때문에 일어난 것은 아니다. [2]암시장은 전후 자본주의 경제구조의 파탄속에서 생겨난 기형아로 조선인이 만든 것이 아니다. 일본인과 마찬가지로 조선인도 살아가기 위한 어쩔 수 없는 경제활동으로 일본 경제를 어지럽히기 위한 행동은 아니다라며 반론했다.

그러나 암시장을 둘러싼 일본인의 반조선인 감정은 고조되어 갔다. 이를 한층 고조시킨 것은 암시장에서의 조선인과 야쿠자들의 싸움이다. 당시 암시장에서 커다란 힘을 지니고 있었던 것은 조선인과는 다른 의미와 의식으로 일본의 법질서를 무시한 한탕잡이와 야쿠자들이었다. 일본의 치안당국, 행정기관은 GHQ의 재일 조선인 대책이 정해지지 않은 때에 암시장에서 조선인을 배제하는 것이 곤란했기 때문에 야쿠자들을 이용해 조선인을 몰아내려고 했다. 그 때문에 종종 암시장을 둘러싸고 조선인과 야쿠자가 충돌하는 사건이 일어났다.

GHQ의 재일 조선인 대응책이 정해지고 일본법에 따르도록 결정 된 것과 함께 일본 치안당국의 경찰력이 회복됨에 따라 암시장 자체가 소멸해 가 조선인의 통제위반도 엄격한 단속을 받았다. 종종 밀조주 등을 생산하는 현장에 있었던 조선인 집단 거주지는 경찰 단속을 받아 통제물자를 압수당하거나 체포자가 나오는 사건이 속출했다. 당시 통제물자 취급은 생산수단을 갖지 못한 많은 재일 조선인으로서는 살아가기 위한 최소한의 선택이었다.

▮ 외국인 등록령 시행으로 생긴 「조선」 국적 ▮

일본패전 직후의 혼란한 상황을 서서히 극복하면서 GHQ와 일본정부가 조선인을 완전히 관리·통치하기 위해 제정한 것이 1947년 5월에 각의 결정되어 공포된 「외국인 등록령」이다.

일본패전 후 조선인 출입국에 관한 최초의 규제는 1946년 6월에 발표된 GHQ의 「일본으로의 불법입국 억제에 관한 각서」이다. 당시 앞다투어 귀국 한 사람들 중에는 고향으로 돌아갔지만 그곳에서 생활할 방법이 없어 다시 일본으로 역류해 오는 경우가 있었다. 이 「각서」는 그 「불법입국자」의 수사와 체포를 일본정부에 지시하고 체포자를 미군에 양도할 것을 명한 것이었다. 이 당시 단속의 주요 목적은 방역적인 입장에서였다. 당시 조선반도에서 유행하고 있던 콜레라, 이질 등의 유행을 방지하기 위한 것으로 정치적인 의도는 없었다.

그러나 그 후 동서대립이 격화되어 GHQ의 반공노선이 강화됨에 따라 상황은 급변했다. 조련의 활동가들은 남부조선의 민주국가 수립을 지향하는 같은 지역의 세력(민주주의 민족전선의 활동가)과의 교류와 북조선의 임시 인민위원회 등과의 연결을 위해 일본과 조선반도간의 밀항을 빈번히 하고 있었다. 그것을 파악한 GHQ는 반미·친소적인 활동가를 엄격히 단속할 의도로 불법입국자 배제, 재일 조선인의 관리, 감시, 통치를 위한 법률의 필요성을 느끼고 「외국인 등록령」 제정을 일본정부에 명했다. 이 「외국인 등록령」은 「포츠담칙령 207호」라고도 불렸다. 포츠담 칙령이란 GHQ 지령으로 발표된 칙령(신헌법 제정 후는 정령)으로 일본정부에게 있어서는 지상명령이었다.

이 「외국인 등록령」은 재일 외국인 모두에게 실시된 것이 아니었다. 연합국 인사에게는 적용되지 않고 주로 재일 조선인을 대상을 하고 있어 조선인 단속이 주요한 목적인 것이 명확했다.

이 「외국인 등록령」으로 재일 조선인의 등록 국적란에는 조선 반도에 정부가 수립될 때까지 당분간 「조선」으로 기재하게 되었다.

여기에 규정된 재일 조선인만큼 이상한 「법적지위」의 보유자는 세계 근대국가의 역사 속에서도 드물 것이다. 이 「국적」은 GHQ에 의해 일본국적 보유자로 인정되었음에도 불구하고 일본정부 발행의 「외국인 등록증」의 「국적란」에는 「조선」으로 기재된다. 조선 반도에는 GHQ나 일본정부가 인정하는 정당한 국가가 탄생하지 않았기 때문에 국명이나 「국적」이 아닌 단순한 용어라는 규정이다.

이 「외국인 등록령」이 공포된 날부터 조련을 비롯해 많은 재일 조선인 단체가 반대운동을 전개했다. 조련은 GHQ에 재일 조선인을 정당한 외국인으로서 대우하고 그 생명과 재산을 보장하며 등록증명서의 휴대와 제시의무를 없앨 것 등을 요구했지만 거부당했다.

대부분의 재일 조선인에게 있어 이 「외국인 등록령」의 등록증 휴대와 제시의무는 감각적으로 받아들이기 어려웠다. 등록증에는 얼굴사진 첨부와 지문날인 등이 의무화되어 전전 조선인의 관리와 감독에 이용된 협화회 수첩과 같은 양식의 것이었기 때문이다. 조선인을 전전과 마찬가지로 대우하는 것에 대한 반발이 「외국인 등록령」반대운동의 강력한 추진력이 되었다.

그러나 조선인의 반대에도 불구하고 일본정부는 「외국인 등록령」을 시행해 그 등록기간을 1947년 7월 31일까지라고 정하여 통지했다. GHQ도 일본 정부의 조치를 지원하여 등록 거부행위는 엄벌에 처한다는 방침을 몇 번이고 발표해 조선인을 위협했지만 등록일이 다가와도 관공서를 찾아가 등록하는 조선인은 거의 없었다. 절대다수가 등록을 거부하고 있는 것에 GHQ와 일본정부는 당황했다. 엄벌에 처한다고 발표했지만 60만이나 되는 사람들을 모두 체포해 재판한다는 것은 사실상 불가능했다.

GHQ와 일본정부는 등록기간까지 실시하는 것은 곤란하다고 깨닫고 등록일 기한을 8월 31일까지 한달 연장한다고 발표함과 동시에 그 동안 조련 측과도 교섭을 하여 조선인 측이 받아들이기 쉬운 환경조성에 힘썼다.

우선 일본정부는 재일 조선인의 법적인 지위부여로서「연합국, 중립국, 적국, 특수 지위국 및 지위 미결정국의 정의에 관한 건」을 8월 4일에 발표하고「조선은 특수 지위국」으로서 과거의 역사를 고려해 재일 조선인에게는 배려의 자세를 취했다. GHQ도 8월 22일 등록 목적은 조선인의 권리를 침해하거나 감시를 강화하는 것이 아니라 권리 보호에 있다는 신문 발표를 하였다. 일본정부는 GHQ의 지시에 따라 조련과 협의를 행하고 등록증명서의 악용, 남용은 하지 않겠다는 등의 몇 개 내용을 인정했기 때문에 조련은 재일 조선인의 등록신청에 응하게 되었다.

이「외국인 등록령」과 그 후 1949년 10월에 공포된「출입국 관리령」은 재일 조선인에 대한 인권침해 예를 들면「외국인 등록령」은 재일 외국인에게 외국인 등록증을 항상 휴대할 것을 의무화하고 있었으나, 가까운 목욕탕에 간 재일 조선인이 경찰에게 외국인 등록증 제시를 요구받았지만 소유하고 있지 않아 경찰서로 연행되는 등의 사례를 정당화하는 법제도적인 근거가 되었다.

민족교육에 대한 간섭

해방된 조국으로 돌아간다는 열망에서 생겨난 재일 조선인의 민족교육은 귀환이 일시 정지되었음에도 불구하고 점점 더해갔다. 그것은 조선인의 귀국에 대한 희망과 신생 독립국가에 기대하는 마음이 민족교육에 반영되었기 때문이다.

1947년 4월 일본 학교교육제도가 6·3·3·4제로 개편되었을 때 민족학교도 그에 따라 6·3·3제를 채택했다. 1947년 10월에 조련계의 민족학교는 초급학교 541교(학생 수 56,000여명), 중학교 7교(학생 수 2,661), 고교 7교(학생 수 358)에 달했다. 재일 조선거류민단(1948년에 재일본 대한민국 거류민단으로 명칭을 변경)도 동포의 민족교육 요청을 받아 1948년에는 소학교 52교(학생 수 6,297), 중학교 2교(학생 수 289)로 규모는 조련계의 십분의 일도 안되었지만 민족교육에 힘썼다.

GHQ의 민족교육에 대한 자세는 초기에는 재일 조선인 정책에 대한 방침이 확정되어 있지 않아 간섭은 하지 않았다. 그러나 재일 조선인을 일본 정부의 법질서에 따르게 하는 과정에서 민족교육도 일본 정부의 지도하에 두는 방침을 명확히 하여 조련계의 민족교육에서 공산주의 교육이 행해진다는 인식이 강해지면서 이에 대해 간섭하는 자세가 강해졌다.

일본정부는 1947년 4월 문부성 학교교육 국장명으로 「조선아동의 취학의무에 관한 건」을 통고하고, 재일 조선인이 일본 법령에 따르는 이상 일본인과 마찬가지로 취학의무가 있다고 인정하여 도도부현이 조선학교를 인가하는 일은 지장이 없다고 했다. 그 통보를 근거로 도쿄 교육국은 1947년 10월 「조선인 학교 취급요강」을 발표하고 민족학교 신설은 「각종학교」로서 인가하는 방침을 세웠다. 그러나 이와 같은 방침이 발표된 직후, GHQ는 「민간정보교육국장」이름으로 일본정부에 대해 「조선인의 여러 학교는 정규 교과서의 추가과목으로서 조선어를 인정하는 것 이외는 일본정부 문부성의 모든 지시에 따르도록」하는 통지를 보냈다. 동서냉전이 점점 심각해지는 상황속에서 GHQ는 조선학교가 공산주의 교육의 온상이 되어 조련활동의 거점이 되고 있다고 생각하고 민족교육에 대한 규제를 강화해 조련 활동을 약화시키려는 목적이 있었다.

이 통고를 받은 일본 문부성은 1948년 1월에 학교교육국장명으로 「조선학교 설립의 취급에 대해」를 통지하고 재일 조선인의 학교교육은 일본의 학교 교육법에 따라야만 된다고 강조하고 조선학교 교육의 기본인 조선어에 의한 교육과 조선어 교과를 정규과목에서 삭제하고 과외교육으로서 다루도록 하였다. 이것은 민족교육의 완전한 부정이다. 더욱이 이틀 후 조선인 학교의 조선인 교직원의 적격심사를 일본의 학교교육법 규정에 따라 행하여 적격심사의 조건을 만족하지 못한 조선인 교직원이 교단에 서는 일은 벌칙 규정을 적용받는다는 통지를 보냈다. 이것은 알기 쉽게 말하면 문부성이 발행한 교직면허를 갖고 있지 않은 자가 교단에 서는 것을 금지하는 조치이다. 조선어나 조선사를 교육의 기본으로 하는 조선학교에서는 교직원의 대부분이 문부성의 교원면허를 갖고 있지 않았다. 이 통지에 따르는 것은 조선학교의 폐쇄를 의미했다. 조선학교측은 이에 응하지 않고 격렬히 반발했다.

1948년 2월 GHQ는 조선학교가 문부성의 통달에 응하지 않을 경우 조선학교의 폐쇄 또는 GHQ의 관리까지 시사하며 문부성에 의한 감독강화를 지령했다. 각 도도부현에 문부성의 방침이 전달되어 이에 응하지 않을 경우 학교를 폐쇄한다고 통지하였다.

이 통지에 대해서 조련 및 민족학교 관계자는 격렬한 거부반응을 보였다. 조련은 「재일 조선인의 민족교육에 일본의 법률을 무리하게 적용하는 것은 재일 조선인의 역사와 현실을 무시한 무모한 행동이다」라는 성명을 발표하고 민족교육 본연의 자세에 대해 4개 항목을 제안했다. 그것은 [1]교육 용어를 조선어로 한다 [2]교과서는 조선인 교육위원회원이 만든다 [3]학교 경영관리는 학교의 관리조합이 행한다 [4]일본어를 정규과목으로 한다 라는 내용이다.

그러나 이 제안은 GHQ에서도 일본정부에서도 무시되고, 1948년 3월 문부성은 다시 통지에 따르지 않는 학교는 폐쇄한다고 통고했다. 그리고 그 통고에 따르기를 거부한 야마구치현山口県, 오카야마현岡山県, 효고현兵庫県, 오사카大阪府, 도쿄토의 조선인 학교에 대해서 폐쇄 명령이 내려졌다. 폐쇄에 반대한 조련, 조선학교 관계자, 그리고 학부형, 학생들과 각 도도부현에서 격렬한 분쟁이 일어났다.

도쿄토에서는 4월 15일에 지사명으로 조선학교의 수업에서 일본 교과서를 사용하고 더 나아가 사립학교 설립 수속을 하도록 통고하고 이에 따르지 않는 학교를 폐쇄한다고 언명했다. 그러나 조선학교측이 그것을 무시했기 때문에 4월 20일 GHQ의 명령으로 조선학교의 폐쇄를 결정하고 집행하기 위해 경관대를 파견하였는데 이들과 학교 폐쇄에 반대하여 학교에 모여있던 사람들 사이에서 격렬한 난투가 발생했다.

오카야마, 오사카 등 일본 각지에서 같은 분쟁이 일어나고 효고현에서는 어느 지역보다도 격렬한 분쟁이 일어났다.

4월 20일 고베神戶시에서 만 명의 재일 조선인이 학교 폐쇄반대집회를 열어 현청에 모여들어 현지사와 폐쇄반대의 집단교섭을 하였다. 대중의 집단적 압력에 대항하기 어려웠던 현지사는 학교 폐쇄명령 철회, 차용학교를 비워주는 기간의 연기 등을 인정하는 문서에 조인했다.

이 조선인의 대중행동을 GHQ는 연합국의 대일점령 정책에 대한 반란이라고 단언하고 고베시에 GHQ 고베헌병대의 이름으로 비상사태 선언을 발표했다. 조선인 집단거주지 등을 봉쇄하고 무차별하게 조선인을 체포, 연행하여 다수의 부상자가 조선인 측에서 나왔다. 이 시기의 격렬한 민족교육 옹호운동을 재일 조선인은

고베시의 조선학교 폐쇄에 반대해 교내에 모여든 조선인 부모들과
폐쇄를 강제집행하려는 경찰부대

조선학교 폐쇄반대 데모에 참가한 학생

재일 한국인
백년사

「한신阪神 교육투쟁」이라고 부른다. 무력을 동원했음에도 불구하고 GHQ와 일본정부는 재일 조선인의 민족교육 옹호운동을 힘으로 누를 수 없자 1948년 5월 조선인 교육대책 위원회 대표와 문부대신 모리토 다츠오森戸辰男가 「각서」를 교환함으로써 진정시키려고 했다.

그 「각서」는 재일 조선인은 일본 학교교육법에 따른다. 일본정부는 조선인의 사립학교로서의 자주권을 인정하는 범위내에서 독자의 교육을 할 수 있다고 인정한다는 내용이었다. 이 「각서」에 따른 통지를 문부성이 각부도부현에 보냈기 때문에 민족학교의 교육은 잠시 동안 별다른 파란 없이 행해졌다.

이와 같은 재일 조선인 교육에 대한 엄격한 간섭도 GHQ와 일본정부가 그 목적으로 하는 바에 따라 그 차이가 명확해졌다. GHQ는 냉전이 격화되는 속에서 일본국내의 좌파세력을 제거하는 방침의 하나로서 조련과 그 지도를 받는 조선학교를 봉쇄해 좌파세력의 힘을 제거하려는 의도이외의 생각은 하지 않았지만, 일본정부는 반공, 치안유지의 목적이외에 재일 조선인에 대한 동화교육이라는 의도가 있었다. 이것은 과거의 동화교육에 심한 반감을 품고 있던 재일 조선인의 반발을 사 격렬한 반대운동의 에너지가 되었다.

민족교육을 지키려는 재일 조선인의 운동에 대해 일본인 측의 지원은 거의 없었을 뿐만 아니라 일본정부의 억압방침을 지지하는 사람도 많았다. 이것은 패전 직후부터 「해방국민」을 자인하며 일본정부의 통제를 받는 것을 거부하고 일본의 법질서 밖에서 행동을 한 재일 조선인의 활동에 대한 불쾌감의 연장선상에 있었다. "암시장"을 둘러싼 조선인 규탄 캠페인에서 보였던 반조선인 감정이 조선인의 민족교육을 지키는 운동에 대해서도 지원과 지지가 아닌 일본정부의 억압정책을 지지하는 감정으로 나타났던 것이다.

조련간부와는 공산주의 이데올르기라는 공통의 가치관, 세계관을 지녔음에도 불구하고 일본공산당도 민족학교 폐쇄 반대운동을 전개한 조선인에 대한 지원태세에는 소극적이었다. GHQ와 정면 충돌하는 것을 두려워했기 때문이다.

특히 고베에서 일어난 격렬한 운동에는 비판적으로 그 운동은 「폭동」이라고 규정하고 엄격히 비판했다. 그 운동에 소수의 일본인 당원이 참가했던 것에 대해 관서關西지방 위원회의 책임을 물어 당원에게 조련의 행사에 70일간 참가를 금지하는 처분을 하였다.

이 처분을 안 조련내부의 조선인 일본공산당 당원의 분파회의는 분노와 불만을 폭발했다. 조선인 당원 중에는 일본공산당은 동포의 민족적 권리 운동을 모른체하고 있다는 생각을 한 사람도 있다. 그 사람들은 재일 조선인의 민족권, 생활권의 획득과 조선의 완전한 독립을 위해서 재일 조선인은 활동해야만 한다고 생각한 사람들로 이와 같은 조선인 당원도 늘어 갔다.

당시 이런 사람들의 사고방식을 "민족편향"이라고 했는데 이것은 훗날 조선총련 결성의 보이지 않는 흐름이 되었다.

격화되는 냉전,
두개의 조국 성립

3

**┃ 19세기 말에
시작된 노동자이입 ┃**

　미국의 대일점령 정책은 1947년 후반 냉전의 영향으로 크게 변화되었다. 1948년 1월 미육군 장관 로열(Kenneth Claiborne Royall)은 일본을 아시아에서 공산주의와의 전쟁의 방파제로 한다고 연설해 미군점령하의 일본의 역할을 명확히 제시했다.

　유럽에서는 그 해 4월 소련의 서베를린 봉쇄가 시작되어 동서의 대립은 점점 격화되었으며 일본국내에서는 GHQ와 일본정부가 하나가 되어 반공정책을 강화했다. 이와 같은 때 조선반도에 두 개의 정권이 수립되고 이들 정권의 지지와 지원을 둘러싸고 재일 조선 인 단체의 항쟁도 격화되어 재일 조선인 사회가 가진 본연의 뜻을 복잡하게 했다.

1948년 8월 남부 조선에서 이승만을 수반으로 한 대한민국(이하 한국) 정부가 수립되었다. 미군의 지원을 받아 수립된 이승만 정권 은 재일 조선인을 통제할 목적으로 민단에 대한 관여를 강화했다. 그 해 10월 민단을 「재일동포 공인단체」로 인정하여. 그에 따라 민단도 「재일 대한민국 거류민단」으로 개칭했다. 그리고 이승만 정권의 뜻에 따라 건청 지도부의 민족주의자와 박열과 같은 과격 한 민족주의자를 민단 지도부에서 배제하고 이승만 정권과 GHQ 에 거슬리지 않는 사람들, 주로 한때 융화단체 간부나 친일파로 불린 사람들이 지도부를 교체하며 반공노선을 강화했다.

이승만 정권은 GHQ의 지원을 받아 민단을 재일 조선인 단체의 강력한 조직으로서 개편하기 위해 여러 가지 공작을 적극적으로 펼쳤다. 그러나 가장 중요한 문제인 재일 조선인의 생존권과 민족 권에 대한 기본적인 방침을 제시하지 않고 단순히 반공주의만을 외쳤다. 때문에 재일 조선인사이에서는 지지 세력을 넓히지 못하 고 친일협력파나 반공주의자 이외의 사람들을 민단조직에 불러들 일수 없어 조직은 확대되지 못했다.

이승만 정권은 민단조직 지원을 위해 1949년 2월 정부의 영사사 무인 「재외국민등록」 사무와 여권 수속사무를 민단조직에 위탁하 는 조치를 했다. 이것은 민단을 국가의 말단기관화 함으로써 활동

강화와 조직 확대를 노린 것이었다. 이와 같은 조치와 함께 민단조직도 움직이기 시작했지만 국가의 말단기관이 되었기 때문에 재일 조선인사이의 대립은 보다 복잡하고 심각화 되었다.

조선 남부에 한국정부가 수립된 1개월 후 1948년 9월 조선 북부에 김일성을 수반으로 한 조선 민주주의 인민공화국(이하 북조선)이 수립되었다. 조련은 이 정부가 조선반도에서 유일 정당한 정부라는 견해로 정권의 지지와 지원을 공공연히 선언했다. 이와 같은 조련의 활동은 반공노선을 강화한 GHQ와 일본정부와 충돌했는데 이 충돌은 일본 곳곳에서 발생했다.

조선북부의 정권수립 6일후 조련은 북조선 정부의 창건을 축하하며 지지를 표명하기 위해 산하단체에 「조선민주주의 인민 공화국기의 게양」을 지시했다. 이 지시를 받고 조련계 단체는 북조선 국기를 게양했지만 일본 정부는 10월 8일 경찰본부 장관명으로 조련에 북조선 국기 게양을 금지하도록 통고했다. GHQ 도쿄 군정부도 경시청에 「각서」을 발표해 게양 금지를 지시했다. 그 이후 조련계 여러 단체에서 북조선 국기 게양자에게 경찰력을 행사한 체포가 계속되었다. 체포에 항의하는 조련과의 사이에는 격렬한 충돌이 일어났다.

재일 조선인 사회의 조련에 대한 지지는 두터운 것이었다. GHQ와 일본정부의 민족교육에 대한 간섭에 반대하는 운동에서는 많은 재일 조선인 대중이 조련의 지도하에 피를 흘리는 격렬한 운동을 전개해 많은 희생자를 냈지만, 이 일로 조련조직에서 이탈하는 사람은 적었으며 조련은 재일 조선인 사회에서 강한 신뢰감 얻는 일은 있어도 약화되는 일은 없었다. 일본 식민지 시대의 어두운 기억이 생생한 사람들에게 있어서는 식민지 시대로 되돌아 가는듯 한 일본정부의 억압을 조련이 전력을 다해 저지하고 있다는 생각 이 강하게 인식되어 있었고 그것이 조련에 대한 신뢰로 연결되었다.

많은 재일 조선인 대중의 지지아래 조련은 북조선 국기게양을 금지하는 일본정부와 격렬한 대립을 펼쳤는데 1948년 12월에는 야마구치현 우베宇部시에서 경관의 발포로 조선인이 중상을 입는 사건도 발생했다.

이와 같은 충돌 사건이 속출하자 GHQ는 이런 충돌은 조련이 일본 혁명을 위해 치안의 혼란을 목적으로 일으킨 행위라는 인식 으로 조련을 폭력 혁명집단으로 규정하고 그 해산을 명했다. 1949 년 9월 8일 일본 정부는 GHQ의 지시대로 조련과 민청(재일 조선 민주 청년동맹) 등을 강제적으로 해산시키고 자산을 몰수했다.

조련의 해산명령에 이미 그것을 예상하고 있었던 조련 측에서는 비교적 냉정히 대응했지만 모든 재일 조선인 사회가 반발했다. 조 련과는 반공 입장으로 서로 심하게 대립하고 있던 건청도 민단도 해산 명령에 반대했다. 민단은 1949년 12월에 「일본정부의 반성을 촉구한다」라는 성명을 발표한다. 민단내부에서는 여러 의견이 있 어 해산 명령을 당연시하는 사람들도 있었지만 조련의 해산 명령 을 일본정부의 반조선민족행위라는 입장에서 항의성명을 발표하 였다.

일본패전 후 재일 조선인 사회에 많은 영향을 주었던 조련의 해산은 재일 조선인 사회가 전후 커다란 굴곡을 맞이한 것에 대한 증명이기도 했다.

조련의 해산과 동시에 일본정부는 재일 조선인 사회에 대한 여러 억압정책을 강화했다. 우선 해결되지 않은 채로 있던 민족학교에 대한 대응이다. 조련의 해산명령 약 1개월 후 10월 13일 문부성과 법무청法務庁은 조선학교에 「조선인에 대한 조치」를 통고하고 학교의 개조, 폐쇄 방침을 명확히 했다. 19일에는 「학교 폐쇄령」을 발령해 92교의 폐쇄와 245교의 개조를 명령하고 폐쇄한 학교의 토지, 건물, 학교재산을 몰수했다.

이와 같은 조치에 반대해 도쿄, 가나가와神奈川, 교토京都, 효고, 오카야마 등 각지에서 강제 폐쇄를 집행하려는 자치 단체와 조선인사이에 격렬한 분쟁이 발생해 다수의 체포자가 나왔지만 격렬한 저항 앞에 강제 집행은 좌절되었다.

학교 폐쇄와 같은 강압적인 방침은 다른 분야에서도 행해졌다. 1949년 12월에 외국인 등록령의 일부가 개정되어 재류 유효기간을 3년으로 단축해 위반자에 대한 벌칙규정이 강화되었다. 1950년 3월에 외국인 등록 전환이 실시되었지만 이때 일본 정부는 새로운 갱신 수속을 거부하거나 위반한 사람들 5,000명을 외국인 등록법 위반으로 체포했다. 이것은 전체 재일 조선인의 1퍼센트가 체포되는 엄청난 억압이었다.

이 외국인 등록의 새로운 갱신 수속에 대한 강압책은 지금까지 애매모호했던 전후의 재일 조선인수를 정확하게 파악할 수 있는 부산물을 낳았다.

1944년 12월말 재일 조선인수는 내무성의 발표에 의하면 1,936,843명이었다. 전후 귀환으로 약130만 명이 조선반도로 돌아갔다는 숫자는 부정확한 숫자로 1946년 무렵 재일 조선인 인구는 약 60수만 명으로 파악되어 정확한 통계숫자는 존재하지 않았다. 전후 일본정부의 자원조사법, 국세조사 등에 의한 재일 조선인 통계나 1947년 이후 실시된 외국인 등록에 의한 재일 조선인 통계가 발표되었지만 이들 조사, 등록에 일본 정부의 방침에 반발하는 일부의 재일 조선인이 응하지 않아 정확한 통계였다고는 할 수 없다.

다만 GHQ의 명령으로 일본정부가 실시한 1946년의 귀환 희망자 조사에 응한 재일 조선인수 647,006명은 자주적으로 조사에 응했기 때문에 거의 정확하다고 생각된다. 그러나 그 이외의 숫자는 정확하지 않다. 예를 들면 1950년 10월의 국세조사에서는 재일 조선인수를 464,277명이라고 발표하고 있는데 그 숫자는 2년 후에 실시된 강제력을 동반한 외국인 등록자 숫자보다도 68,000여 명이나 적다.

일본 정부가 엄벌방침으로 임한 외국인 등록 갱신 이후에는 등록하지 않으면 체포된다는 강제력을 동반하고 있었기 때문에 거의 정확한 통계숫자가 되었다.

이하, 1952년 이후 외국인 등록에 의한 재일 조선인수는 표5와 같다.

[표5] 외국인등록에 의한 재일 조선인수

년	인 수(인)	년	인 수(인)	년	인수 (인)
1946	647,006	63	573,284	80	664,536
47		64	578,545	81	667,325
48		65	583,537	82	669,854
49		66	585,278	83	674,581
50		67	591,345	84	680,706
51		68	598,076	85	683,313
52	535,065	69	607,315	86	677,959
53	556,084	70	614,202	87	673,787
54	556,239	71	622,690	88	677,140
55	577,682	72	629,809	89	681,838
56	575,287	73	636,346	90	687,940
57	601,769	74	643,096	91	693,050
58	611,085	75	647,156	92	688,144
59	619,096	76	651,348	93	682,276
60	581,257	77	656,233	94	676,793
61	567,452	78	659,025	95	666,376
62	569,360	79	662,561	96	657,159

「출입국관리통계년보」매년판. 매년 12월 31일 현재.
1946년 숫자는 3월 18일 현재의 귀환희망조사 등록수

재일 한국인
백년사

외국인 등록에 대한 일련의 강압적인 방침은 조련이 해산되어 반대운동의 지도부가 없어진 것에 기인한다고 생각한 사람들은 조련을 대신할 새로운 운동 단체의 필요성을 통감하고 조련의 산하기관이었지만 해산을 면한 여성동맹이나 해방구원회의 사무소를 거점으로 운동의 재집결을 도모해 1950년 4월에 재일 조선인 단체협의회를 결성했다.

이것은 조련의 활동을 계승한 단체였지만 당시 조선반도 정세의 긴박함을 반영해 활동은 주로 강한 정치색을 띠었다. 남부 조선에서는 이승만 정권과 미군에 반대하는 빨치산 투쟁이 확대되어 가고, 남북 간의 전쟁 발발도 예상되는 긴박한 정황이 일본 국내의 재일 조선인사이에도 전해져 이승만 정권을 지지하는 우파진영과 김일성 정권을 지지하는 좌파진영의 대립이 격화되었다.

재일 조선인 사회는 상공인 단체, 청년, 부인단체, 유학생 단체와 모든 계층 분야에서 남북 어느쪽인가를 지지하는 자세를 선명히 하며 대립관계로 빠져들었다.

조국의 전쟁에 대한 좌파와 우파의 반응

1950년 6월 조선 전쟁이 일어났다. 전쟁의 시작은 재일 조선인 사회에 긴장관계를 더욱 고조시켰다. 좌익계 사람들은 지금까지 GHQ와 일본 정부의 억압을 받았던 만큼 전쟁으로 조선이 다시 미국의 식민지가 되는 것이 아닌가 하는 「조국의 위기」에 대한 위기의식이 강했다. 그 위기감은 전쟁발발 3일후 6월 28일에 「조국방위 중앙위원회」를 발족시켰으며 그 행동조직으로서 「조국방위대」(조방대)를 조직했다. 이 조직은 일본 공산당의 조선인 부部단위의 모임인 「민족대책부 중앙회의」의 결정으로 설립된 배경으로 인해 일본 공산당이 일본혁명을 위해 무력투쟁도 행사한다는 방침을 취하고 있는 것과 관련해 무장투쟁을 포함한 격렬한 운동으로 「조국」을 지키려는 행동으로 나아갔다. 이 때문에 조방대는 준군사적인 조직형태를 취하며 완전한 비합법 조직으로서 존재하고 있었다.

조방대 같은 비합법 조직을 설립하는 한편, 표면적으로 합법적인 대중활동을 전개하는 조직으로서 「재일 조선통일 민주전선」(민전)의 결성에 힘썼다. 민전의 결성은 조련이 해산된 직후부터 준비가 진행되었는데, 조선전쟁의 발발로 그 필요성이 높아져 1951년 1월에 정식으로 발족되었다. 이 민전에는 초기에 조련에 가입했다 떠난 민족주의자들의 조직인 건청 사람들도 참가했다.

건청에는 1948년 8월 이승만 정권의 수립이 조선의 분단과 대립을 격화시키고 조선반도의 통일국가 수립의 방해요인이 되었다고 생각한 사람이 많아져 이승만 정권의 지배를 받은 민단과 결별하고 조선 민주통일 동지회를 설립하여 독자의 길을 걸었다.

이 통일 동지회와 함께 민전은 조련보다 폭넓은 사고를 하는 대중단체로서 북조선을 지원하는 활동을 전개했다. 선전활동, 대중집회 등이 주된 활동이었지만 이들의 합법적인 활동과 보조를 같이해 조방대의 실력행사도 활발해졌다. 조방대는 조선전선에 보내는 군수물자의 수송을 방해하는 실력행사 등으로 일본의 치안당국, 미군의 헌병으로부터 발포를 받는 등 많은 희생자를 낳았다. 그렇지만 조국이 미국의 식민지가 된다는 강렬한 위기의식은 이와 같은 과격한 행동을 지지하는 원동력으로 작용하고 있었다.

이런 정황 속에서 이들의 행동을 더욱 부채질하는 정치활동 방침이 발표되었다. 1951년 2월에 개최된 일본 공산당의 제4회 전국협의회에서는 공공연하게 일본의 무장혁명을 목표로 하는 방침이 세워졌다. 이 방침으로 조방대도 실력행사를 포함한 활동을 강화하는 한편 일본공산당이 조직한 대중 봉기형의 데모 등에 많은 재일 조선인 대중을 동원하는 노력에 힘썼다. 신생조국의 위기라는 위식과 GHQ, 일본정부의 억압에 반감을 품은 민전계 재일 조선인은 이 동원에 적극적으로 응해 데모에 참가했다. 일본 공산당은 그 지배하의 사람들을 동원하는 능력이 작은 것도 있고 해서 조선인 대중을 중요한 전력으로 여기고 대중집회의 참가를 민대民対 등을 통해 요청하고 있었다. 이에 응한 참가였지만 재일 조선인 측의 위기의식이 강했던 만큼 일본인보다도 전투적이었으며 보다 많은 희생자가 속출되었다.

1952년 5월의 「피의 노동절 사건」, 6월의 「스이타吹田 사건」, 7월의 「오스大須사건」 등은 그 전형적인 사례이다.

「피의 노동절 사건」은 GHQ와 일본정부가 전년부터 황궁 앞

광장에서의 노동절과 그 밖의 집회를 금하고 있었던 것을 무시하고 일본 공산당 지도아래 1952년 노동절 당일에 중앙 집회 후 황궁 앞 집회금지에 반대하는 대중 봉기형 데모가 조직되어 참가자들이 황궁 앞 광장으로 진행한 사건이다. 5,000명의 경관대가 경비하는 황궁앞 광장에 집결한 데모대에 대해 경관대는 발포로 대응하여 데모대와 충돌해 2명의 데모 참가자가 사살되고 일본인 187명, 조선인 140명이 체포되었다.

「스이타 사건」은 1952년 6월 「이타미伊丹기지 분쇄 평화와 독립의 저녁」집회에 참가한 사람들이 집회 종료 후 스이타 시에서 군수물자를 수송중인 열차운행을 방해하는 행동을 하여 출동한 경관대와 충돌해 250명이 체포되었다. 조선인은 그 중 92명이었다.

민전으로 대표되는 좌익계 단체와 대립관계에 있었던 민단계에 속한 우파 사람들도 전쟁 발발로 움직임이 활발해졌다. 민단은 전술한 것처럼 이승만 정권으로부터 유일하게 공인받은 재일 조선인 단체이다. 민단계 사람들은 조선전쟁 발발과 초기의 북조선군의 진격에 큰 충격을 받고 좌익계 인사와는 반대로 조선반도가 소련의 식민지화가 되는 것에 위기의식을 느껴 북조선에 반대하는 활동을 전개했다. 이런 활동의 하나로 「재일한교在日韓僑 자원군」이라는 이름의 지원병을 모아 한국군에 참가시키는 운동도 전개했다. 1951년 2월 61명의 재일 청년들이 지원병에 응모해 제1진으로 고베항에서 「출정」했다.

조선전쟁 동안 민단은 이승만 정권의 지원을 받아 그 정권과 일체화를 진행했지만 재일 조선인 사회에서 지지층을 확대하지 못하고 있었다. 그것은 재일 조선인이 갈망하고 있었던 민족권(예를 들면 민족교육 등)이나 생존권을 확립하려는 자세가 선명하지 못하고 이승만 정권도 거의 관심을 표명하지 않았기 때문이다.

▌한장의 국장 통지문으로 상실한 일본국적 ▌

1951년 8월에 샌프란시스코 대일강화 조약이 조인되고 조약은 다음해 4월에 발효되었다.

이 조약에서 일본은 조선에 대해서 「일본국은 조선의 독립을 승인하고 제주도, 거문도 및 울릉도를 포함한 조선에 대한 모든 권리, 권한 및 청구권을 포기 한다」고 하고 있다. 일본정부는 이 규정에 의해 재일 조선인에 대한 주권의 포기와 그에 따른 일본국적을 상실한다고 해석하고 조약 발표 수일 전에 「조선인은 강화 조약 발효 일을 기점으로 일본국적을 상실한 외국인이 된다」는 한 장의 통지문을 법무부 민사국장이름으로 발표했다. 조약이 발효된 날, 재일 조선인은 「일본국적 보유자」에서 갑자기 외국인이 되어 버렸다.

지금까지 일본정부는 재일 조선인의 국적문제는 국제 조약 또는 「조선반도에 수립된 정당한 정부」와의 조약으로 명확히 한다는 견해를 표명하고 있었는데 조선전쟁의 혼란을 이용해 한 장의 법무부 민사국장 통지문으로 처리해 버렸다. 이 「일본국적 상실」은 재일 조선인의 의향도 의견도 묻지 않고 당사자인 재일 조선인이 전혀 관여하지 않은 상태에서 결정되어 버렸다.

그러나 이 「일본국적 상실」의 일방적 통보라는 중요한 문제에 대해서 재일 조선인 측에서는 강한 반발도 반대운동도 일어나지 않았다.

좌익계의 대표적인 단체인 민전은 법무부 민사국장의 통보후 1952년 5월에 제6회 확대 중앙위원회를 열어 「당면의 여러 요구를 실현시키기 위한 투쟁」으로서 국적문제와의 관련에서 「자유롭게 국적을 선택할 수 있다. 본인이 희망하면 언제까지나 일본에 있을 수 있다...」는 것을 활동방침으로 들고 있었다. 여기에서 「국적선택의 자유」는 원칙적인 문제로서 일단 언급되어 있지만 일본 국적을 상실시킨 조치에 대한 구체적인 반대운동은 제안되지 않았다.

우익계의 민단도 일본정부의 결정에 대해 아무런 항의성명이나 반대운동을 전개하지 않았다. 좌·우익을 불문하고 재일 조선인 사이에서 일본 국적 상실의 부당성을 논하는 것은 아무런 의미가 없다는 태도였다. 자신들은 독립한 국가의 국민이고 그 주권아래 있는 외국인이라는 의식이 지배적이었기 때문에 일본정부의 수속상의 부당성을 문제 삼지 않았다. 그들은 이후도 조선민족의 긍지로써 나라의 독립을 빼앗은 일본국의 국적을 유지하고 싶은 의식은 희박했다. 게다가 대부분 언젠가는 귀국할거라는 마음으로 일본국적의 상실을 무시하는 태도도 강했다. 오히려 재일 조선인 사회는 민전이 「당면의 여러 요구」로 내건 「본인이 희망하면 언제까지나 일본에 있을 수 있다」는 재류권 보장 쪽이 절실한 문제였다.

일본 정부에 의한 출입국 관리령의 벌칙 규정의 강화, 엄격화에 따라 범죄를 일으킨 조선인의 국외강제 퇴거조치가 취해지고 한국으로부터 밀입국자의 강제송환 시에 재일 조선인 형기종료자의 강제 송환조치가 취해졌다. 전쟁 중인 한국에 아무런 생활기반도 없이 강제송환 된다는 것은 심각한 생사의 문제이며 인권 문제이기도 했다. 재류권 보장을 목표로 강제송환에 반대하는 민전 등의 활동이 계속되었지만 그들의 대중운동에 대해서 일본 정부는 억압적인 자세로 임했다.

샌프란시스코 강화조약을 발효한 날, 일본정부는 재일 조선인의 일본 국적의 상실을 통고하는 한편 외국인 등록령을 개정한 「외국인 등록법」을 당일 공포 시행했다. 이 개정된 등록법은 지문날인 의무와 위반법의 법칙조문을 담고 있어 의도된 단속강화였다. 이에 대해서는 국적상실과 달리 좌파도 우파도 강하게 반대를 표명했다.

그러나 등록증에 기재되는 국적란의 「국적」을 둘러싸고 좌우는 분열했다. 1947년 5월에 외국인 등록령이 공포되었을 때 조선인의 외국인 등록증의 국적란은 조선반도에 아직 정식국가가 수립되지 않았기 때문에 「편의」상 모든 사람에게 「조선」이라는 존재하지 않는 국가명을 기재할 수밖에 없었다. 그 때문에 일본 정부는 그것은 국적표시가 아니라 단순한 용어로서 사용하고 있다고 설명하고 있었다.

1948년 8월에 한국이 수립되고 다음해 도쿄에 주일대표부가 설치되었는데 그 때 이승만 정권은 재일 조선인을 한국 국민으로서 대우한다는 방침을 표명하고 일본정부에 대해서도 외국인 등록증의 국적란에 「대한민국」으로 기재할 것을 요구했다. GHQ도 한국을 지원하기위해 이승만 정권의 요구를 받아들이도록 일본정부에 지시했다.

일본 정부는 막 수립된 한국과 아무런 조약도 체결하지 않고 재일 조선인의 지위, 처우 문제에 대해서 아무런 협의도 행해지지 않고 있는 것을 지적하며 GHQ의 지시를 거부하였다. 그러나 거듭된 GHQ의 요구를 거역할 수 없어 1950년 2월에 등록증의 국적란에 「한국」의 명칭을 기입하는 것을 승낙했다. 하지만 그 때도 법무부 민사국장 통지문 「외국인 등록사무 취급에 관한 건」을 발표하고 국적란의 기재에 대해서 그것은 「단순한 용어의 문제로 실질적인 국적의 문제나 국가 승인의 문제와는 전연 관계없고...」라며 지금까지 주장하고 설명해 왔던 「용어설」을 변경한 것이 아니라는 것을 다시 표명했다.

1952년 4월에 외국인 등록법이 공포, 시행되었을 때 좌우를 불문하고 반대를 표명하며 반대운동을 전개한 재일 조선인 사회였지만, 민단은 외국인 등록증의 국적란에 일본정부가 「한국」으로 기입하는 것에 협력함으로써 외국인 등록법 반대운동을 중지했다. 그 이후 일본 정부는 단순한 용어인 「한국」으로 고쳐쓰는 것을 지원해 갔다.

▌일본국적 상실 후의
　　민족 교육 ▌

조련이 해산을 명령받았을 때 대부분의 민족학교도 폐쇄 명령을 받아 강제적으로 폐쇄 당한 학교도 있었다. 각지에서 뿌리 깊게 폐쇄 반대운동이 전개되어 분쟁이 발생했기 때문에 문부성은 민족학교를 일본의 공립학교 제도 속에 넣음으로써 문부성 통제하에 조선학교를 관리하도록 체제를 정비하여 민족학교 폐쇄 반대운동을 억누르려고 했다.

도쿄에서는 「도립都立 조선학교」에 그 권한을 이양하고 가나가와, 아이치愛知, 오사카 등에서는 공립학교 분교라는 조치를 취하고 그 밖에도 일본의 공립학교 내에 민족학급을 설치하는 방식을 채택했다. 공립학교이기 때문에 일본인 교사가 부임해 수업을 하려고 했지만 학생이 수업을 거부하는 등 정상적인 수업을 할 수 없는 상황이었다. 그래서 학교 운영에 조선인의 참여를 인정하는 타협안으로 겨우 균형이 유지되었다.

조선전쟁이 발발하고 일본 국내에서 반공태세가 더욱 강화 되자 조선학교의 학생, 교직원, 학부형은 민전과 일체가 되어 「항미抗米 구국운동」을 전개했다. 조선학교의 고교생 대부분이 민전의 활동가들과 일체가 되어 반미, 반전 운동에 참가했다. 일본정부, GHQ

는 조선학교가 반미, 반전운동의 거점이 되고 있다고 간주하고 조선학교에 대한 감시와 억압태세를 강화했다.

1951년 3월 도쿄 조선 중등급 학교에서 개최되고 있었던 PTA주최의 집회를 단속하기 위해 무장했던 경관 3,000명이 동원되어 집회에 참가했던 학부형 3,000명, 학생 1,000명과 충돌해 학생 9명이 체포되고 300명의 부상자를 낸 사건 등 분쟁이 각지에서 빈발했다.

조선학교에 여러 압력이 가해지는 상황에서 대일강화조약의 발효와 함께 일본 국적의 상실이라는 사태가 일어났다. 일본국적 보유자였을 때 재일 학생은 일본인과 마찬가지로 의무교육 대상자였지만 국적 상실과 함께 그 대상 밖이 되었다. 1953년 2월 문부성은 「조선인 자녀의 취학에 대해서」라는 통지문을 발표했다. 그것은 일본국적을 상실한 조선인에게는 의무교육 이행의 독촉도, 의무교육 무상의 원칙도 통용되지 않는다며 다만 일본 정부의 「은혜」로서 일본의 공립학교 교육을 받게할 수 있다는 내용의 통지문이다.

강화조약 발효이전은 자주적으로 건설, 운영된 민족학교를 강제적으로 폐쇄해 몰아내고, 재일 조선인 학생은 일본국적 보유자인 이상 의무교육을 받아야만 한다고 했던 일본 정부가 국적을 일방적으로 상실시킨 후에는 「은혜」로서 받을 수 있다고 변경한 것에 대하여 재일 조선인 사회는 강하게 반발하고 이와 같은 문부성의 조치에 대해 민족 교육을 지키는 것으로 대항해 갔다.

일본정부가 학교교육법에 따라 「합법」적으로 조선학교의 폐쇄조치를 취하자 재일 조선인 측도 「합법」적으로 민족학교 존속을 위한 운동을 전개했다. 그것은 조선어=외국어로 하는 수업은 학교 교육법에 의해 정규 소·중·고교에서는 실시할 수 없지만, 영어 학교와 같은 각종 학교에서는 금지하지 않고 있으며, 또한 정규 학교에서는 교원자격이 없는 교사의 수업, 채용은 금지되어 있지 만 각종 학교에서는 금지 하지 않았다. 게다가 취학기 아동의 의무 교육은 국적 상실로 재일 조선인 아동에게는 적용되지 않는다는 문부성의 통지문은 역으로 취학연령에 달한 아동의 공립 등 정규 학교의 취학거부는 법률위반에 해당되지 않는 다는 것이었다. 그 때문에 각종 학교인 민족학교에서 교육을 받는 것은 법적으로 아 무런 문제없게 되었다.

더욱이 각종학교의 인가권이 문부성이 아니라 도도부현에 있고 일본 정부의 간섭이 반드시 강제력을 지니지 않는 자치체自治体도 있었기 때문에 이 운동은 재일 조선인 측에 유리하게 전개되었다. 1953년 3월 도도부현 지사 중 혁신지사로서 교토부 행정을 담당하 고 있던 니나가와 토라조蜷川虎三 지사는 민족교육을 이해하고 교 토 조선학원을 각종 학교로서 인가했다. 교토부가 인가한 후, 각지 의 도도부현도 각종 학교로서 민족 학교의 설치를 인가했다.

각 도도부현이 민족학교를 인가한 후에도 문부성의 자세는 변하 지 않고 1954년 5월에 오다치 시게오大達茂雄 문부 대신이 조선학 교는 폐쇄해야만 하며 조선인의 집단교육은 인정할 수 없다는 취 지의 발언을 했으며, 더욱이 조선학교 졸업생에게 일본의 상급학 교 특히 대학 등과 같은 곳의 수험자격을 인정할 수 없다는 방침을 고수했다. 이와 같은 일본 정부의 자세에 반발한 재일 조선인 측의 운동이 자발적인 대학건설 운동으로 전개되어 조선대학교 설립으로 연결되었다. 현재 문부성의 조선학교에 대한 방침은 노골적인 억압책은 취하고 있지 않지만 기본적으로는 변하지 않았다.

█ 「한일회담」의 개시와 재일 조선인 단체 █

조선 남부에 대한민국 정부가 수립되고 4개월 후 1949년 1월 한국정부는 GHQ의 주선으로 주일대표부를 도쿄에 설립했다. 이것은 조선반도에 수립된 두 개의 정권 중 한국이 조선반도의 정당한 대표라는 시위행위이기도 했다.

일본정부는 미국의 지시아래 동아시아에서 반공 동맹관계를 쌓을 필요가 있었으므로 한국과 타협하는 자세를 보였다. 양정권의 지도자는 반공정책에 대해서는 공통인식이 있었지만 강렬한 반일의식을 지닌 이승만 대통령과 노골적으로 조선을 싫어하는 요시다 시게루吉田茂수상 사이에는 반공사상만으로는 메울 수 없는 깊은 골이 있었다.

주일대표부를 도쿄에 설치하는 것을 허가한 일본 정부는 대한민국 정부를 조선반도에서 정당한 정권으로 인정하는 어떠한 법적, 조약적 근거도 없고 또한 샌프란시스코 대일강화조약에는 한국정부가 참가하지 않는 점도 있어 한국과의 교섭에 의해 여러 문제를 해결할 필요가 있었다. 더욱이 조선전쟁을 반공 동맹국 측이 유리하게 전개하기 위해서 두 나라간의 문제해결을 강하게 바라고 있던 미국의 요구도 있어 1951년 10월 도쿄에서 일한日韓예비회담이 열렸다. 그리하여 두 나라의 교섭 의제에는 재일 조선인의 법적 지위문제, 재한일본인의 자산문제, 재산 배상청구 문제, 어업문제 등이 있었다.

재일 조선인에게 있어서 가장 중요한 법적 지위에 관해서는 패전 전부터 시작하여 여러 가지 복잡한 문제가 얽혀있다. 일본 정부로서도 재일 조선인의 법적 지위에 대해서 결론을 내고 싶은 생각이 강했다. 이승만 정권에 있어서도 재일 조선인 문제를 유리하게 해결해 재일 조선인의 지지를 얻는 것은 이제 막 성립한 대한민국의 국제적인 위신을 높이고 조선전쟁을 수행한 후 국제여론의 지지를 얻을 수 있는 중요한 문제였다. 이승만 정권은 재일 조선인 문제가 중요한 문제라는 인식은 있었지만 재일 조선인의 입장에서 생존권, 민족권을 보장하도록 일본 정부에 요구하는 자세가 결여되어 있었다. 주로 그 문제를 시종일관 일한 회담의 외교적인 수단으로 이용하려는 자세였다.

예를 들면 재일 조선인 문제에 대해 민단에 영사사무의 일부를 위탁하고 민단을 정부의 말단기관화하려는 조치를 강구했지만 민족학교의 설립, 운영 등의 민족권과 일본에서 괴로운 생활을 보내고 있는 재일 조선인 사람들의 생활을 보장하기 위한 생존권에 대해서는 아무런 구체적인 대응책도 취하지 않았다. 전쟁 수행으로

제1차 한일회담에서 악수하는 양국대표.
오른쪽은 김용식(주일한국대표), 왼쪽은 마쓰모토 슌이치(외무성고문)

재일 한국인
백년사

인해 재정적으로 곤란했던 탓에 민족학교 운영의 지원과 같은 물질적인 지원은 할 수 없다 해도 재일 조선인의 권리를 엄연히 지키려는 자세조차 볼 수 없었다. 오히려 짓밟는 행위조차 있었다. 일한 회담의 개시 직전인 1951년 1월 주일 대표부의 김용주 공사는 「좌우를 불문하고 악덕한 자는 강제송환한다」는 성명을 내고 재일 조선인의 법 위반자를 일본에서 한국으로 강제 송환하는 것에 지지를 표명했다.

일본정부는 1950년 12월, 조선반도로부터 밀입국자를 한국에 강제송환했지만 이 김용주 공사의 성명은 밀입국자뿐만 아니라 일본 거주자의 법위반자의 강제환송을 지지하는 성명이었기 때문에 민전도 민단도 강하게 반대를 표명했다. 생활기반이 일본에 있는 사람들의 강제송환은 재일 조선인 사람들의 인권, 생존권에 대한 중대한 침해였다. 그러나 한국 정부에는 이러한 감각이 없었다.

강제송환 문제는 그 후 1952년 4월에 일한 교섭이 교착 상태에 빠졌을 때 일본 정부가 나가사키현 오무라大村 수용소에 수용하고 있던 조선인 410명을 한국에 강제 송환했다. 그런데 한국정부는 그 중 125명은 패전 전부터 일본에 거주하고 있던 사람들이기 때문에 받아들일 수 없다며 역 송환 하였다.

이것은 재일 조선인의 강제송환에 민단도 민전도 반대하고 있는 사정을 고려한 것도 있지만 그보다는 오히려 난항에 부딪친 일한 교섭의 외교적 수단으로 이용하여 외교 교섭을 유리하게 진행하려는 생각에서였기 때문에 재일 조선인 보호라는 자세에서 나온 조치라고는 말할 수 없었다.

한국정부의 재일 조선인 정책은 그 후 1980년대 이르기까지 대일교섭의 외교적 수단과 대북조선 반공정책의 범주를 벗어나는 일이 없었으며, 재일 조선인 사람들의 생존권, 민족권에 대한 확고한 방침은 없었다.

1951년 10월에 개시된 일한회담은 1953년 10월까지 진행되었으나 일본 측 대표 구보다 간이치久保田貫一의 「일본의 조선통지는 조선인에게 은혜를 베푼 것이다. 대일강화조약이 성립하기 전에 한국이 독립한 것은 국제법 위반이다」라는 사실 오인과 식민지 지배에 대한 반성 없는 발언으로 인해 분규가 일어나 회담은 중단되었다.

분단으로 인한 대립
그리고 통일염원

1953년 7월 조선반도의 전쟁은 휴전으로 멈췄다. 이것은 그 후 조선반도의 오랜 분단과 고정화 그리고 새로운 대립의 시작이기도 했다.

휴전 전 일본 국내에서는 재일 조선인 사회에 큰 영향력을 갖고 있던 민전이 노선전환과 내부분열의 조짐을 보이고 있었다. 내부분열은 민전의 결성 초기부터 존재하고 있던 「민족파」와 「일본공산당 일체파」의 대립이 격화된 결과이다. 두 파의 대립이 공식석상에서 명백하게 된 것은 1951년 12월의 민전 제2회 전국대회의 대회선언 총령채택 때이다.

이 총령 중 「조선민주주의 인민공화국을 사수한다」는 한 항목의 삭제를 둘러싸고 격렬한 논쟁이 벌어졌다. 삭제에 심하게 항의하며 반대의 선두에 선 것은 한덕수(현 조선총련의장) 등의 「민족파」이다. 그 주장은 「우리는 조국, 조선민주주의 인민공화국이 있으므로써 비로소 존재한다」「요시다 내각타도 등의 정치투쟁은 일본국에 대한 간섭으로 우리 조선인이 취할 투쟁방법은 아니다」라는 주장이었다. 소수파였던 그들은 회의장 경비를 담당하고 있던 일본 공산당 민족대책부로부터 지도받고 있던 조방대의 청년들에 의해 강제적으로 퇴출당했다.

이 대회에 일본공산당은 정치국원 야마나카 히로시山中宏(시가요시오 : 志賀義雄)이름의 편지를 발표하고 재일 조선인 활동가 중 일본공산당의 지시를 따르지 않고 조선노동당에 충실하려고 하는 세력에게 경고 했다.

그러나 이 대회를 계기로 조선인 활동가 중에서 일본공산당의 방침에 의문을 품고 조선인은 조선혁명을 제일순위로 생각해야 한다는 사람들이 서서히 늘어갔다. 더욱이 1952년 4월에 나온 「애국진영의 순화와 강화를 위해」라는 백수봉(한덕수의 가명이라고 일컬어지고 있다)이름의 논문이 그 경향에 박차를 가했다.

이와 같은 시기에 민전의 실력행사 활동방침이 전환되는 사태가 발생했다. 북경에 망명중인 일본 공산당 서기장 도쿠다 큐이치德田

球一는 1952년 7월 코민포름 기관지에 논문「일본 공산당 30주년에 즈음해서」를 발표하고 일본 공산당의 당시 활동을「폭동주의적인 행동」이라고 격렬히 비판했다. 그 비판을 받고 일본 공산당은 전술을 전환했고 일본공산당의 지도하에 있었던 민전도 전술전환을 하지 않을 수 없게 되었다. 전술전환은 있었지만 민전에 대한 일본공산당의 지도는 계속되었으며「민족주의적 편향」에 대해서는 강한 비판을 가해 내부의 대립은 해소되지 않고 있었다.

조선반도에서의 휴전으로 본토는 분단되고 양정권의 대립은 심각해졌다. 그것은 그대로 재일 조선인 사회의 분단과 심각한 대립관계로 이어졌다.

이와 같은 분단, 대립과 함께 일본 정부의 여러 억압적인 정책이 사태를 더욱 복잡하게 했다. 특히 출입국관리가 엄격해져 재일 조선인 특히 북조선 지지파의 일본 국외로의 여행, 친족방문, 고향방문은 엄격히 금지되어 일본국내에 갇히는 상태가 1970년 후반기까지 계속되었다. 조선과의 왕래가 금지된 이 오랜 기간에 재일 조선인의 대부분을 차지하고 있던「조선」호적의 사람들은 일본에서의 생활기반이 견고해져 생활, 풍속, 문화면에서 본국사람들과 감각의 차이가 서서히 커져 갔다.

분단이 고정화되어 가는 초기, 재일 조선인 사회는 민전으로 대표되는 좌파와 민단으로 대표되는 우파의 구분이 더욱 분명해져 갔는데 좌파 지지파가 우세였다.

민단은 일본정부의 좌파세력에 대한 격렬한 억압정책이라는「지

조선전쟁 휴전협정에 조인하는
북조선·남일 대장(후에 외상, 오른쪽부터 2번째)과
미국·크라크 사령관(왼쪽부터 2번째)

원」을 받고, 또한 한국정부의 공인과 한국정부의 말단기관적인 역할을 담당하면서 재일 조선인 사회에서 그 지지 세력을 확대할 수가 없었다.

그 첫 번째 요인은 한국정부의 재일 조선인 정책에 대한 무대책無策 일 것이다. 재일 조선인의 민족권, 생존권에 대해서 아무런 관심도 보이지 않고 구체적인 제안도 없을 뿐만 아니라 대일 외교 교섭의 수단으로만 이용하려는 자세에 재일 조선인은 반발했다. 민단은 한국정부의 이와 같은 방침을 그대로 받아들이고 재일 조선인 사회가 간절히 원하는 조선반도의 새로운 국가 건설에 대한 전망과 사상적, 이론적 주장이 결여된 채 재일 조선인의 권리옹호의 자세도 명확히 주장하지 못하고 반공주의만 주장하였던 것이다.

이에 반해 북조선 정부는 1954년 8월에「재일 조선인은 공화국의 공민이다」라는 남일 외상의 성명을 발표하고 재일 조선인의 권리옹호를 강력하게 주장했다.

이 성명에서 북조선 정부는 일본 정부의 재일 조선인 정책을 엄격히 비판하고「재일 조선인의 공화국 공민으로서의 정당한 권리를 인정하고 조국의 자유와 통일, 독립을 위한 자유를 보장하고 강제추방 등의 부당한 박해를 중지하도록」요구했다. 동시에 일본의 주권 존중과 함께 재일 조선인 문제는 일본의 국내문제가 아니라 국제문제라는 것도 아울러 강조했다.

재일 조선인 사회는 이러한 남일 외상 성명에 놀랐다. 성명에서는 재일 조선인을 조선민주주의 인민 공화국의 해외공민이라고 명확히 말하고 있다. 「공화국의 공민」이라는 말에 재일 조선인 사회는 충격을 받았다. 그 말은 빛을 발했다.

일본의 식민지 지배를 받은 후 재일 조선인 사회는 독립한 국가의 국민이기를 간절히 원하고 민족해방 운동을 최대의 민족적 과업으로서 전개해 왔다. 조선의 해방 후 에는 새로운 국가 건설에 꿈을 실었다. 그들은 「공화국의 공민」이라는 새로운 독립국가의 국민이라는 말의 울림에 끌렸다. 한국이나 민단이 일본정부와 일본사회가 오래전부터 사용한 「거류민」이라는 고색창연한 용어를 사용하고 있는 것에 반해 「공화국의 해외공민」이라는 말은 새로운 시대, 새로운 국가의 이미지를 주었다.

또한 성명은 명확하게 일본 정부가 취하고 있는 재일 조선인 정책을 엄격히 규탄하고 단호히 항의하고 있다. 그 자세에 재일 조선인 사회는 기대감에 부풀었다.

이 남일 외상 성명은 민전내부의 「민족파」와 「일공파」의 항쟁에 결정적인 영향을 주었다. 성명은 민족파의 주장을 전면적으로 지지하고 있었기 때문이다. 일본 공산당은 1955년 1월 종래의 재일 조선인 운동의 지도에 대한 방침을 전환시켰다. 이와 같은 정황의 변화와 함께 민전의 민족파를 중심으로 1955년 5월 좌파세력은 새로운 조직인 「재일 조선인 총연합회」를 발족시켰다.

재일 조선인 정책에서 남북 양 정부의 대응은 극히 달랐으며 이것은 그 후 재일 조선인 사회에 다양한 영향을 주게 되었다.

조선전쟁 휴전 후 전후 부흥에 착수한 북조선 정부는 국제정치에서 재일 조선인의 이용 가치를 민감하게 파악하고 그들의 지지를 받음으로써 얻을 수 있는 이점을 이해하고 있었다. 그 때문에 재일 조선인들의 권리옹호를 강하게 주장하고 구체적으로 민족교육의 지원을 위해 교육자금 송금을 약속하는 등 재일 조선인의 보호자임을 자칭하는 자세를 보였다.

이에 반해 이승만 정권은 재일 조선인의 권리옹호, 생존권, 민족권 등에 대해서는 거의 무관심에 가까웠으며 어떠한 구체적인 행동을 취한 적이 없었다.

언젠가 조선반도에 돌아가 생활하려고 마음먹은 재일 조선인들에게 있어서 어느 쪽 정부를 지지할 것인가는 명백해졌다. 더욱이 이제 막 결성된 조선총련은 신조직 탄생에 따른 에너지를 북조선이 제시한 정책 수행에 쏟아 부어, 재일 조선인의 생활과 권리를 옹호한다는 목표를 내세움과 동시에 전전, 전후의 재일 조선인의 좌익계 운동에 절대적인 영향력을 갖고 있던 일본 공산당과의 조직적 관계를 끊었다.

조선총련 결성에 참여했던 좌익계의 민족파라고 불린 사람들의 주장은 남일 외상 성명에서 명시된 것처럼 재일 조선인은 조선민주주의 인민공화국의 해외공민으로 일본 국내의 소수민족이 아니다. 따라서 북조선을 옹호하고 그 정책을 수행함으로써 일본국내의 억압과 차별로부터 해방된다는 것이었다. 일본공산당은 그 주장을 받아들여 1955년 7월에 당내에서 조선인 당원의 지도를 담당하고 있었던 민족 대책부를 해산시켰다. 8월에는 약 3,000명의 조선인 당원이 일제히 당적을 이탈하여 대부분이 조선총련에 가입해 활동하게 되었다.

좌익계 조선인은 그 이후 「일본혁명」과 일본의 내정문제에 관여하지 않겠다는 입장을 명확히 했다. 그것은 일본사회와의 관계를 약화시켜 일본의 사회운동, 시민운동과의 연결을 약화시키게 되었다.

조선총련은 오늘날까지 이 입장을 강하게 유지하여 소수민족관 부정, 「내정간섭」의 거부를 방침으로 하고 있다. 그리고 그 연장선상에 오늘날 재일 조선인의 일본의 참정권획득 운동의 부인, 지방 공무원의 국적 조항 철폐운동에 대한 불참의 자세가 있다.

그러나 소수 민족관이나 「내정간섭」론도 일본혁명의 수행, 또는 조선혁명의 참가라는 사회주의 혁명론의 틀 안에서의 논의였다. 재일 조선인 사회에서 오늘날 최대의 테마로 부상하고 있는 「일본사회와의 공생」이라는 시민권 사상에 입각한 사고와는 그 근원이 달랐다.

이제 막 결성된 조선총련에 대해서 북조선 정부는 적극적인 지원활동을 개시했다. 조선총련 결성에 참가한 중심적인 멤버 중에는 총련결성 이전에 민전의 활동방침에 의문을 품고 종종 북조선에 밀항해 조선노동당 간부와 협의를 하고 있던 사람들도 있어 총련 결성 후에는 뜻이 맞는 사람끼리 연계활동을 시작했다.

1955년 9월 조선총련에서 보내온 「조국 해방 10주년 기념 재일 조선인 조국방문단」과 회견한 김일성 주석은 재일 조선인을 위해

「인민이 주인공」인 새로운 국가 건설을 호소하고 「교육비, 장학금의 송금」을 약속하고 「재일 조선인 학생의 조국에서의 면학 승낙」을 표명하며 더욱이 「귀국 희망자를 환영한다」는 등 일본사회에서 괴로워하고 있던 재일 조선인의 마음에 불을 밝히는 듯 한 밝은 제안을 계속해서 발표했다. 그곳에는 장래의 전망이 제시되어 있으며 사상적, 논리적인 주장도 명확했다. 지금까지 「조국」을 모르고, 또 아무런 지원을 받은 적도 없는 재일 조선인 사회는 「조국」을 실감하고 기대감에 부풀었다

　조선총련은 이 제안을 실행에 옮기려는 행동을 개시했다. 일본 정부, 국회에 대해 교육원조비의 승낙인가, 재일 조선인의 북조선으로의 귀국허가 요청 등의 행동으로 나타났다. 이때 북조선 귀국요청은 1959년부터 시작된 대규모적인 집단 귀국의 요청이 아니라 개개인의 자비에 의한 귀국요청이었다. 일본 정부는 이 요청승낙을 꺼려하고, 한국정부는 일본정부에 이들 북조선 정부의 제안과 조선총련의 요청을 거절하도록 강하게 요구했다. 그러나 이승만 정권은 북조선 정부의 재일 조선인 지원활동에 반대하는 만큼 그에 대응하는 스스로의 정책과 방침을 보이지 않고 있었기 때문에 재일 조선인 사회로부터는 냉대를 받아 한국정부의 신청을 지지하는 사람은 적었다.

　일본 정부는 북조선 정부의 귀국자 승낙과 조선총련의 귀국요청이 자비로 자신의 고향에 돌아가고 싶다는 인도적인 것이었기 때문에 단순하게 반공노선의 수행으로서 거절 할 수 없어 고민하고

있었다.

조선총련은 귀국과 교육원조금의 승낙을 일본정부에 요청하는 운동을 널리 활발하게 전개했다. 운동 그 자체가 호소하면 호소하는 만큼 지지를 얻을 수 있는 성질의 것이었기 때문에 조선총련을 지지하는 재일 조선인과 일본의 선의의 시민은 증가했다. 일본정부는 교육원조비의 지원을 거절할 수 없어 1957년 4월에 이것을 인정했다.

그때 일본 돈으로 1억 3,000만엔 남짓이 송금되고 그 후 6개월 후 10월 또 다시 1억 5,000만엔의 교육원조금이 총련에 보내졌다. 전후 부흥도 아직 충분하지 않고 외화가 부족했던 북조선 정부로서 이 교육원조금은 피 같은 지원금이었을 것이다. 이것을 이해한 만큼 실제로 지원금을 손에 든 재일 조선인 대부분은 감격하고 새삼 「조국」을 실감하고 희망과 기대를 강하게 지니게 됐다.

그 희망과 기대감이 훗날 집단 귀국운동으로 연결되었다.

▌1950년대
재일 조선인의 생활 ▌

일본패전 직후 한때, 재일 조선인의 경제, 생활 상태는 전전의 극빈상태에서 탈출해 일시적인 호황을 누렸다. 일본사회가 생활필수품 부족으로 냄비, 솥, 비누 등의 생산이 수요를 따라잡지 못하자 재일 조선인의 영세 공장은 활기를 띄었다. 생활필수품의 생산은 관서關西의 재일 조선인 영세기업이 전전부터 영업했던 분야이기도 해 그 "전문분야"가 순풍에 돛을 달아 이들 기업의 경제적인 안정에 커다란 기여를 했다.

또한 전후 유통기구의 혼란과 암시장의 탄생, 통제물자의 규제를 파괴함으로써 재일 조선인의 생활 상태는 아이러니하게도 개선되었다.

그러나 그것은 결국 일본의 자본주의 경제질서와 사회적인 혼란 속에서 핀 열매 없는 꽃과 같았다. 암시장은 일본 정부의 치안강화와 전후 경제부흥 속에서 사라졌다. 중소영세기업은 전후 초기의 인플레이 정책과 그에 잇따른 초균형 재정정책의 도지 라인(Dodge line)으로 심한 타격을 받아 대기업 생산활동의 부흥과 함께 원료구입이 곤란해지고 자금난으로 신기술 설비투자도 할 수 없어 대부분은 몰락하거나 하청 기업화의 길을 걷게 되었다.

재일 조선인 이주의 역사적인 배경으로 보아 그 대부분이 하층노동자였기 때문에 직업구성상 처음부터 제조업을 경영하는 사람은 적었다. 게다가 패전후 혼란 속에서 노동자로서 일할 곳도 없어졌기 때문에 일본인이 직업으로 선택하지 않는 분야로 그들의 직업은 흘러갔다. 표6은 1950년대 재일 조선인의 직업구성 조사의 일면이다.

「고철, 고물수집」이 제 1위를 차지하고, 파칭코 가게, 음식점이 뒤를 잇는다. 이 파칭코 가게는 현재와 같은 대규모의 화려한 것이 아니라 변두리에서 근근이 영업하는 소규모의 후미진 가게였다.

[표6] 재일 조선인 상공업 최다업종

현 별	총수 a	제1위		제2위		제3위		합계 b	$\frac{b}{a}$
이바라기현 茨城県	158	철	54	서	43	음	23	120	76%
사이타마현 埼玉県	101	서	35	철	24	금	18	77	76
도쿄도 東京都	1,208	음	229	철	207	서	178	614	51
가나가와현 神奈川県	563	음	246	철	113	서	108	467	83
니카다현 新潟県	106	철	25	음	24	서	24	73	69
아이치현 愛知県	539	철	95	음	80	서	61	236	44
기후현 岐阜県	103	음	11	서	10	매	10	31	30
교토부 京都府	438	방	190	철	78	서	49	317	72
후쿠오카현 福岡県	146	철	79	서	21	음	11	111	76

주: 철(屑)은 고철·고물수집업, 음(飮)은 음식업, 방(紡)은 방직, 서는 여관·오락 서비스업, 금(金)은 금속·기계·전기기구 제조업, 매(売)는 도·소매업 1956년 10월 현재, 재일 조선인 상공연합회 조사. 박재일 저 『재일 조선인에 관한 종합적 연구』에 의함

음식점도 식량난 시대, 지금까지 일본인이 먹은 적이 없는 소 내장 등을 조선요리법으로 조리해 호르몬 구이라고 하여 제공하는 허술한 음식점이 대부분으로 그 경영기반은 극히 취약했다.

문제는 이들 자영업자와 직업이 있는 사람이 재일 조선인의 40%도 되지 않는다는 점이다. 많은 재일 조선인이 실업, 반실업 상태였다. 특히 심각했던 것은 학교를 졸업한 자의 취직문제였다.

박재일의『재일 조선인에 관한 종합적 연구』에 의하면 1954년 당시 일본인 졸업자의 취직도 곤란했기 때문에 중학교 이상의 졸업자는 250만여 명, 그 중 미취직자는 14%인 35만여 명이었다고 하는데, 재일 조선인 졸업자는 약 11,000여 명으로 그 대부분이 미취직 상태이며, 학교를 졸업한 후에 가업인 영세기업, 점포에서 일하는 자는 그나마 혜택 받은 것으로 대부분이 실업상태였다. 대학을 우수한 성적으로 졸업해도 일본 기업이 채용해 주지 않아 갈 곳이 없어 파칭코 가게의 기계조작(당시 파칭코 기계는 지금과 같은 전자기계로 자동화되지 않아 파칭코 기계 뒷면에서 점원이 점검, 조작하였다) 밖에 할 일이 없는 실정이 당연한 시대였다.

박재일은 앞서 쓴 책에서 1952년 당시, 재일 조선인이「취업연령의 60%가까이가 실업자」라고 말하고 있는데 그 후 50년대는 실업자가 증가한 적은 있어도 감소한 적은 없었다.

실업은 당연히 재일 조선인의 일상생활 유지를 곤란하게 해 여러 사회문제를 일으켰다. 재일 조선인의 최저한의 생활은 일본 정부의 생활보호비로 겨우 유지되고 있었다.「1956년 3월 현재, 재일 조선인의 생활보호 세대는 24,185세대 117,073명(재일 총숫자의 24% 남짓)으로 일본인의 피被보호율이 2% 정도인 것에 비해 약 11배의 높은 비율이다」(박재일의 책에서)라고 쓰여있다.

일본의 농촌지역에 살고 있었던 조선인은 취직할 기회도 없었으며 빈곤은 더욱 심각해져 농촌에 비해 아직 취직 기회가 있는 도시로 재일 조선인이 진출했던 시기이기도 했다.

1950년대 재일 조선인의 생활실태조사는 재일 조선인과 일본정부나 지방자치체와의 관계가 악화된 것의 반영도 있어서 공적으로는 전혀 행해지지 않았다. 겨우 조선총련계의 연구기관인 조선문제 연구소가 몇몇 지역에서 실시한 것에 지나지 않았다.

그 예의 하나로 1959년 10월에 행해진 야마구치현, 후쿠오카현의 조선인 집단 거주 지역에서의 조사결과가 1959년 12월의 「조선문제 연구」에 김병식(현 북조선 정부 국가부수석)이름으로 발표되어 있다.

이것에 의하면 조사대상은 야마구치현 오노다小野田시, 후쿠오카현 후쿠오카시, 다가와田川시, 와카마츠若松시(현 北九州시), 가호嘉穗마을 다섯 곳의 「조선부락」에 살고 있는 192세대이다.

이들 192세대의 총소득 통계(표8)도 게재되어 있는데 이 통계숫자를 보면 192세대 중 71세대, 즉 37%가 만엔 이하의 수입 밖에 없으며 약 80%는 2만엔 이하의 수입밖에 없다. 일본정부의 1959년도 도시근로세대의 한달 동안의 가계조사에서는 평균 36,873엔이었다. 그 숫자에 겨우 도달하는 세대는 192세대 중 겨우 8세대에 지나지 않았다.

[표7] 재일 조선인의 직업추이

년＼직업	농업	토목	탄광	공업	양돈	일용	실업 대책 사업	중개	상업	무직	그 외
※ 도 일 전	131	1	3						3	25	19
도일후 ~ 1945.8	4	52	79	4	1	2		2	4	34	10
1945.9 ~ 1950	1	69	50	2	9	5		1	12	33	10
1951 ~ 1954		52	38	3	19	9	7	2	21	31	10
1955 ~ 1957		38	28	2	20	14	25	1	20	32	12
1958 ~ 1959.10		36	15	2	21	16	26	1	20	37	18

주: ※에는 일본태생 10세대는 포함되지 않음.
　　「그 외」는 양복업, 운송업, 위생사업, 수세탄업(水洗炭業) 등 『조선문제연구』
　　vol Ⅲ No 3에서

표7은 조사 세대주의 직업 이행상황이다. 이들이 가졌던 전전의 직업은 대부분 광부이며 전후에는 일용직, 실업, 무직이 압도적으로 많다.

[표8] 세대당 총소득

소득 (천엔)	세 대 수		계
	A	B	
~ 10	63	8	71
11 ~ 15	31	16	47
16 ~ 20	29	12	41
21 ~ 25	14	7	21
26 ~ 30	4	3	7
31 ~ 35	1	0	1
36 ~ 40	0	1	1
41 ~	2	1	3
계	144	48	192

주: A는 세대주만이 소득을 가진 세대수, B는 세대주 이외에 소득을 가진 세대수. 출처는 표 7과 동일

이와 같이 재일 조선인들이 빈곤과 더불어 졸업 후 취직에 있어서도 차별의 벽에 부딪쳐 사회적인 절망감을 강하게 느끼고 있을 때 북조선 정부는 재일 조선인에게 취직, 취학 보장, 차별없는 풍요로운 사회에서의 생활을 선전하며 북조선으로 귀국을 호소했다.

█ 북조선 귀환운동 █

1955년 9월에 김일성 주석이 발표한 재일동포 귀국희망자 승낙 성명은 재일 조선인이 품고 있던 「언젠가는 고향에 돌아간다. 일본은 임시 거처다」라는 생각에 불을 지폈다. 재일 조선인은 일본의 패전 후, 당장이라도 조선반도에 있는 고향으로 돌아가려고 했지만 생활기반의 상실로 귀국을 할 수 없게 되었다. 그 후 조선반도의 전쟁으로 더욱 귀국할 기회가 멀어지고 있었던 그들에게 일본에서의 빈곤, 억압, 차별과 결별하여 새로운 국가 건설에 참가하고 싶은 그리고 고향에 가고 싶어하는 소망은 절실했다.

다만 재일 조선인 대다수가 고향을 조선남부에 두고 있어 북조선으로 돌아가는 것에 위화감이 있었다. 그 때문에 고향에 돌아간다 해도 남북의 조선이 통일된 후에 귀국하려는 마음이 강했다. 조선반도의 국가 통일과 새로운 국가 건설은 재일 조선인에게는 귀국문제와 관련된 만큼 통일에 대한 염원은 절실한 것이었다. 그 이유로 이 시기 조선의 통일문제를 적극적으로 호소한 조선총련의 활동은 귀국문제를 포함한 운동이었기 때문에 재일 조선인 사회의 강한 지지를 얻었다.

북조선 정부의 재일 조선인 귀국자 승낙 성명 이후, 조선총련은 적극적으로 귀국운동을 전개해 갔다. 일본정부에 귀국문제, 교육원조금 승낙 문제에 대한 요청서를 제출하고 그 의도를 전달함과 동시에 1956년 4월에는 북조선으로 가는 귀환선 준비를 요청해 일본적십자사 앞에서 농성을 벌였다.

조선총련의 이 운동에 호응하여 1956년 4월에 개최된 조선노동당 제3차 대회에서 김일성 주석은 재일동포학생이 귀국하면 취학이나 의식주에 관한 비용을 일체 무상으로 지급한다고 발표하고 재일 조선인의 귀국열을 북돋았다.

6월에는 자비로 북조선에 귀국하려는 사람들이 도쿄를 출발해 후쿠오카현의 오무타大牟田항구에 가 그곳에서 출국하려고 했지만 수속이 미비하다는 이유로 일본정부로부터 거부당했다. 자비로 자국에 돌아가는 것을 거부당했다는 분노는 강해 그 후 일본정부와의 교섭으로 겨우 승인에 이르러 자비출국 귀국 제 1진이 11월이 되어 모지門司항에서 출항해 23명의 사람들이 돌아갔다. 그때도 북조선과의 직행편이 없었기 때문에 배는 상해에 입항해 그곳에서 철도로 몇 일이나 걸리는 북조선 행이었다.

재일 사람들의 북조선으로의 귀국에 대해 이승만 정권은 「일본정부의 비우호적인 행위」라고 격렬히 비난하고 민단과 함께 북조선 귀국을 허락하지 않도록 일본 정부에 요구했다. 이러한 연유로 귀국문제는 한때 정체되었지만 북조선 측의 강력한 반격으로 사태는 급진전했다.

북조선 측에 있어서 재일 조선인의 귀국문제는 단순한 「동포애」나 「인도주의」와 같은 문제이외에 국내외용의 정책적인 목적이 명확히 있었다.

국내문제로서는 조선전쟁 후 전후 부흥에 동반한 노동력 부족을 보충하는 문제이다. 재일 동포의 귀국호소 이전에 재사할린 동포, 재중국 동포에 대해서도 귀국을 호소하고 있었지만 그 성과는 진척되는 것이 없었다.

더욱이 이 문제는 남북에 수립된 양정권에 대해 정당한 정권의 어필을 조선반도 내외에 행하는 일과 재일 조선인 사회에도 호소할 수 있다는 의도가 있었다. 여기에는 당연히 북조선의 국제적인 위신의 고양이라는 의도가 포함되어 있다.

이와 같은 의도를 갖고 북조선 정부는 조선총련을 이용해 재일 조선인 사회에 귀국열망을 높이고 그 요청을 받아 북조선 정부가 움직인다는 계획적인 정책을 취했다.

1958년 8월, 가나가와현 가와사키川崎시의 조선인 집단 거주지에서 조선총련계의 사람들이 집회를 열어 김일성 주석에게 귀국을 호소하는 편지를 보냈다. 그 편지에 응하는 형식으로 김일성 주석은 다시 「조국에 돌아오기를 희망하는 사람들은 언제라도 환영한다」고 성명을 발표했다. 조선총련은 이 성명을 받아 일본 각지에서 각종 집회를 개최해 일본 정부에 대해 귀국 요청운동을 전개했다.

이와 같은 총련계 사람들의 운동에 대해서 일본정부는 귀국운동은 북조선 정부의 지시에 의한 것이라는 이유로 도도부현 지사에게 그 운동에 타협하지 않도록 통지문을 보냈다.

북조선 정부는 조국 귀국의 자유를 일본 정부가 빼앗고 있다며 일본정부의 인권 침해사건으로서 강하게 비난했다. 비난을 하는 한편 귀국 현실에 관련하여 여러 가지 제안을 하였다. 이들 제안 중 일본정부가 강한 관심을 보인 것은 주로 경제적인 부담 문제였다.

하나는, 재일 조선인들의 귀국에 필요한 경비는 북조선 정부가 부담한다는 제안이다. 또 하나는, 귀국하는 재일동포의 대일청구권을 모두 포기하고 「배상」은 요구하지 않겠다는 제안이었다. 게다가 일본이 받아들이기 쉽도록 귀국문제는 재일 조선인들의 모국애에 의한 「순수한 인도상의 문제」라고 한 것이다.

일본정부는 경비부담이 적은 것과 이승만 정권과의 한일회담에서 한국 측이 꺼낸 재일 조선인에 대한 「배상」요구에 강하게 반발하고 있었던 탓에 이러한 북조선의 제안에 마음이 움직였다. 더욱이 이후 일본의 사회문제로서 심각화가 예상되는 조선인 실업, 차별문제를 감소할 수 있다는 생각도 있었다. 그러한 일본의 여론은 인도주의를 주장하는 북조선 측에 압도적으로 유리하게 작용했다.

1959년 2월 일본정부는 국내 여론을 역으로 이용해 「인도주의 입장에서 귀환을 허가한다」고 하고 「각의 양해사항」으로서 한국

정부에도 통고했다.

일본 정부의 「각의 양해사항」에서는 적십자사가 귀국하려는 사람의 의사를 확인하고 적십자 국제위원회가 협력한다. 그리고 일본 측이 귀국을 위한 배를 준비하지 않는다는 것을 조건으로 하고 있었기 때문에 4월부터 6월에 걸쳐 일본과 북조선의 적십자사간의 협의가 이루어져 적십자 국제위원회는 양국의 적십자사가 합의한 경우에 한에서 원조하는 것에 동의했다. 그리고 8월에 인도의 켈커타에서 열린 회담에서 합의가 이루어져 조인되었다.

이승만 정권은 이조인으로 인해 대한민국 정부가 조선반도에서 유일 정당한 정부라는 주장이 일본정부에 의해 부인되었다고 하며 교섭기간 중에도 맹렬히 반발했다. 합의문서가 조인되었다는 것을 알고 무력을 행사해서라도 재일 조선인의 북조선 귀환을 저지하겠다고 말하고 민단도 반대를 표명해 행동으로 나섰다.

반대운동을 하고 있던 민단의 데모대가 일본 적십자사에 난입하는 사건도 일어나 귀환문제를 둘러싸고 재일 조선인의 좌우대립은 격화되었다.

12월에는 일본 적십자사가 귀환자 사무를 다루기 위해 세운 일본 적십자사 귀국센타의 폭파를 계획한 민단원이 체포되는 사건도 일어났다. 그러나 엄중한 경비태세아래 1959년 12월 제1차 북조선 귀환선은 무사히 니가타新潟항을 출항했다. 그리고 1984년까지 약 93,000명의 재일 조선인이 북조선으로 돌아갔다.

그러나 귀환 희망자가 많았던 것은 표 9에서도 판명되듯이 1962

열광적인 배웅과 함께 니가타항을 출발하는 제1차 귀환선

[표9] 년도별 북조선으로 귀국한 수

년 도	귀국한 수	년 도	귀국한 수
1959	2,942	1967	1,831
1960	49,036	1971	1,318
1961	22,801	1972	1,002
1962	3,495	1973	704
1963	2,567	1974	470
1964	1,822	1975	379
1965	2,255	1976	256
1966	1,860	1977	180

주: 1968~1970은 귀국사업이 일시 중단 / 일본적십자 자료로부터 작성

재일 한국인
백년사

년 무렵까지였다. 북조선 사회의 생활이 귀국할 때 꿈꾸었던 풍요롭고 차별 없는 자유로운 생활과는 매우 다르다는 것이 밝혀졌기 때문이다.

이 북조선 귀환 운동과 그 실현은 그 후 재일 조선인 사회에 많은 영향을 주었다. 특히 조선총련계 사람들에게 준 영향은 아이러니하게도 일본사회에서의 정착의 계기와 촉진으로 나타났다. 북조선 귀국으로 조선총련계 사람들이 알게 된 것은 그 곳에서의 곤란한 생활과 오랜 일본 생활로 인한 생활, 문화, 감각 등에서 나타난 현지 사람들과의 현저한 차이였다. 조선총련계 사람들은 귀국사업을 통해 재일 조선인이 일본에서 정착해 생활할 수 있는 길을 새롭게 모색하기 시작했다.

조선총련조직에도 변화가 일어났다. 귀국사업이 행해진 결과 조선총련조직은 북조선 정부의 직접적인 지시, 명령 하에 놓여 재일 조선인들의 자주적인 조직에서 정부의 말단조직화 되어갔다. 귀국선이 매달 니가타에 입항하게 되면 북조선 정부 관계자가 조선총련간부를 그곳에 불러 직접 지시, 명령하는 것이 가능해졌기 때문이다.

민단은 이미 한국정부의 말단기관화 되어 있었기 때문에 재일 조선인 사회의 남북쌍방 단체의 대립은 직접 본국정부의 대리전으로 변해갔다.

▌박정희 정권의 탄생과
   한일회담 타결 ▌

「귀국」이라는 재일 조선인 사회에 있어 「대의」를 이룬 조선총련의 위신과 신뢰도는 북조선 귀환운동이 실현되었을 때 재일 조선인 사회에서 급속도록 높아졌다.

이와는 대조적으로 북조선 귀환에 반대하며 실력행사로 나온 민단에 대한 비판, 실망감은 높아지고 있었다. 민단은 구체적인 귀국요구나 민족권, 생활권 관련 등 재일 조선인 사회에 이익이 되는 제안을 하지 않고 이승만 정권과 일체가 되어 단지 반공만을 소리 높여 주장했기 때문에 일부의 반공주의자를 제외하고는 재일 조선인 사회의 지지를 얻을 수 없었다.

이와 더불어 이승만 정권의 독재와 부패는 날로 심해갔으며 게다가 한국 경제의 혼란과 사람들의 생활고도 심해져 민단간부 중에서도 비판이 속출하고 있었다. 1959년 6월 민단 중앙 총본부는 이승만 정권에 대한 불신결의를 행했다.

1960년 3월 한국의 대통령, 부대통령 선거에서 이승만 대통령은 대대적인 부정 투표를 지시하고 실행하여 이에 분노한 국민, 특히 청년과 학생의 대규모적인 데모가 서울, 부산 등 한국 각지에서 일어났다. 4월 19일 이승만 대통령의 지시로 데모대에 발포하여 학생 115명이 사망한 사건을 계기로 한국전국에서 항의운동이 전개되어 이승만 정권은 붕괴했다.

이 한국의 대혼란기에 재일 조선인의 귀국운동, 민족교육, 생존권 문제 등에서 적극적인 활동을 전개해 사기가 높아진 조선총련은 북조선 정부와 연계해 북조선 정부 주도하의 조선통일 방침을 세워 재일 조선인 사회에서 강하게 활동했다. 민단계 인사들 사이에서도 이승만 정권의 독재, 부패, 전망 없는 신통일 국가 수립방침에 대한 혐오감이 높아지고 있었기 때문에 강렬한 반공주의자를 제외하고는 조선통일안에 찬성의 뜻을 보이는 사람들도 많아지고 있었다.

한국 내에서도 북조선 정부의 조선통일안에 학생, 지식인의 관심이 높아져 통일문제로 북조선 정부와 교섭을 요구하는 국민의 소리가 높아졌다. 이승만 정권 붕괴후에 수립된 장면 정권은 국민의 소리를 받아들이는 자세를 보이기 시작했다.

이와 같은 북조선 정부주도의 조선반도 통일안에 사람들의 관심이 높아져 가고 있는 것에 강한 위기감을 느낀 것은 미국과 한국의 반공세력 특히 군부였다. 한국 군부는 미국의 지지아래 1961년 5월 군사 쿠테타를 일으켜 문민정부로부터 정권을 탈취했다.

한국을 지배한 군사정권은 강렬한 반공노선을 추진해 모든 민주적인 세력을 엄격히 탄압해갔다.

재일 조선인 사회에서 조선총련은 군사정권을 격렬하게 비판하며 규탄했다. 민단계 사람들 중에도 군사정권을 비난하는 사람들이 많았다. 청년, 학생들 중에는 이승만 정권을 타도한 한국의 청년, 학생과 연대감이 강했으며, 그러한 의식의 반영으로서 군사정권에 반대하는 소리가 높아져 1961년 7월 재일 한국청년동맹은 군사정권에 반대하는 성명을 발표했다.

반공노선을 지지하는 민단 주류는 군사정권 지지를 명확히 하고 군사정권을 비판하는 민단계 청년, 학생들을 엄격히 처분했다.

한국에 성립한 군사정권은 재일 조선인의 군사정권 반대 소리를 의식하고 이승만 시대처럼 재일 조선인을 대일교섭의 수단으로 사용해서는, 그리고 아무런 구체적인 지원 행동을 취하지 않고서는 그 지지를 얻는 일이 곤란하다는 인식과 함께 몇 개의 정책을 발표했다.

그에 대한 첫 번째 정책으로, 조선총련계와 비교해 민단계가 압도적으로 약했던 민족교육 등을 지원하기 위해 민단계 교육기관에 한국에서 교사를 파견하거나 재일 조선인 자제의 본국 유학의 지원 등을 약속하고 실시했다. 또한 민단조직의 강화를 위해 본국에서 민단 직원을 파견하고 민단 간부를 한국에 초대해 교육하는 등 재일 조선인의 이익과 권익을 옹호할 것을 약속하고 그 보답으로서 민단조직에 대한 통제, 감독을 강화했다.

전후 이 시대까지 재일 조선인 사회는 사상의 차이 등으로 대립하고 항쟁을 반복해 왔지만 재일 조선인에 대한 일본 정부의 억압책에는 기본적으로 힘을 모아 항거하는 자세가 있었다.

그러나 이 시기부터는 기존의 단체에서 이와 같은 자세는 거의 보이지 않게 되고 남북 정권의 정책 수행이 가장 중요시 되어 정책에 대한 찬성, 반대가 운동의 중심적인 과제가 되어갔다. 재일 조선인 사회의 문제, 예를 들면 생존권 문제 등은 경시되고 운동의 주요 문제로서 활동이 전개되는 일도 적어졌다.

한일국교 정상화의 파문

쿠데타로 정권을 잡은 한국 군부는 박정희 정권을 수립했지만 긴급한 정부의 최우선 과제가 두 가지 있었다. 하나는 반공진영의 최전선에 위치한 입장으로서 미국의 의향에 입각해 반공 군사체제를 국내에서 철저히 하는 일이며, 두 번째는 황폐한 국내 경제의 재건과 국민생활의 안정이다.

이 두 가지 긴급과제 해결을 위한 키포인트가 한일국교 정상화였다.

한국에 반공군사 정권이 탄생한 것에 북조선 정부는 강한 위기감을 느꼈다. 제2차 조선전쟁 발발을 예측하고 사회주의 여러 국가와의 군사협력 관계 강화를 도모하여 1961년 7월 6일 소련과 「한·소 우호 협조 및 상호원조에 관한 조약」을 체결하고, 5일후에는 중국과도 같은 조약을 체결했다. 이 조약은 군사동맹을 위한 조약으로 조약 체결국 중 어느 한쪽이 교전했을 때 다른 쪽이 참전하는 것으로 되어 있다.

이 북조선의 움직임은 대립진영인 한·일·미를 자극해 미국정부는 「조·중」조약이 체결된 15일 후에 박정희 정권에 대한 원조와 지원을 약속하고 한국의 동요를 막고 동시에 한·일·미의 반공 동맹 강화의 움직임을 강화했다. 이 때문에도 한일 국교 정상화의 필요성 인식이 높아져 단절되었던 한일회담이 재개되었다.

한일 회담은 전술한 것처럼 이승만 정권 시대인 1952년 2월에 제1차 회담이 열리고 그 후 제5차 회담까지 결렬되고 재개되는 과정을 거쳐왔다. 1961년 10월 박정희 정권아래 제6차 회담이 열렸지만 회담석상에서 일본 정부가 조선 식민지 지배의 침략성을 인정하고 사죄할 것을 거부하여 한국내에 격렬한 한일회담 반대 운동이 전개되었다. 그 때문에 1964년 4월 박정희 정권은 한일회담 중지를 발표하지 않을 수 없게 되었다.

그러나 한일회담 타결을 희망하고 있던 박정권은 1964년 6월 3일 한국전국에 비상계엄령을 발표해 한일회담에 반대하는 한국사람들을 힘으로 누르고 1964년 6월 11일 제7차 한일회담을 개최했다.

제1차 한일회담에서 제6차 한일 회담 동안 회담 때마다 최대의 문제, 대립점이 된 것은 쌍방의 식민지 지배에 대한 인식의 차이였다.

일본은 식민지 지배에 대한 반성의 자세나 조선인을 억압했다는 인식이 없을 뿐만 아니라 역대 일본 측 대표인 구보타 칸타로久保田貫太郎, 사와다 렌조沢田廉三 등은 「일본의 조선통치는 조선인에게 은혜를 베풀었다」는 망언을 해 한국 측의 반발과 격렬한 항의를 사 회담은 또다시 결렬되었다. 그 후 일본 정부는 그와 같은 발언을 철회하여 회담은 재개되었지만 그 후에도 같은 내용의 발언이 계속되어 회담은 결렬되었다.

한일조약 조인식

1964년 6월에 재개된 제7차 한일회담에서도 일본 측 대표인 다카스기 신이치高杉晉一는 기자회견 석상에서 「일본은 조선을 지배했지만 일본은 좋은 일을 했다」고 발언했다. 남북의 조선인은 이 발언을 「폭언」「망언」으로 격렬히 반발했다. 재일 조선인 사회도 비난의 소리를 높였다.

그러나 무엇보다도 한·일 국교 정상화를 정권유지의 최우선 과제로 여겼던 박정희 정권은 이 발언을 유감으로 여기면서도 지금까지처럼 회담을 결렬시키지 않고 오직 타결하기에만 급급했다.

그 목적은 동아시아 반공진영의 강화와 한국의 반공군사정권의 안정화, 「무상공여」3억 달러, 「유상공여」(정부차관) 2억 달러, 상업차관 3억 달러 이상이라는 국내 경제지원에 절대적으로 필요한 자금 때문이었다. 박정희 정권은 한·일 역사인식의 차이를 뒷전으로 한채 미래를 생각한 양국의 관계개선을 위한 기반을 구축하는 일 등은 전혀 고려하지 않고, 또한 재일 조선인 문제도 많은 문제점을 남긴 채로 1965년 6월에 「한일기본조약 및 제협정」에 조인했다.

그 때 회담타결을 서두른 나머지 애매모호하게 된 문제가 오늘날에 이르기까지 여러 문제를 일으켜 한·일의 국민감정을 자극하여 「반일」과 「혐한嫌韓」의 씨가 되어 있다.

한일회담에서 재일 조선인의 문제는 「재일 한국인의 법적지위 및 대우협정」으로서 타결되었다. 한일회담에서는 박정희 정권도 이승만 정권과 마찬가지로 재일 조선인 문제를 외교교섭의 수단으로서 이용해 재일 조선인이 안고 있는 여러 문제를 진지하게 해결하려고 노력하지 않았다. 단지 본 조약의 타결을 위해 임시방편적인 태도로 약간의 요구를 하고 그들 중 몇 개를 일본정부에 인정하게 함으로써 타협했다.

이 협정으로 인해 재일 한국인은 일반 외국인과 약간의 다른 차이를 인정받았다. 예를 들면 「국민건강보험」의 가입이 인정된다든가 국외강제 퇴거사유가 일반 외국인은 징역 1년을 넘는 형사처벌을 받는 자에게 적용되었지만, 재일 한국인의 협정 영주자에게는 징역 7년을 넘는 자에게 적용된다든가 하는 「은혜」였다.

하지만 그것은 재일 조선인 전원을 대상으로 한 것은 아니었다. 「대한민국」 국민으로 인정되어, 외국인 등록증의 국적란에 「한국」으로 기재하여 일본정부에 영주신청을 한 사람한테만 주는 「은혜」였다. 이것은 결과적으로 재일 조선인 사회의 남북 분단과 대립격화를 도와 준 것으로 조선 국적인 사람들의 분단책으로서 이용되었다.

이와 같은 미미한 「은혜」였지만 일본에서 그동안 법제도적으로 권리가 없는 상태에서 얻은 「권리」였기 때문에 한국 정부와 민단 조직의 「한국적」으로의 변경촉진 운동과 그것을 지원하는 일본정부의 방침으로 영주권 신청 마감시점에서는 「조선적」에서 「한국적」으로 전환하는 사람들도 많아 재일 조선인 사회의 「한국적」과 「조선적」 비율은 거의 반반이 되었다.

그러나 오히려 이 협정이 체결됨으로써 재일 조선인에 대한 권리의 개선은 보이지 않고 분야에 따라서는 악화되는 상황이 발생하였다.

예를 들면 민족교육 분야이다. 민족교육은 재일 조선인 사회가 강한 의지로 충실한 교육에 힘을 쏟아온 「민족권」에 속한 것이었지만 「재일 한국인의 법적 지위 및 대우협정」에서는 일본 정부에 아무런 보장도 요구하고 있지 않았다.

한일 조약이 체결된 해 일본 문부성은 「문관 310호」통지문을 발표했다. 오사카 등 재일 조선인 밀집지역에서 실시되고 있던 일본의 공립학교 내에서의 재일 조선인 학생을 대상으로 한 민족적인 교육(민족학급)은 할 필가 없으며 또한 각종학교로서 조선인 학교도 인가해서는 안 된다는 취지의 통보였다.

일본의 공립학교내에 설치된 민족학급은 공립학교에 다니는 재일 조선인 학생들에게 방과 후 민족적 교육 예를 들면 조선어, 조선의 역사 등을 가르치는 장으로서 재일 조선인 민족학교가 폐쇄되었을때 그것을 대신하여 재일 조선인이 피를 흘리며 확보한 민족교육의 장이었다.

또한 통고 후에 「문초재文初財 46호」통지가 문부성에서 발표되었는데 재일 조선인 학생에게는 일본인과 같은 교육을 하도록 지도하고 있다. 일본인과 같은 교육이란 재일 조선인 입장에서 말하면 동화교육이다. 그 동화교육을 부정한 민족교육을 요구해 왔는데 한일 조약 체결 후 일본 문부성은 동화교육의 추진을 통보로서 발표한 것이다.

「지위협정」에서 재일 조선인 학생의 민족교육에 대한 보장, 보호 요구가 없고 협정에서 조문화되지 않았던 것이 이와 같은 통보가 되어 나타난 것이다. 「동화교육」의 추진과 표리일체의 관계에 있는 민족학교의 억압을 목적으로 1966년 일본 정부는 「외국인학교법안」을 국회에 제출했지만 내외에 심한 반대운동이 일어나 폐안이 되었다.

「지위협정」에서 민족권을 확보하기 위한 조항이 빠져있었는데 재일 조선인의 생존권을 보장하기 위한 조치도 거의 실려 있지 않았다.

예를 들면 취직차별이나 국민금융공고, 주택금융공고 등 정부계 금융기관으로부터의 융자문제, 공적 주택의 입거문제 등 「국적조항」이 적용되는 일상생활상의 제한이나 배제 등에 관해서는 아무런 조치도 취하지 않았다. 이것은 한일 회담을 추진한 박정희 정권이 재일 조선인 문제에 대해 거의 아무것도 모르고 관심도 없었으며 이해가 없었던 것과 한국정부의 외교 교섭이 무능한 결과이기도 했다.

재일 조선인은 그 후 일본 정부를 상대로 박정희 정권에 의해 맺어진 「지위협정」의 여러 부족한 부분을 자신들의 힘으로 획득해 가는 힘든 운동을 전개해 갔다.

▌일본 정착을 위한
   정보 ▌

1950년대 재일 조선인의 생활에서 기술했듯이 전후 재일 조선인의 생활은 빈곤과 차별로 절망적인 상태였다. 이런 상황에서 북조선 정부가 조국에서의 풍요롭고 자유로운 그리고 차별 없는 사회 생활을 약속하며 「귀국」을 장려했다.

조선총련은 조직의 전력을 다해 「지상의 낙원」, 「모두가 행복한 조국에서의 생활」을 호소하며 북조선 귀환을 장려했다. 그 호소에 부응하여 초기에 귀국한 사람들은 북조선 정부의 특별대우를 받고 감격하고 흥분해 일본의 가족과 지인들에게 편지를 보냈는데 그것들을 조선총련의 기관지나 잡지에서 대대적으로 다루어 더욱 귀국열을 부추겼다.

그러나 귀국한 사람이 증가하여 1년이 지나자 귀국한 전원에게 그와 같은 특별대우를 할 수 없게 되어 대우는 보통이 되었다. 그 때가 되어서 귀국한 사람들은 북조선 민중의 생활에 조선전쟁의 상처가 생생하고 일본 민중의 생활보다도 훨씬 가난하다는 것을 알게 되었다. 게다가 사회주의 국가 통제의 엄격함과 자유가 없음을 통감했다. 더 나아가 북조선 사회에서의 "차별"에 직면하여 실망감이 더해 갔다. 그러나 그 실정은 좀처럼 일본에는 전해지지 않았다. 일본정부가 북조선과의 왕래를 엄격히 금하고 있었기 때문이다.

더구나 귀국한 사람은 일본의 가족이나 지인들에게 그에 관한 것을 편지로 솔직하게 말할 수 가 없었다. 만약 자칫 잘못하면 편지에 쓴 북조선의 실정이 검열에서 적발 돼 당국에 전달되면 「스파이」 취급을 당해 강제 수용소에 보내지는 위험이 있었기 때문이다.

그러나 귀국한 사람들은 가족이나 친척들에게 여러 방법으로 귀국하지 않도록 전하였다. 예를 들면 오사카에서 귀국한 사람은 「북조선의 거리와 사람들의 생활은 가마가사키釜ヶ崎 사람들의 생활처럼 멋지고 풍요로우며 거리도 아름다운 거리이다」라고 써 자신들의 생활상태를 알리려고 했다. 이와 같은 일로 점점 북조선 생활의 일면이 드러남에 따라 귀국 희망자는 급격히 감소해갔다. 그렇지만 1972년 당시까지는 표 8에서도 나타난 것처럼 년간 1,000명을 넘는 사람이 북조선으로 귀국했다.

1970년대 후반이 되면 귀국하는 사람은 거의 전무에 가깝게 된다. 그것은 그 시기부터 일본정부가 재일 조선인의 친족방문을 비교적 간단하게 허가하게 되면서 그에 따라 북조선 사회의 현실을 재일 조선인들이 직접, 보고 들을 수 있게 되었기 때문이다. 북조선을 방문한 사람들은 「그곳에는 돌아갈 수 없다」는 인식이 강해졌다.

1976년 무렵 북조선의 친족을 방문한 내 지인도 언젠가는 귀국한다며 조선총련의 분회활동도 열심히 하고 총련에 많은 돈을 기부하기도 했다. 그런데 친족방문에서 일본에 돌아온 후 총련의 활동에는 거의 얼굴을 나타내지 않게 되었으며 귀국할거라며 그다지 열심히 하지 않았던 가업에 오히려 힘쓰게 되었다. 그와 같은 이야기가 총련계 사회에 퍼진 것도 이 무렵이다.

북조선은 돌아갈 곳이 아니라고 실감했을 때 그것은 필연적으로 일본에서의 정착을 강하게 인식시키는 계기가 되었다. 이와 같이 재일 조선인 사회에 정착지향의 사고를 실질적으로 지지하게 된 것은 일본의 고도경제성장이다. 지금까지 일본 최하층에서 취직난, 실업난에 허덕이고 있었던 재일 조선인에게도 일본사회의 경제적 번영의 혜택이 침투되어 생활의 안정이 가능해졌다.

어쩌면 일본의 고도경제성장이야말로 재일 조선인의 정주화를 결정한 최대의 요인이었다고도 말할 수 있다.

정주와 공생 III

21세기 사회

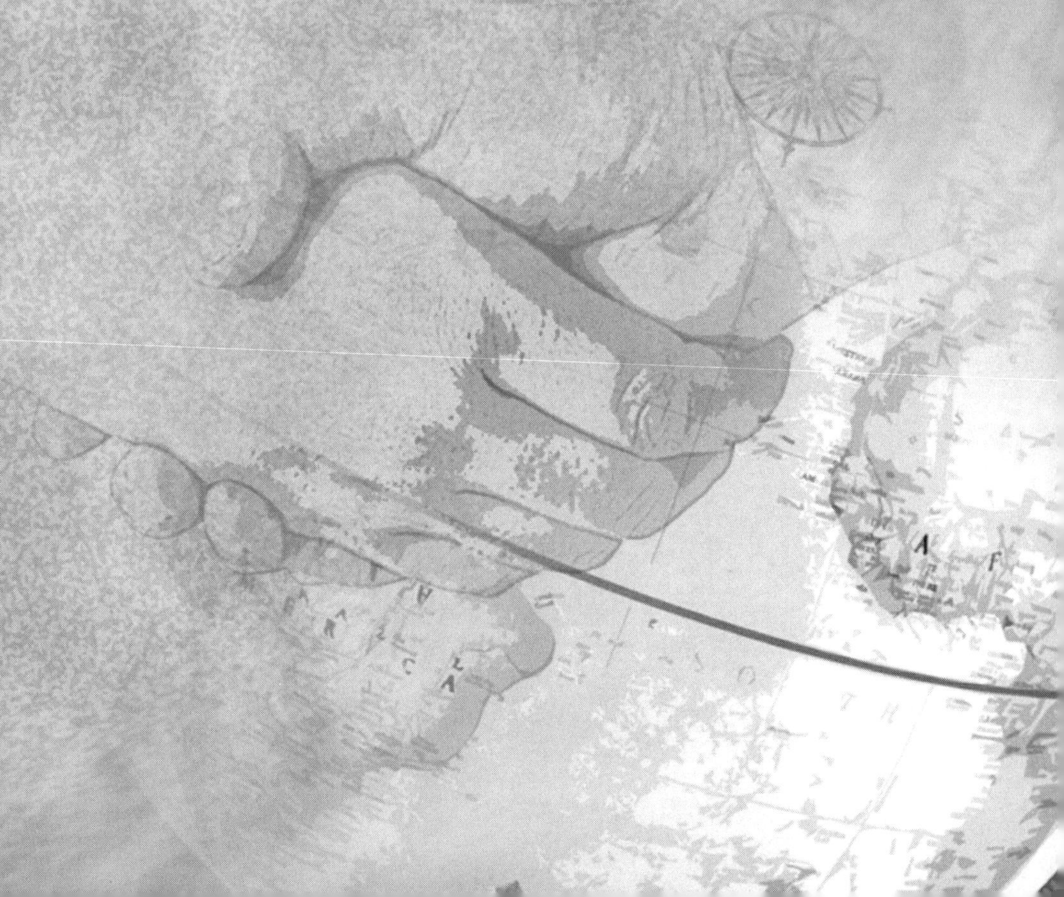

재 일 한 국 인 백 년 사

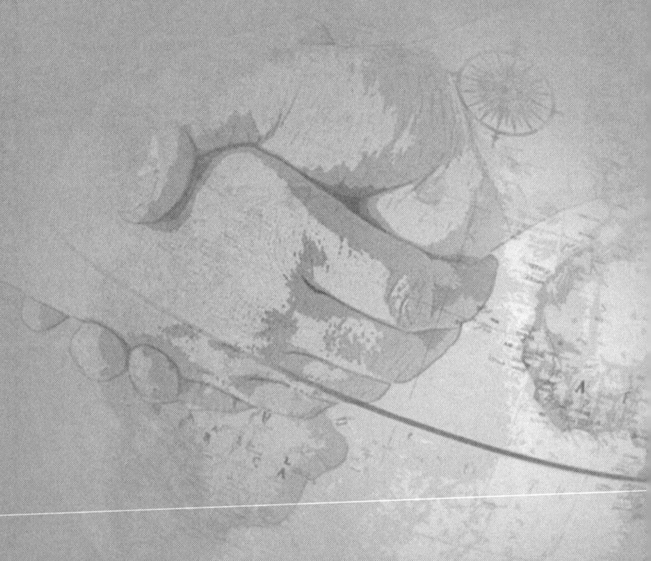

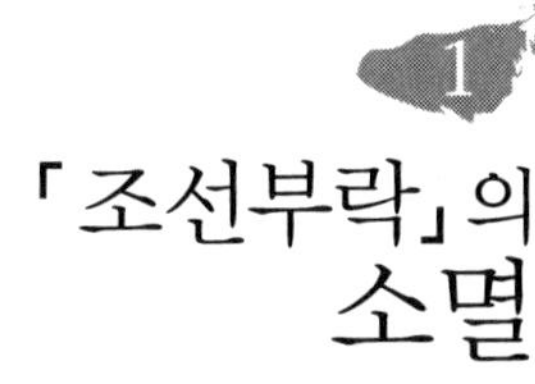

「조선부락」의
소멸

요코하마橫浜시
미야가와宮川마을을 방문하고

본서를 집필하던 어느 날 마음먹고 자택에서 30분정도 거리에 있는 요코하마시 미야가와 마을을 방문했다.

미야가와 마을은 본서 55페이지 「『조선부락』의 탄생」의 항목에서 기술했듯이 관동關東지방에서 가장 오래된 곳으로 1924년에 형성된 「조선부락」이 있었다고 전해지고 있다. 1935년에는 45가구 230명의 조선인이 임시 오두막집을 세워 생활하고 있었다고 요코하마시의 조사보고서에 기재되어 있다.

자택에서 매우 가까운 곳에 이와 같은 「조선부락」이 있다고는 들은 적이 없었다. 본서 집필 중에도 마음에 걸려 1960년대에 요코하마의 조선학교에서 교편을 잡고 있었던 동료에게 미야가와 마을에서 통학했던 학생이 있었는가 물어 보았지만 기억이 없다고 한다.

요코하마의 민족단체 간부에게도 전화를 해 미야가와 마을에 살았던 조선인의 유무를 물어본즉 「그 부근에는 지금은 동포는 살고 있지 않을 것이다. 전후 한때 동포가 살았다는 이야기는 들은 적이 있지만 그 부근의 사정을 알고 있는 노인들은 모두 사망해서 알고 있는 사람은 없을 것이다」라는 답이었다.

구청을 방문해 외국인 등록계에 미야가와 마을에 외국인이 살고 있었는가를 물어본즉 그와 같은 통계는 없다며 설령 있다해도 프라이버시 침해가 되기 때문에 대답할 수 없다고 한다. 어느 마을에 외국인이 몇 명 살고 있는가를 공표하는 것이 어떻게 해서 프라이버시 침해가 되는지 이해하기 힘들지만 그것을 이유로 대답하지 않았다. 구청에서 받은 「중구의 개략-1997」에는 미야가와 마을에는 모두 441세대, 737명이 살고 있었다는 숫자통계가 있었다.

미야가와 마을을 방문해 보았다.

JR네기시根岸선, 도큐도요코東急東横선의 사쿠라기桜木마을 역에서 걸어서 5분이다. 요코하마의 서민의 번화가인 노게野毛와 일대가 유흥가인 후쿠토미福富마을에 인접한 지역에 미야가와 마을이 있다. 1922년에 조선인 토공들이 재 설치공사를 했다고 하는 미야가와 다리 바로 옆이다. 주위 200미터 사방의 마을에 들어가 보고

깜짝 놀랐다. 좁은 도로를 끼고 매춘업소, 러브호텔, 풍속風俗 영업점, 선술집, 유흥주점이 빼곡히 들어서 서민적이면서도 외설적인 냄새가 넘쳐나는 거리였다.

아무래도 보통의 서민생활이 이루어지는 지역은 아닌 것 같다.

노게는 전쟁 후 큰 암시장이 열려 그곳을 상대로 서민적인 음식점 거리가 형성되어 발전되었는데 인접해 있던 미야가와 마을도 그 분위기에 휩쓸려 환락가로 변모해 갔던 것이다. 그러나 미야가와 마을의 주민이었던 조선인이 이들 가게를 경영한 흔적은 없다. 주거지인 임시 오두막집을 처분하고 다른 곳으로 전출해 갔던 것일까?

미야가와 마을은 일찍이 조선인이 거주했던 불편하고 열악한 환경이었지만 교통조건의 변화와 치수사업의 완성, 마을 발전 등으로 「조선부락」이 소멸한 예일 것이다. 이와 같은 사례를 포함해 현재 「조선부락」의 대부분은 소멸되었다.

전후 1960년대 무렵까지 일본각지에는 많은 「조선부락」이 여기저기에 흩어져 있었다. 내가 학생이었을 때 조선대학교에서는 여름방학을 이용해 각지의 조선인 거주지에서 「하기夏期공작」이라는 일종의 문화계몽 활동을 했다. 「조선부락」의 아이들을 모아놓고 조선어나 조선사 등을 들려주었던 것이다.

그 시절 「조선부락」 사람들은 우리들을 따뜻하게 맞아 주었는데 우리들이 머물렀던 가옥은 허술했다. 하천부지 같은 곳에 있었던 가옥들도 많았다. 장소에 따라서는 수도나 전기가 정식으로 인정되지 않아 비싼 요금을 지불하고 일본인 민가에서 빌려 쓰는 경우도 있었다. 이들 「조선부락」은 주변 일본인으로부터는 다른 세계처럼 특수하게 비춰져 교류는 전혀 없었다. 「조선부락」을 보는 일본인은 멸시와 혐오의 감정을 느꼈던 것이다.

「조선부락」에서 「코리아 타운」으로

「조선부락」은 그 성립과정에서 크게 두 가지로 나눌 수 있다.

하나는 일본인 지주가 셋집이나 공동주택을 지었지만 환경이 열악해, 예를 들면 큰비가 오면 반드시 침수되는 지역(오사카, 이카이노猪飼野) 이나 쓰레기장 근처나 매립지(도쿄, 후카가와 에다가와枝川마을)같은 조선인 밖에 살지 않았던 「합법적」인 「조선부락」이다.

또 하나는 전쟁 전 이주했지만 주거를 빌릴 수 없고 살 곳이 없어 하천부지 등의 국유지에 몇 명이 임시 오두막집을 짓고 살기 시작한 것이 점점 커져 형성 된 불법 점거적인 「조선부락」이다.

1960년대 무렵부터 조금씩 사라져 간 것은 후자, 불법 점거적인 장소의 「조선부락」이었다. 일본 경제는 「조선전쟁특수」로 체력을 다져 1955년 무렵부터 고도 성장기에 들어갔는데 이케다池田 내각이 성립한 1960년 무렵부터 정책적인 후원을 받아 발전했다.

경제 발전에 따라 전후 오랜 기간 실업상태가 계속된 재일 조선인들에게도 일할 기회가 늘어나고 생활상태도 개선되었다. 그에 따라 생활환경이 열악한 「조선부락」에서 빠져 나오는 사람들이 조금씩 늘고, 또 1959년에 시작된 북조선 귀환사업으로 돌아가는 사람들도 있어 「조선부락」의 규모는 작아졌다.

또한 고도경제 성장을 유지하기 위해 대규모적인 공공투자로 하천부지 개수공사가 진행되었다. 하천부지에 있는 「조선부락」에 살고 있었던 사람들이 약간의 보상과 함께 제공된 공공주택으로 옮겨가면서 「조선부락」은 소멸해갔다.

또 도시경관이나 구획정비 대상으로 소멸한 「조선부락」도 많았다. 예를 들면 요코스가橫須賀시에서는 15가구 정도의 임시 오두막 집인 「조선부락」이 미군기지 근처에 있었다. 가난하고 지저분한 주택지역은 「일본의 수치」라며 보상금과 대체할 공공주택을 교환 조건으로 내쫓아 소멸되었다. 1970년 무렵의 일이다. 보상금을 받은 사람 중에는 그것을 자본으로 자기 집을 구입하는 사람도 있었다.

빌린 땅이나 셋집을 중심으로 형성된 「조선부락」에서는 전후의 차지차가借地借家법 등이 거주자 보호 입장을 취해 그곳에 사는 조선인들이 정확히 집세를 지불하고 있는 한 쉽게 쫓겨나지 않게 되었다.

일본인은 「조선부락」을 경원했기 때문에 그 거주지는 조선인거 리로서 그대로 보존되었다. 그 지역은 생활환경이 나쁘다고 해 지가도 다른 곳에 비교해 쌌기 때문에 토지를 구입해 자기 집을 건설하는 조선인도 많아졌다. 토지구입과 가옥신축은 일본의 고도 경제성장으로 취직자리가 확보되어 수입이 늘었다는 조건이 있어 가능했다.

1970년대 재일 조선인의 주택사정에 대한 자료는 존재하지 않아 명확하지는 않지만 가나가와현이 1984년 무렵에 행한 재일 조선인의 주택소유에 관한 조사에 의하면 표10과 같은 결과가 된다.

이 통계에서 알 수 있듯이 재일 조선인의 주택 소유 비율은 일본인 보다는 적었지만 그래도 높은 편이다. 공영, 공단 등의 입거율이 낮은 것은 일찍이 「국적조항」을 구실로 재일 조선인의 입거를 인정하지 않았던 영향일 것이다. 전전과 비교하면 1936년 무렵의 재일 가옥의 소유에 대해 「목하, 재경 조선인은 그 수 4만을 헤아리지만 자기 집에 사는 자는 열손가락도 채 못 될 정도…」(「재경조선인 노동자의 현황」도쿄부 사회과, 1936년)라고 기술되어 있어 격세의 감이 있다.

「조선부락」의 소멸은 재일 조선인에게 의식변화를 가져왔다. 「조선부락」에서 생활하는 사람들이 많았던 시절, 그들 지역에는 조선민족의 생활, 풍속, 습관, 문화가 비교적 많이 보존되어 있었다. 하지만 「조선부락」 밖으로 분산해 생활하게 되면서 일본인과 사회생활을 공유함에 따라 민족문화를 보존하는 조건이 급속히 상실되었으며 동화의 속도도 빨라졌다.

조선부락의 붕괴, 소멸과 때를 같이해 재일 조선인 사회도 예전처럼 모두가 가난했던 시절에서 부유한 자와 가난한 자로 계층 분화되었다.

【표10】 가나가와현(神奈川県) 외국인의 주택 소유형태　　(단위 : %)

	외국인	현하(縣下)일반*
총수	100	100
자기집	57.1**	55.7
셋집	41.6	43.8
공영, 공단·공사	4.1	7.1
민영 (아파트 포함)	34.7	30.5
급여 주택	2.8	6.1
그 외·부명(不明)	1.3	0.5

주: *는 「県勢다이제스트 통계로 아는 가나가와 昭和59년판」으로부터.
　　**는 건물만 소유, 공적분양 주택을 포함. 한편 현내 재일 조선인의 자기집
　　비율은 55.9%이다. 「神奈川県内在住 外国人実態調査報告等」에서

재일 한국인
백년사

경제성장에 따라 1960년 무렵부터 사업으로 성공하는 사람도 늘어났다. 1983년 4월 「가나가와현 내 재주 외국인 실태조사」에 의하면 재일 조선인 중 사업을 하는 사람들은 조사 대상자의 29.9%나 되고 그 중 년간 5억엔 이상의 매상을 올리는 사업소는 6%에 달했다고 한다. 파칭코, 토건, 금융 등에 종사하는 사람들 중에는 꽤 많은 재산을 이룬 사람도 나타났다.

이것 또한 고도성장이 가져 온 결과이다. 이러한 재일 조선인 사회의 격차의 증대는 재일 조선인이 다양한 가치관을 갖게 되는 커다란 요인으로 작용했다.

살고 있는 가옥과 토지의 소유권이 확립되고 또한 취직의 기회도 확보되어 나름대로 생활을 할 수 있게 된 조건하에서 일본에서의 정착은 확고하게 됨에 따라 민족문화의 소실이 박차를 가하게 되었다.

현재 아직 남아있는 조선인 밀집지역에서는 그곳에 사는 조선민족의 문화를 살린 마을 「코리아타운」 건축 계획을 일본인과 함께 추진하려는 구상이 구체화되고 있다. 이것은 가옥, 토지의 소유권 확보가 정주라는 조건과 더불어 민족적 정체성을 유지하여 지역사회의 공존, 공영을 도모하려는 공생을 고려한 사고이다.

정착화의 진전과
기존 조직의 영향력 저하

「조선부락」을 소멸시키고 일본 정착을 확고부동하게 만든 최대의 요인은 고도경제 성장이었다고 할 수 있다. 이렇게 재일 조선인 사회에서 정착의식이 강해짐에 따라 지금까지의 재일 조선인 사회에서는 생각할 수 없었던 움직임이 나타났다.

예를 들면 일본 정부가 재일 조선인에게는 인정하지 않았던 공적 금융기관, 주택금융공고 등의 융자자격을 얻으려는 운동이나 공적 주택의 입거자격을 요구하는 운동 등 생활을 지키려는 운동이 전개되었다. 또한 개개인의 인권과 생활권을 지키는 운동으로서 표면화되어 갔다. 박종석 씨의 히타치日立 제작소 취직 차별 반대운동, 김경득 씨의 사법고시 국적조항 철폐운동, 김현동 씨의 국민연금 가입거부에 대한 항의 운동 등이었다.

이들 개개인의 운동은 한일 조약 체결 후 한국과의 왕래가 활발해진 민단계 사람들로부터 시작되었다. 한국방문을 통해 민단계 사람들은 그 밖의 사람들과의 문화적, 감각적, 생활적인 위화감을 느끼고 고국에 돌아 갈 수 없다는 생각이 강해지면서 아직 북조선으로 돌아갈 귀환에 희망을 품고 있던 조선총련계 사람들보다도 빨리 일본에서의 정착의향을 보였다.

1970년에 박종석 씨는 히타치 제작소에 일본식이름으로 입사시험을 보고 합격했지만 재일 조선인이라는 것이 판명된 후 해고되었다. 이것을 취직차별, 인권문제로서 재일 조선인이나 일본의 인권단체, 시민단체 등이 항의운동을 전개한 결과 히타치 제작소는 해고를 취소했다.

김경득 씨는 1976년 사법시험에 합격했지만 일본국적을 갖고 있지 않다는 이유로 사법연수소 입소를 취소당했다. 이것을 국적조항에 의한 차별문제라며 재일 조선인 시민그룹과 일본인 지원자의 항의운동이 일어나 그 후 김경득 씨의 사법연수소 입소가 허가되었다.

국민연금 문제에서도 김현동 씨가 오랫동안 연금을 지불했는데 지급연령때에 일본 국적을 갖고 있지 않다는 이유로 지급이 거절

되었다. 이에 대해 불합리한 조치라고 항의운동이 일어나 그 후 일본 정부는 재일 조선인의 국민연금 가입을 허가하게 되었다.

불완전하나마 이들 운동으로 그 주장이 인정받게 된 것은 재일 조선인 사회의 요구와 일본 시민그룹 예를 들면 일본국 헌법에 보장된 기본적 인권 사상의 일본사회에서의 정착화를 위해 활동한 일본인의 운동 결과였다.

이들 개개인의 운동에 민단이나 총련은 지지는 표명했지만 적극적인 역할을 하지는 않았다. 오히려 이들의 행동은 기존 조직 밖에서 이루어진 운동이었다고 할 수 있다.

▌현실사회와 멀어진 조직 운동▌

재일 조선인 사회에 커다란 영향을 지닌 민단과 총련 양 조직이 본국 정부와의 연결이 강화되어 외국에 파견된 정부기관화 됨에 따라 반공운동과 군사정권 반대투쟁을 최우선 활동으로 하면서 일본에서 생활하는 사람들의 인권, 생존권 등에 대한 대응은 경시되어 갔다.

특히 조선총련은 북조선 정부의 정책 수행에 전력을 다해「남조선 혁명수행」,「조국의 통일」,「주체사상의 확립과 김일성 주석에 대한 충성」 등을 가장 중요한 과제로 삼고 활동을 했는데 그럴수록 재일 조선인이 현실사회에서 직면하고 있는 생활면의 문제와는 매우 유리화된 정치활동이 운동의 중심이 되어 갔다. 이 운동은 재일 조선인이 정주해 일본에서 생활하는 것에 대한 장기적인 전망이 없어 조금씩 대중적인 지지를 잃어 갔다.

민단조직은 박정희 정권의 독재반공노선을 지지하고 대중의 민주적 요구를 무시하는 입장이 되면서 재일 조선인들의 지지를 잃어 갔다.

1970년대 재일 조선인 청년, 학생들이 유학중에 한국에서 체포, 투옥되어 치안당국으로부터 고문을 받는 상황이 전해져도 그 사람들의 구조활동 등을 전혀 하지 않았을 뿐만 아니라 단속을 당연시한 자세에 재일 조선인 사회는 실망했다.

이들 쌍방의 조직은 본국정부의 첨병으로서 본국의 정책을 지지하고 추진했는데 그 최대의 근거는 재일 조선인을 「공화국의 공민」「한국의 거류민」이라고 규정한 것이다. 재일 조선인을 이와 같이 규정 하게 되면 그들은 어차피 본국으로 돌아갈 사람들이기 때문에 본국 정부의 정책을 최우선적으로 추진하는 것이 당연시 되었다. 따라서 오랜 일본 생활에서 일어나는 개개인의 문제는 경시되게 되었다.

그러나 현실사회에서 재일 조선인은 정주화 경향을 강하게 띠면서 귀국지향은 점점 사라지고 있었다. 정주화 지향이 강하면 강해질수록 일상생활에서 나타나는 부조리한 문제에 대한 항의, 저항의 자세는 강해져 철폐활동으로 나타나 일본인과 연대한 활동이 활발해져 갔다.

이시기 1970년대 후반부터 80년대에 걸쳐 재일 조선인 사회의 공통된 생각은 통일된 조국으로의 귀국에서 일본에서의 정주와 일본사회와의 「공생」으로 서서히 변화했다.

이와 같은 구체적인 문제가 1980년대부터 나타난 지방공무원 채용문제, 지문날인 거부문제, 노령자 연금문제, 지방참정권 문제 등이다.

재일 조선인의 인권 운동이 크게 고조된 것은 외국인 등록 증명서에 의무화 된 지문날인에 반대하는 운동이었다. 외국인 등록법에 의한 지문날인은 1955년부터 시행되었는데 시정촌市町村 사무소의 창구에 본인이 출두해 서류에 지문을 찍는 것이 의무화되었다. 위반한 경우에는 「일 년 이하의 징역 또는 금고 혹은 20만엔 이하의 벌금」이 부과되었다.

외국인 등록증의 갱신기간은 3년이었기 때문에 3년마다 관공서에 가 지문을 찍을 때 범죄자가 된 듯한 심리적인 굴욕감을 느끼는 재일 조선인이 많아 모두가 지문날인에 혐오감을 갖고 있었다.

1980년대에 들어와 이 제도를 「인권침해」라 하여 철폐를 요구하며 형사죄를 각오하고 서류에 지문 찍는 것을 거부하며 항의하는 사람들이 증가했다.

초기의 지문날인 거부자는 총련이나 민단의 활동가가 아니라 오히려 이들 조직이나 운동과는 관계가 없는 사람들이었다. 총련도 민단도 지문날인에는 원칙적으로 반대했지만 조직을 내세워 반대운동을 전개하지는 않았다.

그 후 지문날인 반대운동이 일본인, 일본사회를 둘러싸고 크게 고조되기 시작 했을 때 기존 조직은 지문날인 반대 성명을 발표하며 지방자치체의 반대결의를 획득하는 운동 등을 하기 시작했다.

그러나 이들 운동은 일본 정부가 지문날인 철폐를 결단하게 된 원동력과는 거리가 먼 운동이었다. 일본 정부가 지문날인 철폐를 할 수 밖에 없었던 것은 형사처벌을 각오하고 필사적인 저항을 전개한 개개의 재일 조선인과 그것을 지원한 일본의 시민그룹 운동, 그리고 이들의 활동과 주장을 지지하며 지원한 해외의 인권침해 비난에 대한 소리 때문이었다.

지방공무원 채용문제도 1980년 초부터 지방공무원의 국적조항 철폐를 요구하는 운동으로 확대되어 1980년 초에 오사카부의 시청이 기술직 지방공무원을 채용했다. 기존 조직은 이들의 지방공무원 채용요구 운동에도 냉담했으며 조선총련간부는 재일 조선인 청년을 지방 공무원에 채용시킨 것은 민족을 파는 행위라고 비난하는 상황이었다. 식민지 지배를 받았던 시절 일본 정부의 하급관리가 되어 조선인을 억압하는 편에 선 조선인 관리상에서 벗어날 수 없었던 것이다.

1980년대에 들어서자 재일 조선인 사회의 고 연령층의 증가에 따른 노인 복지문제도 중요한 그리고 심각한 문제로 부상되었다. 재일 조선인 사회는 일찍이 식민지 시대에 일본 최하층의 저임금 노동자로서 일본에 건너 온 역사적인 배경이 있어 전전과 전후의 한시기까지 고령자가 매우 적은 인구 구성이었다.

지문날인 거부자가 날인 거부를 선언함

1965년에 65세 이상의 노인 비율은 2.5%(일본인은 6.3%)였지만 1970년에는 3.3%(일본인은 7.1%), 1985년에는 7.1%(일본인 10.3%), 1997년에는 일본인과 거의 같은 비율이 되었다. 이후로도 일본인 사회와 마찬가지로 노인 비율은 점점 높아질 것이다.

1980년대부터 구성비를 높이고 있었던 노인들에게는 의료, 복지, 연금 등에서 「국적조항」이 장해가 되어 일본인과 같은 대우를 받을 수 없는 문제가 발생했다. 시정촌市町村 독자의 노령연금 등도 재일 조선인에게는 지급되지 않는 문제도 일어났다. 이에 대해서도 시민 그룹을 중심으로 활발한 개선운동이 전개되어 많은 성과를 얻었다. 이것들이 재일 조선인의 정주를 전제로 해 전개된 운동인 것은 새삼 말 할 필요도 없다.

1980년대에 들어서면서부터 재일 조선인의 정주지향은 실태조사 등의 숫자에서도 명확히 증명되었다. 1983년 가나가와현 내에 사는 외국인 실태조사 위원회가 실시한 조사에 의하면 조사대상인 866명의 재일 조선인 중 「가능하면 조국에 돌아가고 싶다」고 대답한 사람은 42명으로 비율로 보면 불과 4.7%였다.

이 42명 대부분이 55세 이상의 고령자로 조국에 돌아가고 싶다고 생각한 사람은 노인들 중 망향에 대한 그리움을 가진 사람뿐이라는 통계숫자가 있다.

▌변화하는 결혼관▌

더욱이 조선반도로 돌아 갈 수 없는 상황은 결혼에서도 나타났다. 재일 조선인의 결혼 상대 대부분이 일본인으로 되어 가고 있는 것이다.

1950년대 이전의 재일 조선인의 결혼은 정확한 통계가 없어 추측이지만 80%이상이 동족끼리의 결혼이었던 것 같다. 1960년대는 65% 전후였지만 1970년대에는 50% 비율, 1980년대에는 30%로 동족끼리의 결혼은 소수파로 전락했다.

게다가 1990년대에는 동족끼리의 결혼은 15~17%로 급속도로 그 비율이 떨어져 이제는 드물어지고 있다. 재일 조선인의 결혼을 일본정부 후생성厚生省의 인구동태 통계로 표시하면 표11과 같다.

일찍이 재일 조선인 사회는 일본인과의 결혼을 부정적으로 보고 있었다. 조선민족을 억압한 민족의 사람을 반려자로 맞이하는 것을 동족에 대한 배신행위처럼 생각하는 사람들도 있어 일본인을 반려자로 가진 재일 조선인은 부끄럽게 생각하고 있었다. 또한 일본인도 민족적 멸시로 조선인과 결혼한 일본인을 일본인 사회에서 배척하는 풍조가 있었다. 이러한 풍조에서 벗어나기 위해 조선인과 결혼한 많은 일본인(약2,000명)이 북조선에 신천지를 구해「북조선귀환」때 일본을 떠나갔다.

1960년대 무렵까지 재일 조선인 사회에서 일본인 상대의 연애가 결혼으로 이어질 가능성은 매우 드물었다. 일본인도 마찬가지였다.

[표11] 재일 조선인의 혼인

년도	재일 조선인의 혼인수	재일동포 끼리의 혼인수와 비율
1960	3,524	2,315 (65.7%)
1970	6,892	3,879 (56.3%)
1980	7,255	3,061 (42.2%)
1985	8,627	2,404 (27.9%)
1986	8,303	2,389 (28.8%)
1987	9,088	2,270 (25.0%)
1988	10,015	2,362 (23.6%)
1989	12,676	2,337 (18.4%)
1990	13,934	2,195 (15.8%)
1991	11,677	1,961 (16.8%)
1992	10,242	1,805 (17.6%)
1993	9,648	1,781 (18.4%)
1994	9,181	1,616 (17.6%)
1995	8,898	1,485 (16.6%)

후생성 「인구동태통계」에서

1960년대 중반 재일 조선인 아가씨와 사랑을 했던 일본인 친구가 있었다. 결혼 승낙을 얻으려고 그 부모를 찾아갔지만 이야기도 들어주지 않고 「일본인에게는 딸을 줄 수 없다」며 거절당했다. 그 친구는 「여자의 아버지한테 맞아 죽는 게 아닐까 하고 생각될 정도로 혼났다」며 지금도 당시의 엄했던 상황을 말하고 있다.

결혼에 반대한 이유는 여러 가지 일 것이다. 쌍방의 생활, 풍속, 습관의 차이, 사회적인 가치관, 생활수준의 차이, 그리고 일본사회의 조선인 멸시도 크게 작용했을 것이다. 이런 이유로 1970년 무렵까지 한일간의 「국제결혼」은 이혼율이 높았다고 한다.

그러나 정착화가 촉진되어 재일 조선인 젊은이들에게 민족적인 색채가 없어지고 일본인화 되어 감에 따라 쌍방의 위화감은 없어지고 일상적인 교제를 통해 결혼으로 발전해 갔다. 그것은 재일 조선인의 「동화」가 일본인과의 결혼을 촉진 시켰다고도 할 수 있다. 또한 일찍이 일본인과의 결혼에 맹렬히 반대했던 민족적 색채가 강한 1세들이 나이 들어 손자들의 결혼에 반대할 힘을 잃고 단념한 얼굴로 결혼을 마지못해 인정하게 되었다. 그리고 현재 재일 동포끼리의 결혼은 16%이하이다.

이와 같이 결혼형태로 봐도 재일 조선인의 정주화가 부정할 수 없는 사실이 되어 가고 있는데 그들이 일본사회의 「이류 시민」의 위치에 있는 것도 사실이다. 사회생활에서 여러 차별상황도 그렇지만 그 가계상태가 이것을 무엇보다도 말해주고 있다.

일본의 고도경제 성장의 혜택을 받아 재일 조선인의 가계도 개선되었지만 아직 일본인과 비교하면 낮은 수준이었다.

1983년도의 가나가와현에 사는 외국인 실태조사에 의하면 외국인 상근 근로자(한국, 조선, 그리고 소수의 대만, 중국적인 사람)의 평균 년 수입은 310만 5천엔이고, 가나가와현 내 30인 이상의 사업소에서 일하는 일본인 종업원의 년간 급여 평균수입은 388만 6천엔이었다. 외국인 상근 근로자는 일본인보다 78만 1천엔이 적다는 계산이다.

이들 격차의 시정도 정주하는 재일 조선인에게 있어서는 커다란 과제였다. 이 문제 해결방법으로서 취직차별 철폐운동이나 지방 공무원의 국적조항 철폐운동이 인권문제와 중복되어 전개되었다.

▌총련 · 민단의 쇠퇴 ▌

1980년대 후반부터 재일 조선인 사회에서 현저해진 현상으로 「조직이탈」과 일본 국적취득의 급증이다. 「조직이탈」이란 조선총련, 민단으로부터의 이탈 또는 영향을 받지 않겠다는 사람이 증대한 것을 말한다. 특히 조선총련의 쇠퇴는 심했다.

1960년대 조선총련은 재일 조선인 사회의 빛나는 별이었다. 조국 즉 조선반도의 평화적 통일의 추진자로서 새로운 국가 건설의 꿈을 주어 조국귀환의 실시자, 민주적 민족권리의 옹호자로서 활약해 재일 조선인 사회에 지지자를 증대시켰다.

　그것은 한국의 이승만 정권의 부패와 독재 그 후 박정희 정권의 반공 군사독재, 반민주주주의 정권에 대한 반발과 혐오감으로 북조선 정부와 그것을 지지하는 총련에서 희망을 발견하려는 재일 조선인 사회가 가진 기대의 반영이기도 했다.

　1980년대에 들어와 한국은 대중의 오랜 민주화 투쟁 끝에 국가와 사회의 민주화를 이루었지만 북조선에서는 60년대 후반부터 김일성 독재체제가 강화 되었다. 그 후 김일성, 김정일 부자에 의한 국가권력 세습이 확립되고 개인숭배가 강요되어 반민주 독재국가로 변질되었다.

　그 위에 경제정책 실패로 국가경제는 파탄에 빠져 1990년대 초반부터 식량 위기가 현저화되는 실정이 계속되었다. 재일 조선인은 북조선 정권에 실망하고 결국은 혐오감을 품는 사람도 늘어났다. 북조선 정부의 출연기관인 조선총련은 무비판적으로 북조선 정부의 정책을 지지, 선전하고 있었기 때문에 재일 조선인 대부분은 조선총련 조직에서 떠나갔다.

　그 현저한 예를 조선총련계의 민족교육 실정이 보여주고 있다. 일본패전 직후부터 설립된 재일 조선인학생을 위한 조련계의 학교 수는 1947년 10월에 578개의 학교와 학생 수 62,000명을 넘었다. 그 후 일본정부와 GHQ의 폐쇄명령으로 학생 수도 감소했지만 1959년에 북조선 귀환운동이 실현되자 귀국을 희망하는 재일 조선인은 자녀를 민족학교에 다니게 했다. 1960년 초에 민족교육은 최전성기를 맞이해 학생 수는 7만여 명에 달했다.

그러나 민족교육이 북조선의 지도를 받아 김일성, 김정일에 대한 충성교육으로 변질되어 북조선 정부에 대한 실망감과 그러한 교육은 일본사회에 적용시킬 수 없다는 의식이 강해지면서 재일 조선인은 조선총련계 민족학교에 자녀를 보내지 않게 되었다.

그것은 재일 조선인이 일본사회에서의 정주를 지향한 시기와 일치한다. 조선총련은 학생 수의 통계숫자를 공표하지 않았기 때문에 정확한 학생 총수는 알 수 없지만 내부자료 등의 추측에 의하면 1980년에는 약 31,200명, 1985년에는 약 25,500명, 그리고 1995년에는 약 15,000명으로 급속도로 재학생 수가 감소했다.

이 민족교육, 민족학교의 쇠퇴는 그대로 조선총련 약체화의 증명이기도 했다.

재일 조선인을 대표하는 또 하나의 조직 민단은 박정희, 전두환으로 이어지는 반민주 군사정권의 지도를 받아 그 정책을 지지해왔다. 김영삼 정권의 성립으로 지금까지의 반민주적 자세를 전환하지 않을 수 없게 되어 민주를 외치는 사람이 늘었지만 스스로의 노력과 투쟁으로 얻은 민주화가 아닌 만큼 재일 조선인 사회의 신뢰도는 약했다. 하지만 한국의 민주화에 호감을 보인 재일 조선인의 「한국국적」 취득자도 전체의 4분의 3에까지 도달했다.

한국국적의 사람들이 증가했다 하더라도 그들이 한국내지 민단을 적극적으로 지지해 그 활동에 참가를 한 것은 아니었다. 북조선과 비교해 이미지가 좋다든가 친척이 한국에 많이 있어 방문하고 싶다든가 해외여행을 할 때 한국국적 쪽이 여러 외국에서 입국이

간단하다든가 하는 개인적인 사정으로 한국국적을 선택하는 사람이 많았으며, 자신을 민단원이라고 인식하고 활동하는 사람은 소수에 불과했다.

▌국적선택에 대한 감각의 변화▌

대부분의 재일 조선인은 이들 기존조직의 영향력에서 벗어나 일본의 시민이라는 의식으로 행동하게 되었다. 이와 같은 의식의 확산과 함께 일본국적을 취득하는 사람도 증가했다.

식민지 지배에 대한 해방의식의 반동과 식민지 지배시대의 「친일파」가 적극적으로 「황국황민화」를 추진하여 재일 조선인을 억압하는 편으로 변한 사람도 있어 재일 조선인 사회는 전후 일본국적 취득자를 「민족과 국가를 파는 자」라는 배신자 인상을 가지고 배제하는 자세가 있었다. 나라를 빼앗기고 민족으로서의 긍지를 상처받은 역사 그리고 여전히 일본 정부로부터 부당한 대우를 받고 있는 것에 대한 반발과 반항심이 이와 같은 자세를 취하게 했다고 할 수 있다.

또한 일본국적 취득자를 「동화」와 같은 뜻으로 이해하고 그것을 「은혜」로 여기는 일본 정부의 방침과, 마치 그것을 받아들인 듯이 일본국적 취득자 대부분이 재일사회에서 도피해 동화해 간 것이 이와 같은 논리에 정당성을 제공하고 있다.

이러한 배경에서 재일 조선인 대부분은 일본국적 취득을 희망하지 않았다. 이주의 역사가 100년을 경과해도 그 나라의 국적을 취득하지 않는다는 것은 세계적으로 봐도 극히 드문 사례이다.

현재 재일 조선인과 마찬가지로 식민지 지배시대 혹은 전후에 여러 외국으로 이주한 조선민족의 총수는 약 500만 명에 달하는데 해외이주 조선인의 대부분은 정주국의 국적을 취득하고 있다. 500만 명중 오직 유일하게 일본에 정주한 조선인 대다수만이 정주국의 국적을 취득하고 있지 않은 상황으로 해외에 이주한 조선인 중 극히 특이한 존재이다. 그것은 또한 일본이 극히 특이한 국가, 사회인 것에 대한 증명이기도 하다.

그러나 1980년대 후반부터 재일 조선인의 일본국적 취득에 대한 의식이 변화해 젊은 세대를 중심으로 일본국적 취득에 대한 저항심이 적어졌다. 그것은 재일 조선인의 정주지향의 표현임과 동시에 일본사회의 시민이라는 의식의 반영이기도 하다.

1994년 2월에 「재일본 대한민국 청년회」가 실시한 민단계 청년들의 「재일 한국인 청년 의식조사」에 의하면 조사대상인원 800명 중 일본국적을 취득하고 싶다고 대답한 청년이 213명(27%)에 달했다. 한편, 일본국적이든 한국국적이든 어느 쪽이든 상관없다고 대답한 청년이 231명(29%)이었다. 이들 숫자는 일본국적 취득희망자가 증가하고 있는 것을 보여주는데 종래와 마찬가지로 희망하지 않는 사람이 다수파를 형성하고 있는 것도 알 수 있다.

통계가 존재하지 않아 숫자로 명확히 나타낼 수 없지만 총련계 사람들의 일본국적 취득 희망자는 민단계 사람들보다 낮은 경향으로 앞의 숫자 보다 더욱 낮다고 생각된다. 이와 같은 사람들의 의식은 일본 정부가 재일 조선인 정책에서 민족권 등에 대해 전혀 이해를 하지 않고 동화정책을 현재도 계속하고 있다는 인식에 근거한 것으로 일본정부의 자세에 아직 강한 거부감을 품고 있다는 증명이기도 하다.

일본국적을 취득하고자 하는 사람들이 많아지고 있는 의식의 반영으로서 현실적으로 일본국적을 취득한 사람들의 수는 1992년부터 증대하고 있다. 1980년대에는 년간 약 5,000명 정도였던 것이 1992년에는 7,244명, 1993년에는 7,697명, 1994년에는 8,244명으로 계속 늘어나고 있다.

일본국적 취득의 동기는 여러 가지인데 1980년대 이전의 취득자들처럼 일본사회의 차별과 억압으로부터의 도피라는 이유는 적어졌다. 일본국적을 취득하는 편이 정주한 일본사회에서의 생활을 단순하게 하고 편리하게 하기 때문이라는 이유로 취득하는 사람이 많다. 그 중에는 일찍이 일본정부가 허가 하지 않았던 본명(조선명)으로 일본국적을 취득한 자도 있는데 그 사람들도 꽤 많은 숫자에 이른다.

이것은 일본사회에 정주해 생활할 것을 전제로 하여 일본국내에서 일본국적을 취득한 조선인으로서 살아가려는 사고의 반영인 것이다.

일본국적을 취득하지 않고 또 취득을 희망하지 않는 재일 조선인들도 일본에서의 정주는 움직일 수 없는 확고부동한 것이 되었다. 이 때문에 정주하게 될 일본사회와의 관계를 중시하는 사고, 일본인과 시민으로서의 연대를 중요하게 여기는 사고가 점점 강해졌다.

그 예로서 지방참정권 문제, 지방공무원의 국적조항 철폐요청이 있다. 더 나아가 조선인 밀집지역에 관광지로서 코리아타운을 건설하는 계획 등, 일본인 주민과 공동으로 지역의 번영을 목표로 한 새로운 마을 만들기 운동 등이 행해지고 있다. 그리고 이들 운동의 주된 지도력이 되고 있는 것은 기존 조직이 아니라 뜻을 같이 하는 사람들이 자발적으로 모여 조직한 시민들의 모임이었다.

이와 같은 재일 조선인 사회의 흐름을 의식해 민단은 1993년 11월에 임시 중앙위원회를 열어 재일 대한민국 거류민단 명칭에서 「거류민」 글자를 빼고 지금까지 단원의 자격 밖이었던 일본국적 취득자도 「우호단원」으로 받아들이는 결정을 했다. 그리고 지방 참정권 문제, 지방 공무원의 국적조항 철폐운동 등에도 적극적으로 참여했다.

여기에는 명백히 민족과 국적은 별개문제로 일본국적을 취득하든 안하든 조선민족은 같은 조선인이다. 라는 세계적인 통념이 충분하지는 않아도 마침내 인식되어 그것이 단원 자격에 반영되었던 것이다. 그리고 「거류민」이라는 명칭을 없앰으로써 재일 조선인이라는 입장을 강하게 하고 그 입장을 주장하는 자세를 명확히 했다고 할 수 있다.

　또 하나의 조직인 조선총련도 재일 조선인 사회의 이와 같은 흐름에 부응하려고 고민해 민족교육의 교과내용 등에 일본 관계과목을 많이 넣는 등 대응책을 강구했다. 그러나 김정일 서기를 절대 유일의 지도자로 하는 「공화국의 해외공민」이라는 원칙을 고수하고 있기 때문에, 그리고 그 경직된 조직은 북조선 정부의 말단기관이라는 입장을 강하게 하고 있기 때문에, 재일 시민화를 향해 가고 있는 재일 조선인의 움직임에 대응하지 못하고 스스로 그 입장을 곤란한 처지로 몰아넣고 있다.

미래로,
「공생」 사회를 향해

1990년대에 들어와 세계 냉전체제의 붕괴, 조선반도의 남북 양 정권의 재일 조선인에 대한 영향력 저하, 그리고 무엇보다도 재일 조선인의 명확한 일본정주의 의지표시로 재일 조선인 사회는 스스로 이후의 정체성을 둘러싸고 다양한 움직임과 모색을 계속해 왔다.

개개의 사람들이 모인 연구회, 스터디 모임, 심포지움 개최 등으로 향후의 정체성을 모색함과 동시에 현실적인 문제로서 지방참정권 문제를 둘러싼 법정활동, 지방자치체에 대한 진정 등 여러 움직

임이 활발해졌는데 여기에서 명확히 내세워진 생각은 「일본사회
와의 공생」이라는 목표이다.

지방참정권 획득운동

　일본에서의 생활은 임시방편으로 언젠가는 조선반도로 돌아갈
것이라는 마음가짐으로는 일본사회의 건설과 번영을 바라며 일본
인과 함께 실현해 가려는 「공생」의 발상은 생길 수 없다. 재일
조선인의 일본국적 취득문제의 조기해결이 역사적 배경과 일본정
부의 정책적 방침 하에서는 곤란하다는 인식아래 재일 조선인 사
회는 지방참정권을 요구하게 되었다. 그것은 일본을 정주의 땅으
로 여기고 그 땅의 발전과 번영을 위한 의무와 권리를 요구하려는
재일 조선인 사회의 필연적인 결과였다.
　그런데 일본사회와의 공생을 목표로 그 자세를 모색하고 있는
대부분의 사람들도 「공생」이라는 개념에 대해 아직 공통된 인식
을 갖고 있지 않았다. 또한 구체적인 비전도 보이지 않고 다분히
한자가 가진 이미지로 이야기 되는 경우가 대부분으로 이후 과제
로 남기고 있는 부분이 많았다.
　이제 막 이야기하기 시작했을 뿐, 일본사회에서 일본인과의 공
생의 이념, 그 미래에 대한 전망에 대해 이야기 하면 극히 막연한
것이라는 것도 사실이다. 그 막연한 전망이 21세기를 향해 인류사

회가 그 지도이념으로 하고 있는 민주, 자유, 평등, 공평, 인권과 같은 개념을 근본으로 한 「공생사회」의 건설을 목표로 하는 것에는 합의했지만 그것을 어떻게 실현할 것인가에 대한 방침이나 운동의 방향은 아직 부정확했다.

이와 같은 「공생사회」건설을 향한 운동의 하나로서 재일 조선인의 지방참정권 획득운동은 중요한 위치를 차지하고 있다.

정주외국인의 지방참정권 문제는 민주주의 사회에서 정주외국인의 인권문제임과 동시에 지방자치체의 자세에 관한 문제이기도 하다. 민주주의 사회에서는 자기에 관한 사건의 결정과정에 스스로 참가 할 수 없으면 안된다. 그것은 동시에 자신들이 관여하지 않은 곳에서의 결정으로 지배되고 복종하지 않는다는 것을 의미한다. 일본의 시민이라는 의식이 강해지면 강해질수록 그 지역의 자치에 스스로의 의향을 반영하고 싶어하는 것은 극히 자연스러운 경과이다.

정주 외국인의 지방참정권을 문제로 시민의 한 사람으로서 권리와 의무의식에 근거해 최초로 법정투쟁을 행동으로 보인 것은 재일 조선인이 아니었다. 1989년 12월 교토부에 사는 영국인이 정주외국인에게 국정참정권을 인정하지 않는 것은 위법이라며 국가배상을 요구하며 재판소에 제소했다.

본래라면 일본에서의 정주가 오래된 재일 조선인부터 그 요구가 행해졌어도 이상하지 않다. 그런데 재일 조선인 사회는 기존 단체의 참정권을 요구하는 일 등은 「내정간섭」이라는 주장과 시민권

한신대지진 때 고베의 조선학교도 피난소로 개방되어
일본인에게도 지원의 손길을 폈다

등의 인권사상, 민주주의 사상에 대한 부족한 이해로 법정투쟁으로 해결하려는 발상과 행동력이 약했다.

그러나 영국인의 행동에 촉발되어 1990년 11월에 오사카부, 그리고 1991년 5월에는 후쿠이현福井県의 재일 조선인이 지방참정권을 요구해 제소하여 1995년 2월 최고재판소는 정주외국인의 지방참정권은「오직 국가의 입법정책에 관한 일」이라는 판결을 하고 국회에서 입법화 되면 실현할 수 있다고 했다.

이 판결이 나온 후 당시 내각 총리대신이었던 무라야마 토미이치村山富市는 국회의 답변에서 정부에서 검토해 입법화 하고 싶다고 대답했지만 1997년에 이르러서도 실현 전망이 확실치 않다.

지방참정권을 요구하는 재일 조선인의 움직임은 재일 조선인 사회가 일본사회와의 공생을 향해 활발히 움직이고 있는 구체적인 사례이지만 일본사회가 이러한 움직임을 받아들여 자연스럽게 움직이고 있다고는 생각할 수 없는 것도 또한 현실이다. 최고재판소의 판결이 나와도 입법부가 지금껏 아무런 대응도 취하지 않고 있는 것에서 알 수 있듯이 그것은 극히 어려운 여정이다.

▌「주민투표에도 참가할 수 없다」▐

재일 조선인이 지방참정권에 기대하는 관심은 또한 지방자치에 기대하는 관심이기도 하다. 재일 조선인들은 이 땅에서 일본사람들과 함께 생활하는 한 지역주민의 생명과 생활에 관한 일에 자기 의사를 반영하고픈 마음이 점점 강해져 갔다.

최근에 원자력 발전이나 산업폐기물 처리시설 건설 등 지역주민의 생명과 생활에 관한 중요한 문제에서는 전주민의 뜻을 주민투표로 묻는 일이 있다. 그러나 이들 주민투표에 정주외국인이 참가할 수는 없었다.

1997년 6월 22일 기후현岐阜県 미타케御嵩마을에서 행해진 산업폐기물 처리시설 건설의 찬반을 묻는 마을의 주민투표에 재일한국인들을 중심으로 투표에 대한 참가가를 요청했지만 마을 의회는 그 요청을 거부해 주민투표에 정주외국인은 참가할 수 없었다. 주민투표에 대한 투표권이 있는 것은 선거권을 가진 사람뿐이라는 이유에서이다.

그 결정에 대해 미타케 거주 재일한국인 9인은 「외국인이라는 이유만으로 주민투표에 참가할 수 없는 것은 차별에 해당한다」고 마을을 상대로 450만엔의 위자료 지불을 요구하는 소송을 기후 지방재판소에 제기했다. 마을에 정주하는 20세 이상의 외국인은 300명에 달하는데 이 사람들을 대표하여 소송을 제기한 이년남씨는 「오랫동안 세금을 내고 마을 주민으로서 의무를 다하고 있다. 지방자치의 자세에 대해 이야기 되는 오늘날 주민이란 무엇인가를 묻는 재판이 된다」(『기후신문』1997년 7월 26일자)라고 했다.

이 지역에서 오랫동안 정주하고 있는 이상 지역사람들의 생명과 생활에 관한 문제에 자신의 의사를 반영시키는 것은 당연하다고 생각하는 재일 조선인의 의식이 강하게 반영된 사건이다. 이것도 또한 공생사회 모색을 위한 과정일 것이다.

그러나 구식민지 지배시대의 마이너스 유산을 아직까지도 정당하게 해결하려고 하지 않을 뿐만 아니라 21세기를 향한 이념조차 명확하게 제시 할 수 없는 일본사회에서 재일 조선인이 제창하는 공생의 길은 어렵다. 그러나 그것은 인류 이념으로써 해야 할 일로 그 길은 비록 더디지만 인류사의 커다란 흐름 속에서 실현되어 갈 것이다. 그렇게 됨으로써 재일 조선인은 일본사회의 성숙을 더욱 촉진하고 이 사회의 발전에 기여하는 역할을 다하게 될 것이다.

이제 약 100년이 되는 재일 조선인 사회는 또 하나의 고비를 맞이하여 자신들이 정주하는 사회의 선두를 짊어져야 하는 힘든 길을 걷기 시작했다.

역사적인 고비를
맞이하여

역사를 배운다는 것

재일 조선인 노인들로부터 과거에 대한 일을 듣고 기록 하는 작업을 시작해 벌써 35년 가까운 세월이 흘렀다. 대학을 졸업한 후 재일 조선인 문제를 전문으로 하는 잡지사에 들어가 처음 맡은 일은 강제연행자로부터 들은 바를 기록한 것을 기사로 하는 일이었다.

처음에는 탄광노동자부터 시작해 탄광이 있었던 큐슈, 도키와, 홋카이도 땅을 샅샅이 돌았다. 그 후 토건관계의 기록 과정에서 근대 일본자본주의 발전의 음지에서 소리 소문 없이 쓰러져 간 조선인 여공들의 존재를 알고 방적공장, 직물공장, 제사공장 중에서 조선인 여공을 고용한 회사가 산재한 오사카, 효고, 와카야마和歌山, 아이치愛知, 오이타大分, 나가노長野 등 각지를 방문해 일찍이 여공이었던 체험을 가진 할머니에게 이야기를 들었다.

재일 조선인의 기록을 하면서 과거 재일 조선인을 이해하는데 간과할 수 없는 역사적인 사건과 사회상황 등에도 관심을 갖게 되었다. 예를 들면, 관부關釜연락선과 조선인과의 관계, 각지에 산재해 있던 「조선부락」의 성립과 그곳에서의 사람들의 생활로 그 범위를 넓혀갔다. 강제연행 취재에서는 그 결과로서 일어난 강제연행자 귀환선 "「우키시마호浮島丸」폭침사건"의 수수께끼를 푸는 작업도 계속했다. 그 당연한 귀추로서 전후 재일조선인 문제의 취재도 계속했다. 민족교육문제, 2,3세들의 동화문제 등이다.

이것들은 『조선인 여공의 노래』(岩波서점, 1982년간), 『이방인은 기미가요호君が代丸를 타고 ― 이카이노 형성사』(岩波서점, 1987년간), 『関釜연락선 ― 바다를 건넌 조선인』(朝日신서, 1987년간), 『우키시마호 부산항을 향하지 않다』(강담사, 1983년간), 『이방인의 甲子園』(강담사, 1984년간), 『재일 조선인 이라는 감동』(삼오관, 1995년간) 등으로 출판되었다.

전전·전후의 재일 조선인의 사건이나 사회상황을 취재해 활자화하는 작업을 계속하는 중에 재일 조선인의 역사를 기술한 「통사」와 같은 문헌이 없는 것에 불편함도 느꼈다. 하지만 정확하게 말하면 재일 조선인의 통사와 같은 책이 전혀 없는 것은 아니다.

예를 들면 1951년에 뉴욕의 태평양 문제조사회 국제 업무국에서 출판된 에드워드·W·와그너의 "The korean minority in japan 1904~1950"(1904년부터 1950년 일본에서의 조선 소수민족)과 1967년에 출판된 리챠드·H·미첼의 "The korean minority in japan"(일본의 조선 소수민족)이 있다. 그리고 재일 조선인 학자, 연구자의 저작으로서는 사회, 노동운동을 기술한 박경식의 역작『8·15해방전－재일 조선인 운동사』(삼일서방, 1979년간), 그 속편인『해방 전후 재일 조선인 운동사』(삼일서방, 1989년간), 고준석의『재일 조선인 혁명운동사』(자식서방, 1985년간)도 출판되었다.

미국인 저작 두 권에 공통되는 것은 마땅히 주인공인 재일 조선인의 모습이 보이지 않는다는 것이다. 거기에는 지배하는 측의 정책, 그 아래에서 발생한 조선인의 여러 상황이 쓰여 있었는데 조선인의 괴로움, 기쁨, 희망, 절망이 반영되어 있지 않았다. 이 집필자들은 기술에 있어 일본의 구내무성 자료와 GHQ의 메모, 보고서, 일본인이 쓴 재일 조선인론 등을 참고로 해 거기에 의존해 기술하고 재일 조선인 측의 증언이나 자료는 거의 사용하지 않았다. 이 때문에 재일 조선인의 모습이 그다지 반영되지 않았을 것이다. 나는 이것들이 재일 조선인의 역사라고는 도저히 생각할 수 없었다.

역사를 배우고 연구함으로써 현재와 미래를 확정한다. 이것이 나 자신이 역사를 공부하는 자세인데, 그 입장에서 말하면 이 책들에 기술되어 있는 "역사적 사실"이나 자료는 매우 중요한 것이지만 거기에서 재일 조선인이 현재를 어떻게 살 것인가 또는 재일 조선인의 미래는 무엇인가가 보이지 않았다. 자료나 역사적 사실을 재일 조선인의 실감 필터에 걸쳐 보는 작업의 필요성을 느꼈다.

박경식, 고준석 두 사람의 저작은 방대한 자료를 발굴하여 그것들을 구사한 역작이지만, 재일 조선인의 사회, 노동운동사로 재일 조선인 자신들의 통사로서 배울만한 것은 아니었다. 그리고 재일 조선인의 역사를 부감하는 것도 어렵다. 이와 같은 의미에서는 「재일 조선인사」라고 부를 수 있는 책은 아직 존재하지 않는다고 말할 수 있다.

동화의 흐름 속에서

현재 재일 조선인 사회도 3세, 4세 시대가 되면서 이들의 민족적 정체성도 희박해지고 일본으로의 동화가 강해지고 있다. 이것은 재일 조선인 사회의 현실로서 받아들이지 않을 수 없는 것이겠지만 다만 시대의 흐름에 떠밀리는 것만이 아닌 가속화된 동화의 흐름 속에서 다시 한 번 멈추어 나 자신 재일 조선인은 어떤 사람인가라고 생각하는 시대에 들어선 것은 아닌가. 나 자신은 그러한 생각이 강했다.

일반적으로 한나라 안에 복수의 민족이 생활기반을 가진 조건하에서 다수파의 민족이 정치권력과 경제적 주도권을 장악하고 있는 경우 소수파 민족이 다수파 민족의 문화, 풍속, 습관에 동화해 가는 것은 세계 어느 지역에서나 발생하고 있는 현상이다. 문제는 다수파 민족이 국내의 정치적 의도로 인해 소수파에게 다수파의 문화·풍속·습관 등을 강요하는 경우이다. 정치적 의도란, 예를 들면 식민지 정책의 강화, 다수파 민족의 정치적 기반강화 등이다. 이와 같은 것들을 목적으로 동화가 수행되는 일이 있는데 이러한 것은 소수파의 뜻과 다른 강제이기 때문에 격렬한 저항이 발생했다.

일본 정부는 이 100년간 재일 조선인의 동화를 꾀하여 전전에는 국가권력으로 정면에서 강제로, 전후에는 여러 제도적 장해를 설치함으로써 그 흐름을 촉진시켜 왔다. 이 정책의 당연한 결과로서 재일 조선인의 민족성을 유지 또는 부활시키기 위한 정책은 일관되게 거절되어 왔다. 민족교육의 부인 등은 현저한 예이다.

재일 조선인이 일본에 동화하고 있는 것은 현실이지만 그 흐름은 일본정부의 정책으로서 수행되고 가속화 한 것이었다. 여기에는 기본적 인권의 확립 이념에 포함된 민족권의 용인도 없거니와 공평하고 평등한 민족관계를 구축해 가려는 자세도 없다.

재일 조선인이 민족성에 구애되는 것은 민족적 아이덴티티를 유지하는 일이 자기 스스로 인간으로서의 존엄을 유지하는데 중요한 요소가 된다고 생각했기 때문이다. 그러나 민족적 아이덴티티 문제를 생각하면 민족이란 무엇인가라는 궁극적인 문제에 직면하다. 이것은 또한 현실에 현재 재일 조선인이 직면하고 있는 문제이기도 하다.

자신이 어느 민족에 속해있는가를 결정하는 최대의 요소는 역시 부모로부터 받은 "피"일 것이다. 양친이 조선민족이면 그 아이는 조선민족이 되는데 한쪽 부모가 일본인인 경우는 어느 쪽이 될까. 재일 조선인 젊은이들의 결혼상대가 압도적으로 일본인이 되어가는 현재 그들의 아이들은 어느 민족이라고 말할까. 그리고 이들에게 있어 민족적 아이덴티티란 무엇인가 라는 어려운 문제에 직면한다.

어느 민족이 될까는 성인이 된 후 본인이 결정할 일이지만 일본으로의 동화의 흐름과 아직 민족차별이 남아있는 상황에서는 일본인이라고 말하는 쪽이 유리하다고 생각하는 사람이 많은 것도 사실이다. 그러나 이것으로 문제가 해결될 것인가 하는 생각이 든다.

1985년 무렵부터 중국 동북부를 몇 번이나 방문해 조선족, 만족(만주족) 등 소수민족의 문제를 조사한 적이 있다. 1986년 당시 흑룡강성의 만족의 현상을 조사하고 있을 때 담당부서의 관리로부터 만족의 총인구는 300만 명이라고 들었다. 그런데 1991년에 방문했을 때 800만이라고 들었다.

놀라서 어떻게 5년 동안에 500만 명이나 늘었는가 묻자 중국정부의 소수민족 보호정책이 실시되어 만족이라고 말하는 쪽이 유리하다고 생각해 호적상의 민족명을 변경한 사람이 속출했기 때문이라는 설명이었다. 확실히 그것은 틀림없는 사실이겠지만 그것만은 아니라는 생각이 들었다.

1986년에 만족 사람들을 만났을 때의 인상을 한마디로 말해면 「슬픈 민족이구나」하는 것이었다. 만족의 말은 이미 사라지고 그 문화와 생활, 습관도 한족에 동화해 민족적인 실태는 볼 수 없었다. 그곳에는 민족적 아이덴티티로서 근거할만한 것이 없다는 인상을 받았다. 일부 사람들이 이런 상황을 걱정해 만족문화의 부활에 착수했고 중국정부는 이런 그들의 문화 활동에 원조를 했다.

한족에 동화한 만족 중에 민족적 아이덴티티를 확보하는 일만이 인간으로서의 존엄을 지니고 한족과 평등한 관계를 쌓을 수 있다고 생각하는 사람들이 늘어나 소수민족 우대정책과 함께 만족을 자칭하는 사람이 800만 명에 달했던 것은 아닐까. 나는 이런 생각을 해보았다.

이 때 느낀 「슬픈 민족」으로서의 재일 조선인은 절대로 되고 싶지 않았다, 그리고 그런 상태로 빠져서는 안 된다고 생각했다.

재일 조선인이 재일 조선인이란 무엇인가라고 자문할 때 생각하는 근거가 되는 것은 역시 재일 조선인의 통사通史와 같은 것일 것이다. 그러나 그것은 없었다. 그래서 내가 써 보겠다고 마음먹고 쓰기 시작한 것이 본서『재일 한국인 백년사』이다.

이것을 집필할 때 처음부터 본격적인 역사서를 쓰려는 당치 않는 생각은 없었고 대충 재일 조선인 100년을 부감할 수 있고, 그리고 재일 조선인의 역사적인 고비, 고비를 감지 할 수 있고 가볍게 읽을 수 있는 책을 쓸 수 있었으면 하는 것이 나의 의도였다. 그리고 재일 조선인뿐만 아니라 일본인도 읽었으면 하는 바람도 절실해서였다.

「시작하는 말」에서 「당신은 재일 조선인을 알고 있습니까」라고 묻고 있듯이 극히 일부의 재일 조선인 문제 연구가나 조선인을 친한 친구로 둔 재일 조선인 문제에 관심 있는 한정된 사람들 이외의 대부분의 일본인은 재일 조선인에 관한 일을 모르는 것이 현실이다. 하물며 그 통사에 대해서는 재일 조선인과 마찬가지로 거의 모른다고 말할 수 있을 것이다.

나는 그래서는 곤란하다고 생각한다.

그것은 자신들의 과거, 그리고 현재를 일본인이 몰라서는 곤란하다는 자기본위적인 단순한 발상에서가 아니다. 재일 조선인 그리고 그들이 생활하는 일본사회의 미래와 그 전망에 대해 깊이 생각할 때 그래서는 곤란하다는 생각이다. 그것은 재일 조선인의 미래는 일본사회의 미래와 관련되어 있으며 금후의 일본사회에 있어 극히 중요한 문제를 내포하고 있기 때문이다.

공생사회로

본서에서도 명백히 하고 있듯이 재일 조선인에 대한 일본 정부의 대응은 세계 선진국이라고 일컬어지는 나라들의 정주외국인 정책과 비교해도 매우 상이하다.

국적문제, 민족적 여러 권리문제, 시민권, 생활권 문제 등에서 일본 정부는 항상 재일 조선인에 대해 배타적이고 차별적이며 억압적이었다. 그것은 기본적 인권의 확립, 이민족간의 공존, 공생이라는 인류공통의 커다란 이념에 비춰보면 좋지 않은 사례로서 다루어 질만한 정책이며 제도로서 실적에서도 인류사회의 발전에 기여하는 일이 아무것도 없다.

그런 사회에 사는 재일 조선인 측이 그러한 부조리에 분노하여 불평, 불만을 품고 자칫하면 적대적인 감정을 품었다 해도 전혀 이상하지 않다. 그러나 그렇게 해서는 아무런 해결도 할 수 없다는 생각도 확실히 뿌리내리고 있다.

재일 조선인 사회에서는 이런 일로 "재일 조선인 사회의 공생"이라는 슬로건을 내세우는 사람들이 많아지고 있다. 그것은 또한 해외에 이주한 500만 명이나 되는 조선민족 사람들이 이주한 나라에서 정착해 타민족과의 공생을 모색하고 있는 상황을 참고로 한 의식의 변화이기도 하다.

해외이주 조선민족의 현상을 알면 알수록 재일 조선인들도 일본사회와의 공생 이외에는 자신들의 미래는 전망할 수 없다는 의식이 강해지고 있다. 그러나 유감스럽게 타민족과의 공생이라는 과제를 지금까지 한 번도 체험하거나 목표로 한 적이 없는 일본사회에는 공생이라는 발상이 아직 희박하다.

그래서 일본사회에 재일 조선인 측에서 공생 과제를 제시함으로써 현재 세계적인 이념으로서 다루어지고 있으며 그 달성이 21세기 인류사회 목표의 하나로 되어 있는 이민족과의 공생을 일본사회에서 실현하려는 제언이다.

「공생」 사회의 실현은 국제화 정책을 내세우는 일본사회의 금후 방향과도 일치하며 그 안에서밖에 일본의 발전과 번영이 없다고 한다면 재일 조선인 사회는 공생 실현을 향해 노력하는 일로 일본사회에 공헌할 수 있지 않을까 하는 생각이다. 이것이 『재일 한국인 백년사』를 쓴 또 하나의 나의 생각이기도 하다.

조선인들의 일본 재류 100년을 부감해 보고 새삼스럽게 이와 같은 나의 생각이 틀리지 않았다는 것을 확신했다. 그렇다고는 하지만 현재의 재일 조선인 사회를 둘러싼 환경은 어렵고 낙관적인 조건은 그다지 없다. 그러나 재일 조선인 사회와의 공생을 일본사회가 받아들이는 사회적인 변화가 일어나면 조건은 또 달라질 것이다.

시대는 빠르게 변화하고 있다. 한국의 시민과 문화에 대한 일본인의 견해도 이 수년간 부드러워져 확실히 변하고 있는 것 같다. 그것은 아마도 서울 올림픽 때인 1988년 무렵부터가 아닌가 생각한다. 그 해를 계기로 많은 일본인들이 한국을 여행하게 되어 한국에 대한 이해가 깊어졌던 것이다.

수년 전 배낭을 멘 학생들을 신칸센에서 만났다. 열차와 연락선을 이용해 한국을 여행한다고 한다. 그것도 두 번째 여행이라는 것이다. 첫 번째 한국여행이 즐거웠기 때문에 친구에게 권유한 두 번째 여행이라고 한다. 무엇이 즐거웠는가하고 묻자ー이문화에 대한 문화쇼크, 두터운 인정, 음식이 맛있다ー같은 대답이었다.

젊은이들은 정치, 역사의 삐걱거림과 다른 차원에서 한국사람들과의 교제를 통해 과거와는 다른 의식을 만들어 가고 있다. 그것은 또한 한국 쪽도 마찬가지이다. 한국의 경제적 발전에 따라 한국에서도 많은 관광객이 일본을 방문하고 있다. 매스컴 등에서 「반일」 「혐한嫌韓」 등이라고 시끄럽게 다루고 있지만 오히려 과거보다도 현재는 확실하게 상호이해를 깊이하고 있는 것처럼 생각된다.

이들 상호작용이 일본사회에서의 한국의 시민과 문화에 대한 의식의 변화를 낳고 이것은 재일 조선인에게도 반영되고 있다. 이들 변화를 근거로 재일 조선인이 일본사회와의 공생을 명확히 내세워 가면 일본인의 공감도 얻을 수 있을 것이다. 공생사회의 실현이 곧 21세기 인류사회이념의 하나라면 그 이념실현을 향한 창조적이고 선구적인 활동에 공감하는 일본인도 결코 적지 않을 것이다.

매우 곤란한 여정일지라도 재일 조선인 사회는 100년 역사의 체험을 통해 그 길 이외 선택의 여지가 없다고 생각된다.

재일 조선인 사회는 또 하나의 역사적인 고비를 맞이하고 있는 것이다.

저자소개

김찬정 金贊汀

　　1937년 일본 교토에서 태어나서, 1963년 일본 조선대학교를 졸업했다. 잡지사 편집 기자를 거쳐 재일 조선인 문제·교육 문제를 중심으로 한 논픽션 작가로 활동 중이다. 주요 저서로는 『증언·조선인 강제 연행』 『통곡의 두만강』 등이 있다.

역자소개

박성태 朴成泰

　　일본 도호쿠대학 대학원에서 석·박사학위를 받았으며, 도호쿠대학 연구원을 지냈다. 현재 전북대학교 겸임교수로 재직 중이다. 저서로 『일본어 쉽게 말하기』, 『이미지로 읽는 일본문화』 등이 있으며, 역서로 『일본어의 본질』, 『일본인의 생활과 관습』 등이 있다.

서태순 徐泰順

　　한양대학교 대학원에서 박사학위를 받았으며, 아오야마가쿠인대학에서 객원연구원을 지냈다. 현재 전북대학교 일어일문학과 겸임교수로 재직 중이다. 일본의 메이지유신 전·후의 문학을 중심으로 비교문학과 비교문화에 관심을 갖고 있다.

전북대학교 재일동포연구소 편

재일 한국인 백년사

초판인쇄 2010년 5월 10일
초판발행 2010년 5월 20일

공역 박성태 · 서태순
발행 제이앤씨
등록번호 제7-220

주소 서울시 도봉구 창동 624-1 현대홈시티 102-1206
전화 (02) 992 / 3253
팩스 (02) 991 / 1285
홈페이지 http://www.jncbms.co.kr / 제이앤씨북
전자우편 jncbook@hanmail.net
책임편집 조성희

ⓒ 박성태 · 서태순 2010 All rights reserved. Printed in KOREA

ISBN 978-89-5668-786-5 93830   정가 16,000원

* 이 책의 내용을 사전 허가 없이 전재하거나 복제할 경우 법적인 제재를 받게 됨을 알려드립니다.
** 잘못된 책은 구입하신 서점이나 본사에서 교환해 드립니다.